DuMont's Kriminal-Bibliothek

Timothy Holme (1928–1987) lebte seit seiner Hochzeit in Italien, der Heimat seiner Frau Bianca. Von dem britischen Journalisten, Autor zahlreicher Englisch-Sprachbücher und einer Biographie über Carlo Goldoni, sind in der DuMont's Kriminal-Bibliothek bereits erschienen: »Tod in Verona« (Band 1030), »Satan und das Dolce Vita« (Band 1039), »Morde in Assisi« (Band 1048) und »Der See des plötzlichen Todes« (Band 1054).

Herausgegeben von Volker Neuhaus

Timothy Holme

Venezianisches Begräbnis

DUMONT

Für Chiara und Simona

Die Deutsche Bibliothek – CIP-Einheitsaufnahme

Holme, Timothy:
Venezianisches Begräbnis / Timothy Holme
[Aus dem Engl. von Klaus Timmermann ; Ulrike Wasel]. – Köln: DuMont, 1998
(DuMonts Kriminalbibliothek; 1074)
ISBN 3-7701-4590-9

Umschlagmotiv von Pellegrino Ritter
Aus dem Englischen von Ulrike Wasel und Klaus Timmermann
Die der Übersetzung zugrundeliegende Ausgabe erschien 1986 unter dem Titel *A Funeral of Gondolas* bei Futura Publications, London und Sidney

Satz: Greiner & Reichel, Köln
Druck und Verarbeitung: Clausen & Bosse, Leck
Printed in Germany
ISBN 3-7701-4590-9

Ein Rudel von Löwen
Eine Schar von Gänsen
Ein Schwarm von Delphinen
Ein Trauerzug von Gondeln

Bei psychologischen Assoziationsspielchen kommt den meisten Menschen, wenn man ihnen das Wort »Gondel« vorlegt, offenbar spontan der »Tod« in den Sinn.

Gondel, Gondoliere

Die *Regata Storica*, die Historische Regatta in Venedig, ist in Wirklichkeit ein Rennen mit zwei Gondolieri. Aus erzähltechnischen Gründen habe ich das Ereignis als Einer-Rennen dargestellt. Daß es allgemein eher als ein solches betrachtet wird, belegt der Ruhm, mit dem allein Strigheta – der große Regattaheld der fünfziger und sechziger Jahre, der in keiner Weise mit dem »Stier« in diesem Buch verwandt ist – überschüttet wurde, während sein Partner leer ausging.

TEIL EINS

DER LEICHENBESTATTER

»Auftritt Pantalone, maskiert.«
Mémoires, Carlo Goldoni

Kapitel 1

Der alte Mann, auf dessen Mütze das Wort GANZER in verblaßten Goldbuchstaben stand, bot einen auffälligen Kontrast zu seiner Umgebung. Er trug einen langen, an vielen Stellen geflickten und schmutzigen Mantel, der ihm fast bis zu den Knöcheln ging, und ein Paar alte Schuhe ohne Schnürsenkel. Er war ungewaschen, hatte sich seit mindestens einer Woche nicht rasiert und verströmte einen Geruch, der seinem Äußeren durchaus angemessen war. Die Touristen und die Venezianer machten einen großen Bogen um ihn. Er war der einzige Schandfleck in einer ansonsten idyllischen Szenerie, und niemand wußte mehr, was das Wort auf seiner Mütze eigentlich bedeutete.

Die Rialto-Brücke wölbte sich prächtig über den Canal Grande, als posierte sie für eine Ansichtskarte. Das Wasser des Kanals plätscherte und schimmerte in der Sonne. Ein großes tiefliegendes Schiff, überladen mit vielfarbigem Müll, glitt unter der Brücke hervor, während ein *vaporetto*, das mit mehr Menschen besetzt war, als es die überaus dehnbaren Sicherheitsbestimmungen erlaubten, den Kanal in der Mitte durchpflügte.

Dann schwenkte ein langes schwarzes Boot mit einem silbernen Bugeisen dreist und erhaben zugleich vor das *vaporetto* und strebte Richtung Ufer. Es lag leicht schräg im Wasser, war vorne mit einer rosa Plastikrose geschmückt und wurde von einem Ruderer gesteuert, der ein ständiges, unfreiwilliges Lächeln auf den Lippen trug, was ihm unter seinen Kollegen den Spitznamen »der Lächler« eingebracht hatte. In dem Boot saß ein Paar, das tags zuvor am Morgen in Didcor getraut worden war und nur Augen füreinander hatte.

Das Boot war eine venezianische Gondel, und als es sich dem

Ufer näherte, schlurfte der alte Mann mit dem Wort GANZER in verblaßten Goldbuchstaben auf der Mütze zur Anlegestelle.

Vermutlich nahm keine dieser Personen von einem außergewöhnlich gutaussehenden Süditaliener Notiz, der an einem der Café-tische am Kanal vor einem Glas Chivas Regal saß, eine englische Schwarzmarktzigarette rauchte und gelegentlich einen Blick in seine *Times* warf. Falls doch, so hätten sie ihn sehr wahrscheinlich für einen Touristen gehalten, denn er hatte ein besonderes Geschick dafür, sich fast unbewußt jeder Situation äußerlich anzupassen.

Nur ein sehr unvoreingenommener Beobachter und kluger Physiognom hätte in diesem südländischen Touristen Achille Peroni erkannt, den Mann, der in eher klischeebefrachteten Zeitungen und Zeitschriften als der Rudolfo Valentino der italienischen Polizei bezeichnet wurde.

Trotz der nach Ansicht der meisten Menschen idyllischen Umgebung und des wunderschönen Wetters war der Rudolfo Valentino der italienischen Polizei in keiner guten Stimmung. Nein, er war sogar ziemlich schlechter Stimmung, wie meistens, seit er zu einem »vorübergehenden Einsatz«, so die taktvolle Bezeichnung, nach Venedig versetzt worden war.

Bei diesem vorübergehenden Einsatz handelte es sich im Grunde um eine politische Verlegenheitslösung. Peroni war zuvor in Verona gewesen, wo er die Ermittlungen in einem Fall geleitet hatte, in den die Roten Brigaden und zwei prominente Familien der Stadt verwickelt waren. Die Wahrheit in dieser Sache war nie ans Licht gekommen, doch nach der Ermordung des Veroneser Polizeichefs durch Killer der Roten Brigaden hatte es auf höchster Ebene etliche Indiskretionen und sehr viel Angst gegeben, und die Presse erging sich in mehr oder weniger zutreffenden Vermutungen. Die Folge war – wie in Italien nicht anders zu erwarten – eine handfeste politische Auseinandersetzung. Die Linke schlug sich aus keinem triftigeren Grund auf Peronis Seite, wie die Rechte sich gegen ihn wandte, und es wurde rasch klar, daß er aus Verona verschwinden mußte, zumindest vorübergehend.

Aber wohin sollte er? Mailand, Turin und Rom hätte nach einer Beförderung ausgesehen und auf seiten der Rechten einen Aufschrei der Empörung ausgelöst. Peronis Heimat im Süden Italiens hätte dagegen nach Bestrafung gerochen und den Zorn der Linken erregt. Also entschloß man sich für einen Kompromiß – Venedig –, und alle waren mehr oder weniger zufrieden.

Alle außer Peroni. Er hegte eine fast unprofessionelle Leidenschaft für Verbrechen. Für ihn konnten sie nicht pikant genug sein, wie die Küche seiner neapolitanischen Heimat, und in Verbindung mit seiner Persönlichkeit provozierten solche Verbrechen die Aufmerksamkeit der Medien, die dann wiederum die große Peroni-Legende weiter ausschmückten und untermauerten.

Aber in Venedig gab es keine Verbrechen. Es gab Ermittlungen, Verhöre, sogar Verhaftungen und Überführungen, aber keine richtigen Verbrechen, die einem das Blut in Wallung brachten. Die einzige Ausnahme war offenbar eine Welle von kleineren – und in manchen Fällen vielleicht nicht ganz so kleinen – Erpressungen. Aber wie auch immer, Peroni wurde jedenfalls nicht damit betraut, und seit seiner Ankunft in der *Serenissima*, der Königin der Adria, fühlte er sich auf den Status eines besseren Hoteldetektivs reduziert. Ja, dachte er verbittert, was war Venedig denn anderes als ein großes, zerfallendes Hotel? Und jetzt hatte die krasse Banalität des Ganzen ihren absoluten Tiefstand erreicht. Die *Questura* – das Polizeipräsidium – hatte den Tip bekommen, daß gewisse Gondolieri bei einer jährlich in Venedig stattfindenden Gondelregatta Wetten annahmen. Das war strenggenommen illegal, wenn auch nur, weil der Staat das Monopol auf jede Art von Glücksspiel behalten wollte.

Peroni hatte den Auftrag, die Gondelanlegestellen an der Accademia, der Ca' Rezzonico und der Rialto-Brücke zu beobachten, wo angeblich Wetten angenommen wurden, und herauszufinden, ob ein Organisator dahintersteckte. Und so kam es, daß sich Achille Peroni, der mit seinen ungeheuerlichen und dramatischen Taten oft die Adria in Atem gehalten hatte, nunmehr gezwungen sah, venezianische Hausfrauen dabei zu beobachten, wie sie bei den Gondolieri 1000-Lire-Wetten abschlossen.

Die Buchmacher an der Accademia und der Ca' Rezzonico hatte er rasch ausgemacht, ohne daß irgend etwas auf einen Organisator hindeutete, und nun war er zur Rialto-Brücke gekommen, wo der Buchmacher – ein freundlich aussehender, rundlicher Gondoliere, der munter mit Passanten plauderte und mit deren Kindern scherzte – genauso leicht zu erkennen war.

Peroni blickte auf seine *Times*, von der er ehrlich gesagt kaum etwas verstand. Vor Jahren war er für ein halbes Jahr zum New Scotland Yard geschickt worden, und sein schon damals recht schrulliges Englisch war inzwischen so brauchbar wie eines der ersten Telefone in einer Museumsvitrine. Doch seine Vorliebe für all das, was er naiverweise für typisch englisch hielt, hatte in keiner Weise nachgelassen – sein England war eine weitgehend mythische Welt, in der Bobbys übers ganze Gesicht strahlten, Big Ben dröhnende Glockenschläge von sich gab, Speck und Eier in der Pfanne brutzelten und Tee der reinste Zaubertrank war.

Peroni überflog also sehnsüchtig die überwiegend unverständlichen Schlagzeilen. Doch als er aufblickte, sah er, daß der rundliche, freundliche Gondoliere wie vom Erdboden verschwunden war.

Unter weniger langweiligen Umständen hätte er sich gefährliche Sorglosigkeit vorwerfen lassen müssen. Mit ökonomischer Schnelle ließ er den Blick über die Menschenmengen schweifen und sah gerade noch das kräftige Hinterteil des Gondoliere, wie das Kaninchen in Alices Wunderland, in einer engen *calle* verschwinden, einer der unzähligen kleinen, meist dunklen Gassen, von denen Venedig durchzogen wird.

Peroni legte 2000 Lire für seinen Chivas Regal auf den Tisch, faltete die *Times* zusammen und nahm unauffällig die Verfolgung auf. Der rundliche Gondoliere hastete durch die *calli*, ohne nach rechts oder links zu gucken. Wo auch immer er hinwollte, es war eindeutig eine Strecke, die er schon öfter gegangen war. Natürlich war möglich, daß er bloß nach Hause ging, aber das glaubte Peroni nicht. Gondolieri machten nicht einfach mir nichts dir nichts am hellichten Tag Feierabend.

Der über Brücken führende Zickzackkurs schien dem Gondoliere im Kopf einprogammiert wie bei einer Ameise. Und dann war er plötzlich am Ziel und ging hinein. Peroni blieb verblüfft stehen. Es war eine Kirche.

Eine sehr unbedeutende Kirche, eingefügt in die Flucht der Häuser auf beiden Seiten. Man hätte meinen können, daß sie sich tarnte – eine Art architektonischer Peroni –, um nicht von Touristen erkannt zu werden. Doch ihr kuriosestes Merkmal – das nicht zu tarnen war – waren die drei Stufen zum Hauptportal, die nicht nach oben, sondern nach unten führten.

Peroni wartete ein paar Minuten vor einem Schaufenster voller Schokoladenigel. Dann ging er hinein.

Die Tür kündigte ihn mit einem komplizierten Quietschen an, das wie ein Satz klang, den man einfach nicht verstehen konnte. In der Kirche roch es moderig, und es wäre dunkel gewesen, wenn nicht vor dem Fresko einer Heiligen, die Peroni nicht einordnen konnte, ein kleiner Wald Kerzen gebrannt hätte. Doch von dem freundlichen Gondoliere fehlte jede Spur.

Die *Times* unterm Arm machte aus Peroni einen englischen Touristen, der Venedig erkundete. Er nahm eine Wand voller Votivherzen so genau in Augenschein, als wären sie ein Tintoretto.

Und dann wurde ihm klar, wo der Gondoliere hingegangen war. Aus einem kastenförmigen Holzgebilde am hinteren Ende der Kirche drang kurz Geflüster, gefolgt von Stille, und dann weiteres Geflüster. Der Gondoliere beichtete.

Das Bild, das Peroni sich jetzt demonstrativ ansah, als wäre er in der National Gallery, war verwirrend. Es mutete wie ein Comic aus dem späten 18., frühen 19. Jahrhundert an, vom Stil her steif und naiv und offenbar ohne jeden künstlerischen Wert, aber seltsam faszinierend. Es waren vier Szenen dargestellt. In der ersten schlief ein Mann im Bett, während ein anderer Mann mit einem ungemein bösartigen Gesicht zum Fenster hereingeklettert kam. In der zweiten Szene stand der Schurke neben dem Bett und hielt einen stumpfen Gegenstand in der Hand, mit dem er dem Schlafenden offensichtlich den Schädel einschlagen wollte.

Der freundliche Gondoliere kam aus dem Beichtstuhl, machte einen raschen Knicks und ging hinaus, ohne Peroni auch nur eines Blickes zu würdigen. Peroni überlegte, ob er ihm folgen sollte, entschied sich aber dagegen. Die Spur des Gondoliere wäre leicht wieder aufzunehmen. Ob zu Recht oder zu Unrecht, die Kirche war es, die Peronis Interesse nun in Anspruch nahm.

Reglos und unsichtbar schien der Priester in dem Beichtstuhl darüber zu wachen. Peroni fragte sich, ob der Priester ihn wohl beobachtete. Fragte sich auch, was er als nächstes tun sollte.

Dann beschloß er, das Problem noch ein wenig zu verschieben und seine Besichtigung fortzusetzen. In der dritten Szene befanden sich die beiden Männer in der gleichen Position, doch die Decke war in zwei Teile gespalten und offenbarte die himmlische Gestalt eines Mädchens, vermutlich die Heilige des Freskos. Der Angreifer blickte sie entsetzt an, und der stumpfe Gegenstand war zu Boden gefallen, wo er keine Gefahr mehr darstellte. In der vierten und letzten Szene dann kletterte der Schurke zum Fenster hinaus, und der Schlafende kniete ehrfürchtig vor der himmlischen Erscheinung.

Die Tür zur Straße hin öffnete sich wieder quietschend, und diesmal klang das Quietschen wie ein mürrischer, älterer Diener, der seiner Herrin, der Stille im Innern der Kirche, einen Besucher ankündigte. Schwere Schritte hielten kurz für eine Kniebeuge inne und erklangen erneut. Peroni blickte sich um und erkannte gerade noch den Gondoliere, der an der Accademia Wetten angenommen hatte, bevor auch er in dem dunklen Beichtstuhl verschwand, und erneut drang Getuschel nach draußen in die Stille.

Die Kirche war also das Hauptquartier eines illegalen Wettrings.

Und das Bild war ein Exvoto. Der Schläfer hatte im Bett ermordet werden sollen, doch just vor Ausführung der Tat war die Heilige, wer auch immer sie war, erschienen und hatte den Angreifer verscheucht. Der so knapp dem Tode Entronnene hatte aus Dankbarkeit das Bild malen lassen. Und heute hing es in der Kirche, obwohl vermutlich niemand mehr die leiseste Ahnung hatte, wer die beiden Männer waren oder was genau hinter diesem Drama steckte, das sich zweihundert Jahre zuvor in Venedig zugetragen hatte.

Die Beichte des Accademia-Gondoliere war zu Ende, und auch er verließ die Kirche. Das anstehende Problem ließ sich nicht länger verschieben. Aber wie eröffnet man als Polizist das Gespräch mit einem unbekannten Priester in einem Beichtstuhl? Zieht man einfach den Vorhang beiseite, um den geweihten Insassen zu enthüllen? Bestimmt nicht, wenn man Neapolitaner ist.

Peroni ging zu dem Beichtstuhl und las auf der Karte draußen den Namen des Priesters, Don Amos. Dann kniete er sich mit einem unbehaglichen, aber zumindest nicht ikonoklastischen Gefühl vor das Gitter.

Es entstand eine Pause, in der er irrationalerweise meinte, der schweigende und unsichtbare Priester hätte ihn irgendwie durchschaut, statt umgekehrt. Verstärkt wurde dieser Eindruck durch das Gefühl, daß der Priester ihn sehen konnte, während er dessen Gesicht nicht einmal erahnte.

»Gelobt sei Jesus Christus.« Die Stimme, die die Eröffnungsworte der Beichte sprach, klang sachlich und war von einem starken venezianischen Dialekt gefärbt.

»In Ewigkeit Amen«, erwiderte Peroni.

»Wann war deine letzte Beichte?«

Peroni zwang sich zu einer Entscheidung. »*Questura*«, sagte er.

Am besten kommt man per Bahn in Venedig an. Wer vom Flughafen Marco Polo kommt oder den Wagen auf der Piazzale Roma abstellt, wird Schritt für Schritt venezianisiert. Doch wenn man mit dem Zug kommt, taucht man in derselben Minute, in der man den Bahnhof verläßt, ins Herz der Stadt ein. Der Canal Grande liegt vor einem, Gondeln fahren hin und her, Wasserbusse tuckern vorbei, und ohne aufdringlich zu sein, präsentiert sich links von einem die Scalzi-Kirche, ein Stück venezianischer Architektur, wie es typischer nicht sein könnte.

Mr. Cornelius Ruskin wußte das sehr wohl, und er hatte seine Reise entsprechend geplant. Als er also aus dem Bahnhof trat, hielt er eine Sekunde entzückt inne, um den herrlichen Anblick zu genießen. Venedig hatte sich nicht verändert. Das war das Wunderbare an dieser Stadt – sie versank in der Adria, sie zerfiel, sie ging langsam zugrunde, aber sie veränderte sich nicht.

Tatsächlich war Mr. Ruskin für gewisse Kreise in der Stadt eine Art Ehrenvenezianer. Er war nämlich der größte lebende Experte für Carlo Goldoni, den venezianischen Bühnendichter des 18. Jahrhunderts, sowie für dessen Epoche, und daheim in den Staaten hatte er viele Bücher über das Thema veröffentlicht.

Seine alljährliche Studienreise hatte er diesmal so gelegt, daß er das venezianische Goldoni-Festival besuchen konnte, das am nächsten Tag beginnen sollte. Als er nun also die Treppe des Bahnhofs hinabging, fiel ihm sogleich das Werbeplakat für das Festival auf, von dem ihm ein Exemplar in das College gesandt worden war, wo er lehrte.

Auf dem Plakat war eine schlanke, attraktive Frauengestalt abgebildet. Sie trug ein Kleid im Stil des 18. Jahrhunderts mit einem geblümten Rock, und sie hatte in der Hand einen Besen, obwohl sie offenbar nur äußerst halbherzig fegte, da sie in Gedanken wohl eher bei irgendeinem jungen Verehrer war, der sich ihr, den Blicken des Betrachters durch eine Tür verborgen, näherte, während sie mit niedergeschlagenen Augen sittsam bemüht war, so zu tun, als wäre er nicht da.

Das Motiv des Plakates war passend, dachte Mr. Ruskin, denn in Goldonis Stücken wimmelte es nur so von Frauengestalten wie dieser kleinen Dienstmagd, Figuren, für die der Autor weitaus mehr als nur literarische Leidenschaft empfunden hatte.

Der einzige Name auf dem Plakat, abgesehen von Goldonis, war der von Maddalena Spinelli, Italiens führender Schauspielerin und herausragender Interpretin von Goldonis Heldinnen. La Spinella war auch auf der Bühne des Lebens berühmt, und Mr. Ruskin wußte aus einer Wochenzeitschrift, die er ebenfalls am College erhielt, bestens über sie Bescheid. Mit wissenschaftlichem Interesse hatte er ihre stürmischen amourösen Abenteuer verfolgt, in die führende Politiker verwickelt waren, Männer aus dem Jet-set, Künstler, Filmstars, Geschäftsleute, Sportler, Rennfahrer und einmal ein riesiger Müllmann aus Cagliari.

Er wußte auch, daß diese Serie vor kurzem unterbrochen worden war, als Maddalena Spinelli ihre Heiratspläne mit Fürst Attilio Cattamini verkündet hatte, einem bekannten Mitglied des römischen Kurienadels, der sein Vermögen unter anderem mit der Herstellung elektrischer Haushaltsgeräte gemacht hatte.

Doch hoch über diese flüchtigen Kapricen ragte – für Mr. Ruskin – die Tatsache auf, daß Spinelli nach der großen Duse die beste Mirandolina in *La Locandiera* war, und er sah der Aufführung mit fast religiöser Ehrfurcht entgegen.

Er stand einen Augenblick da, unschlüssig, ob er ein Wassertaxi oder eine Gondel nehmen sollte. Doch die Unentschlossenheit währte nur kurz, denn sein für Venedig schlagendes Herz bestand darauf, daß nur die Gondel in Frage kam. Also ließ er sein Gepäck an Bord bringen und setzte sich dann mittschiffs in einen der glänzenden ledergepolsterten Sitze.

»*Il Vivaldi, per favore*«, sagte er in seinem akkuraten, aber nicht akzentfreien Italienisch und bereitete sich darauf vor, metaphorisch in den Canal Grande zu tauchen, ohne zu ahnen, daß er, um es mit den Worten seines Lieblingsautors zu sagen, bald zu einer »Nebenfigur« werden würde, »die den Ablauf der Ereignisse verkompliziert und die Katastrophe vorbereitet.«

»Sie wollen ganz bestimmt nicht beichten?« fragte der Priester, der durch die Offenbarung, daß Peroni Polizist war, in keiner Weise beunruhigt schien.

»Nein«, sagte Peroni. »Danke.«

»Das Beichtsakrament wird heutzutage unterschätzt. Im Zeitalter der Hypochondrie ist den Leuten nicht klar, was die Beichte für einen therapeutischen Wert hat. Ich kannte mal eine Frau, die einen Kropf von der Größe eines Fußballs hatte. Der Kropf verschwand im selben Moment, als ihr die Absolution erteilt wurde. *Ego te absolvo a peccatis tuis*, und, paff, weg war er, wie ein geplatzter Ballon. Aber wenn Sie nicht wollen, dann wollen Sie eben nicht.«

Peroni öffnete den Mund, doch bevor er etwas sagen konnte, sprach der Priester weiter. »Sie sind aus Neapel?« Peroni gab es zu. »Hört man an Ihrer Aussprache. Und ich nehme an, wie die meisten Neapolitaner legen Sie Ihr ganzes Vertrauen in die Hände des heiligen Januarius. Ein vortrefflicher Heiliger natürlich«, fuhr er fort, als würde er einen guten Metzger empfehlen, »aber beileibe nicht der einzige Vermittler göttlicher Gnade. Doch Gott hat euch Neapolitaner nun mal geschaffen, also wird er bei ein wenig übersteigertem Lokalpatriotismus sicherlich ein Auge zudrücken.«

Peroni war sprachlos, denn er verließ sich tatsächlich oft auf den heiligen Januarius, den Schutzpatron Neapels, dessen Blut sich zweimal im Jahr zur ehrfürchtigen Verzückung der Neapolitaner auf wundersame Weise verflüssigte. Doch das Gespräch, so meinte er, mußte auf ein orthodoxeres Fundament gestellt werden.

»Ich hoffe, es macht Ihnen nichts aus«, sagte er, »aber ich muß Ihnen ein paar Fragen stellen.«

»Mhm.« Der Priester schien darüber nachzudenken. Dann sagte er: »Sofort.«

Er murmelte etwas auf lateinisch, bevor er den Vorhang des Beichtstuhls aufzog, und als er dann heraustrat, bekam Peroni seinen Gesprächspartner endlich zu Gesicht. Er war ein korpulenter Mann mit kräftigen Händen, und er trug eine abgewetzte Soutane, die nicht gerade sauber aussah.

»In der Sakristei können wir uns besser unterhalten«, sagte er und ging voraus, blieb aber in der Mitte der Kirche vor dem Kerzenwald, dem Fresko und dem Bild stehen.

»Das flüssig werdende Blut Ihres heiligen Januarius ist ja gut und schön«, sagte er, »aber es ist nichts im Vergleich zu dem, was sie früher gemacht hat.«

»Sie?« sagte Peroni mit unwillkürlicher Neugier.

»Die heilige Angela. Die Schutzheilige der Gondolieri. Sie steht zwar nicht im offiziellen Heiligenkalender, aber die Gondolieri verehren sie trotzdem, also muß die Kirche es hinnehmen. Sie lebte im 13. Jahrhundert in Venedig, und wenn sie kein Boot finden konnte, das sie zur heiligen Messe brachte, ist sie einfach über den Canal Grande gegangen.«

»Über die Brücke?«

»Nein, nein, nein – übers Wasser. Sie hat noch zahllose andere Wunder getan, zumindest sagen die Leute das, was am Ende aufs selbe hinausläuft. Sehen Sie die Schatulle da?« Peroni bemerkte eine mit Edelsteinen verzierte Schatulle in einer Vitrine unter dem Fresko. »Darin befindet sich ihr rechter Zeigefinger. Zu Lebzeiten hat sie immer über die Teilnehmer an der Regatta das Kreuzzeichen geschlagen. Und nach ihrem Tod hat ihr Finger es am Tag der Regatta weitergemacht. Jahrhundertelang.«

»Und heute?«

»Es hörte 1852 auf, als der Patriarch von Venedig die ganze Zeremonie, die sich natürlich daraus entwickelt hatte, mit der Begründung verbot, daß Angela keine kanonisierte Heilige war.«

Er hob eine seiner großen Hände wie zum Gruß, ob er den Finger meinte oder das Fresko, konnte Peroni nicht sagen, und ging weiter durch die Kirche. Hinter dem Hauptaltar war eine Tür, durch die sie in eine dunkle und muffige Sakristei gelangten. Der Priester ging zu einem hohen Schrank, aus dem er eine Flasche und zwei Gläser nahm.

»Wein«, verkündete er, während er für sie beide einschenkte. »Sie sagten, Sie hätten ein paar Fragen?«

»Vorhin «, sagte Peroni, der sich aus irgendeinem Grund gehemmt fühlte, »waren zwei Gondolieri bei Ihnen im Beichtstuhl.«

»Das ist richtig.«

»Um zu beichten?«

»Auch das ist richtig.«

»Was wollten sie sonst noch?«

»Mir Wettscheine und Geld geben.«

Peroni kam sich vor wie beim Tauziehen, und die Person am anderen Ende hatte plötzlich losgelassen. Er nahm einen Schluck Wein, der ausgezeichnet war.

»Dann leiten Sie also eine Wettorganisation für die Historische Regatta?«

»Und für alle anderen Regatten.«

»Wie lange machen Sie das schon?«

»Etwas über ein Jahr.«

»Wieso haben Sie damit angefangen?«

»Oh, ich habe nicht damit angefangen. Das geht schon seit ewigen Zeiten so. Die Venezianer wetten von jeher bei all ihren Regatten, und Gondolieri nehmen die Wetten an. Aber Gondolieri sind ein unordentlicher Menschenschlag, und die Wetten wurden nicht immer so gewissenhaft verwaltet, wie es wünschenswert gewesen wäre, also haben sie mich gebeten, das zu übernehmen.«

»Darf ich mal sehen?« Peroni hielt eine Hand hin, und der Priester zog ein Bündel Banknoten und Wettscheine aus seiner Soutane. Insgesamt 175.000 Lire. »Wie viele Gondolieri nehmen die Wetten an?«

»Im Schnitt so um die dreißig.«

»Dabei muß viel Geld im Spiel sein.«

»Ein hübsches Sümmchen, aber es ist nicht so lukrativ, wie Sie vielleicht denken. Die Gewinne müssen natürlich ausgezahlt werden, und die Gondolieri, die die Wetten annehmen, kriegen eine Provision. Was übrigbleibt, verwalte ich treuhänderisch für in Not geratene Gondolieri und ihre Familien.«

Peroni sah ihn verdutzt an. »Sie machen es für karitative Zwekke?«

»Aber natürlich.«

Peroni blickte auf die Wettscheine, die er verwirrend fand. Der Name des Wetters stand darauf, die gesetzte Summe und die Gewinnchancen. Dann folgten Namen oder offenbar Spitznamen sowie eine Farbe, eine Zahl, ein Ortsname oder verblüffenderweise das Wort Ferkel.

»Vielleicht sollte ich es Ihnen erklären«, sagte Don Amos, als wäre Peroni ein begriffsstutziger, aber bemühter Meßdiener. »In Venedig wurde schon immer mit großer Leidenschaft gewettet. Es ist noch gar nicht so lange her, da lernten die Kinder das Alphabet mit Hilfe von Spielkarten wie Asse oder Buben. Und die Venezianer wetten auf alles. Die alte Geschichte von den Männern, die darum wetten, wo genau ein Fliege sich niederläßt, stammt aus dieser Stadt. Und bei den Regatten zu wetten ist eine traditionsreiche, komplexe und in vielerlei Hinsicht fast rituelle Angelegenheit. Die Venezianer würden sich nie damit zufrieden geben, ausschließlich darum zu wetten, welcher Gondoliere als erster, zweiter oder dritter ins Ziel geht. Sie wetten auf jede Plazierung. Die Farben – weiß, gelb, violett und so weiter – sind die Farben der einzelnen Renngondeln, die ausgelost werden.«

»Dann bedeutet ›Der Stier – gelb‹ also, daß jemand wettet, daß der Stier beim Auslosen eine gelbe Gondel ziehen wird.«

»Genau.«

»Warum wird er der Stier genannt?«

Der Priester blickte ihn erstaunt an. »Soll das heißen, Sie haben noch nie von ihm gehört? Der Stier ist der größte Regattasieger aller Zeiten, und den Spitznamen hat er wegen seiner ungeheuren Kraft verpaßt bekommen. Er hat die Historische Regatta neunmal hintereinander gewonnen, und keine Macht der Welt wird ihn daran hindern, am übernächsten Sonntag zum zehntenmal zu gewinnen.«

»Auf dem Schein hier steht Accademia Abracadabra Drei. Was bedeutet das?«

»Da wettet jemand, daß der Gondoliere mit dem Spitznamen Abracadabra als dritter die Accademia-Brücke passiert.«

»Und das Ferkel?«

»Da wettet jemand auf den vierten Platz. Traditionellerweise ist der vierte Preis ein Spanferkel.«

Es klang alles ganz harmlos, dachte Peroni, aber die Behördenmaschinerie war in Gang gekommen, und Don Amos war genau wie er in dem Räderwerk gefangen. »Ich muß Sie leider bitten, mich zur *Questura* zu begleiten«, sagte er.

Der Priester kippte seinen Wein hinunter, zuckte die Achseln und sagte: »Was sein muß, muß sein.«

Die übervölkerten *calli* von Venedig waren ein Chiaroscuro aus Sonnenlicht und Schatten, und als Peroni mit dem wohlbeleibten Priester durch sie hindurch von der Kirche zum Polizeiboot ging, wurden sie von vielen Leuten angestarrt, die sich sogar umdrehten, um das ungleiche Paar zu beobachten.

Zunächst meinte Peroni, daß sie einfach neugierig waren, und es machte ihn lediglich verlegen. Doch nach einer Weile hatte er das seltsame Gefühl, daß die Neugier in Feindseligkeit umschlug, und seine eigene Reaktion pendelte sich bei Angst ein.

Die Geschichte mit Don Amos und den Wetten nahm den Rest des Tages in Anspruch. Taktvolle Erkundigungen bei den Kirchenoberen ergaben, daß man ihm nichts Gravierenderes als Exzentrizität zum Vorwurf machte, die unter anderem darin zutage trat, daß er sich für die inoffizielle Heilige Angela einsetzte. Aber er war beliebt, besonders bei den Gondolieri, und es war nicht gegen ihn vorgegangen worden.

Bald war klar, daß auch die Polizei nicht gegen ihn vorgehen würde. Die Sache war eine Bagatelle. Außerdem, ein Priester ist und bleibt nun mal ein Priester, und niemand wollte den Unmut des Erzbischofs von Venedig erregen.

Das Problem war nur, was mit dem Wettring geschehen sollte. Jetzt, da sich die Behörden eingeschaltet hatten, konnten die Wetten wohl kaum weiter geduldet werden. Nach einer eiligen Besprechung zwischen Peroni und *Dott.* Amabile, dem *Questore*, dem Polizeichef von Venedig, wurde einhellig entschieden, daß Don Amos augenblicklich unter der Bedingung auf freien Fuß gesetzt werden sollte, daß die ganze Sache ein Ende hatte und die Wetter ihr Geld zurückbekamen.

Der Priester zuckte erneut die Achseln, als er von der Entscheidung hörte. »Dann fängt es bloß irgendwo anders wieder an«, sagte er.

»Das weiß ich«, erwiderte Peroni und gab ihm die Hand. Und nachdem das geklärt war, ging er nach Hause.

Peronis Zuhause in Venedig war eine große, feuchte, ungemütliche Wohnung in der zweiten Etage eines zerfallenden Palazzos nicht weit von der Rialto-Brücke, und zwar auf der Seite mit den Obst- und Gemüseständen. Die Zimmer waren hoch und breit und mit sämtlichen Möbeln zugestellt, die der Vermieter anderswo nicht hatte loswerden können, und so wohnte Peroni in Gesellschaft mehrerer großer leerer Vitrinen, eines dunklen und sperrigen Schrankes, der aussah, als wäre er gerne Sarg geworden, einer ungemein verspielten Frisierkommode, eines kaputten Schaukelstuhls, der ruckartig bockte, wenn man darin saß, und eines Bücherschrankes voll mit zusammengewürfeltem Trödel wie beispielsweise einer Trompete, einem zerbrochenen Opernglas, einem Sombrero und einer Puppe mit nur einem Auge, die aufgrund eines merkwürdigen Mechanikfehlers »*Mamma*« sagte, wann immer ihr offensichtlich danach war.

Peroni wohnte hier, wenn man überhaupt von wohnen sprechen konnte, denn obwohl die Wohnung mit unpassenden Möbeln regelrecht vollgestopft war, so war sie in anderer Hinsicht nach seinem Geschmack viel zu leer. Seine neapolitanische Seele hungerte nach Gesellschaft. Er hatte keine eigene Familie, sondern noch bis vor kurzem bei seiner Schwester gelebt, die einen temperamentvollen, netten Norditaliener geheiratet und zwei Kinder bekommen hatte. Peroni war vor allem in seine Nichte Anna Maria vernarrt und vermißte sie alle schmerzlich.

Wenn die Kinder Schularbeiten machten und sich zankten, wenn die Teller mit Spaghetti beim Essen schepperten wie Beckenschläge, wenn der Fernseher zu laut aufgedreht war und vor allem die ständigen leidenschaftlichen Diskussionen innerhalb und außerhalb der Familie über vertrauliche Polizeiangelegenheiten, all das hatte ihn ab und zu geärgert, als es noch fest zu seinem Leben gehörte, doch jetzt dachte er daran, wie ein Reisender in der Wüste an kühlen Schatten und Wasser denkt.

Zwar konnte er in der Wohnung Besuch von Frauen empfangen, was auch vorkam, doch er hatte noch keine gefunden, die imstande gewesen wäre, ihm das Gefühl von Leere innerhalb seiner vier Wände zu nehmen. Tatsächlich hatte er seit geraumer Zeit die lastende gewittrige Schwere empfunden, die der Liebe vorausgeht, doch obwohl er aus eigener Erfahrung wußte, daß Venezianerinnen wunderbare Frauen waren, hatte es bislang nicht das kleinste Flakkern oder Donnergrollen an seinem Horizont gegeben.

Inzwischen hielt er sich möglichst wenig in der Wohnung auf, und auch jetzt war er nur nach Hause gegangen, um sich ein frisches Hemd anzuziehen, weil er eine Pizza essen gehen und noch einmal zur *Questura* wollte. Er ging ins Schlafzimmer, blieb am Fenster stehen und blickte auf die Taube, die gegenüber wohnte. Die *calle* unter dem Fenster war so schmal, daß man in ihr keinen Schirm aufspannen konnte, und er beobachtete oft die Taube auf der anderen Seite, die in dem Fenster gegenüber unablässig Selbstgespräche führte, und dachte bei sich, daß er, wenn er blitzschnell den Arm ausstreckte, gebratene Taube zum Abendessen haben könnte.

Und während er die Taube betrachtete, verspürte er plötzlich wieder etwas von der Angst, die er zuvor in Begleitung von Don Amos empfunden hatte. Wieso, konnte er nicht sagen, denn das Gefühl schien so unmotiviert wie der »*Mamma*«-Ruf der Puppe.

Kapitel 2

Venedig ist ein solches Labyrinth, daß die Einwohner auf die Frage nach dem Weg stets erwidern: »Immer geradeaus«; eine genauere Beschreibung würde einen regelrechten Vortrag erfordern. Dieses Labyrinth fand sich in Miniaturform in der Rechtsanwaltskanzlei wieder. Das bißchen freier Raum zwischen den Möbeln verlief wie der Zickzackgang eines Betrunkenen, genau wie die venezianischen *calli*, und Bücher, Dokumente, Briefe, Akten, alte Briefe und Fotografien lagen überall herum, scheinbar ohne Sinn und Verstand.

Trotzdem hätte der Anwalt selbst mit verbundenen Augen alles im Handumdrehen finden können, denn das Büro war seit vierzig Jahren sein Reich, und er kannte hier jeden Winkel so gut wie seine venezianischen Mitbürger den Irrgarten ihrer Stadt.

Doch jetzt lagen die *calli* und Kanäle im Dunkeln, und es wurde Zeit für den Anwalt, nach Hause zu gehen, wo er sich das Abendessen zu Gemüte führen würde, das die Zugehfrau für ihn gekocht hatte, bevor sie ging. Und während des Essens würde er genauestens die venezianische Tageszeitung, den *Gazzettino*, studieren, die zusammengefaltet neben seinem Teller lag. Er ging sie jeden Abend Wort für Wort durch und stieß häufig auf interessante Informationen.

Er packte die Sachen auf seinem Schreibtisch zusammen, stand mühsam auf und öffnete die Tür hinter sich. Normalerweise hätte er diese Dinge in einer Bank deponiert, aber dazu war es zu spät, und sein privater Safe tat die gleichen Dienste.

Nachdem das erledigt war, trat er zurück in sein Büro, verschloß die Tür hinter sich, nahm Hut, Mantel und Zeitung, ging hinaus und schloß die Hauptbürotür mit einem anderen von den Schlüsseln ab, die an einer in seiner Westentasche befestigten Kette hingen.

Er ging nicht nur wie jeden Abend dieselbe Strecke nach Hause, er setzte die Füße sogar an genau denselben Stellen aufs Pflaster, ohne nach rechts oder links zu schauen, während er über die Dinge nachgrübelte, die seine Gedanken beschäftigten. Alles in allem waren es zufriedenstellende Gedanken; die Dinge ließen sich gut an. Sein neues profitables Netzwerk hatte Zeit und Mühe gekostet, aber endlich konnte er sich beglückwünschen, daß er Erfolg hatte.

Und speziell das neueste Projekt war vielversprechend. Äußerst vielversprechend. Er hatte allen Grund zu vorsichtigem Optimismus.

Er bemerkte die Gestalt nicht, die links von ihm hinter der Ecke stand, als er zu einer kleinen Kreuzung der *calli* kam. Tatsächlich war das erste, was er von ihr mitbekam, ein Schlag auf den Hinterkopf, der ihn mit der geballten Wucht aller Steine Venedigs traf.

Aber da war es bereits zu spät.

Aufgrund irgendeines seltsam ungewöhnlichen Mietvertrags liegt im Erdgeschoß zwischen den Büros der venezianischen Polizei und dem Hauptquartier des Überfallkommandos ein Laden für Hörgeräte. Peroni kam es so vor, als hätte das körperliche Gebrechen, das man dort zu beheben versuchte, die Substanz des Gebäudes durchdrungen und eine irgendwie wattige Dumpfheit erzeugt, die das Leben in Venedig so trübe machte.

Auch die Aussicht aus seinem Bürofenster konnte ihn nicht aufheitern. Die Fondamenta San Lorenzo ist eine trostlose Nebenstraße, in die sich nur hin und wieder Touristen verirren, die eigentlich woanders hinwollen. Es gibt einen stillen, schmalen Kanal und, auf der Seite gegenüber der *Questura*, ein düster aussehendes Altenheim und die Kirche San Lorenzo, die jeden Augenblick einzustürzen droht. Dramatische Risse durchziehen die Fassade wie ein gigantisches Spinnennetz.

Dennoch war irgend jemand so wagemutig gewesen, das gleiche Plakat für das Goldoni-Festival an die Fassade zu kleben, das Cornelius Ruskin bei seiner Ankunft in Venedig vier Tage zuvor gesehen hatte, und dieser Anblick munterte Peroni tatsächlich ein wenig auf. Während er das kleine Dienstmädchen mit einer Mischung aus Zärtlichkeit und verträumter Lüsternheit in Augenschein nahm, klingelte eines der Telefone auf seinem Schreibtisch.

»*Pronto*?« sagte er, nachdem er den Hörer abgenommen hatte.

»*Pronto*«, sagte die Stimme am anderen Ende und erkannte den vor der Pension stehenden *Maresciallo* unten aus der Zentrale. »Wir haben einen Notruf bekommen – eine Frau sagt, im Corte Balbi nicht weit vom Teatro la Fenice liegt eine männliche Leiche.«

Die Geschwindigkeit der auf den Kanälen verkehrenden Boote ist gesetzlich geregelt, denn ansonsten würden die jahrhundertealten Palazzi frühzeitig in ihr Wassergrab stürzen. Aber *Madonna Santissima*, dachte Peroni, als sie im Tempo eines altersschwachen Wals dahintuckerten, was machte man in einem echten Notfall?

»Sehr heiß, die Sonne in Venedig«, sagte de Benedetti, der venezianische Kollege, der mit im Polizeiboot saß.

Typisch Venezianer, dachte Peroni, sogar die Sonne in Venedig mußte anders sein als anderswo. Und was war mit Peronis neapolitanischer Sonne, die selbst zum Pizzabacken heiß genug war? Aber de Benedetti war ein angenehmer Zeitgenosse, und so gab Peroni zu, daß die venezianische Sonne wirklich sehr heiß brannte.

Das Boot fuhr gemächlich unter einer Brücke hindurch und hinaus auf die Lagune. Einen Augenblick lang schien es im Wasser still zu stehen, dann schoß es mit einem Mal vorwärts wie ein Jet gen Himmel und raste in einem großen, schwungvollen Bogen weiter, rechts und links Gischt aufsprühend wie die Flügel eines Erzengels.

Peroni, der sich gelegentlich privat ein Motorboot mietete, beschloß, diesen Trick selbst irgendwann mal auszuprobieren.

Jetzt schien das Boot Kurs auf die Insel San Giorgio zu nehmen, doch dann wurde die Krümmung des Bogens offensichtlich, und sein Bug richtete sich auf die Kuppel der Salute-Kirche. Sie fuhren links an der Kirche vorbei, und so schnell, wie der Flug begonnen hatte, war er auch schon wieder zu Ende, und sie befanden sich auf dem unruhigen Wasser des Canal Grande.

Nach wenigen Minuten bog das Boot nach rechts in einen dunklen Seitenkanal ein. Er wirkte verlassen, doch dann hörten sie von irgendwo vor sich ein melancholisches, hallendes »*Ole*!«, das Peroni inzwischen als den jahrhundertealten Warnruf der Gondolieri erkannte, mit dem sie ankündigten, daß sie um eine Ecke bogen. Und wirklich, gleich darauf kam ein silbernes Bugeisen in Sicht, gefolgt von dem langen, schwarzen Körper der Gondel.

»Wie schaffen die das bloß, mit so langen Booten um so enge Biegungen zu fahren, *Dottore*?« fragte Peroni bewundernd.

»Das ist eine echte Kunst, *Dottore*«, sagte de Benedetti mit erfreutem Unterton. In der *Questura* waren sie alle *Dottore* – kurz *Dott.* Das bedeutete nicht, daß sie Ärzte waren, sondern nur, daß sie einen akademischen Grad hatten – meist in Jura, das kürzeste und einfachste Studium überhaupt. »Übrigens ist das hier für die Gondolieri der kniffligste Teil von Venedig. Hier machen sie ihre Prüfung.«

»Eine richtige Prüfung?«

»Oh ja«, sagte de Benedetti, höflich schockiert über soviel Ignoranz. »Sie müssen auf ihrem Gebiet genauso professionell sein wie wir auf unserem.«

Der Profi, der jetzt auf sie zuruderte, hatte, so Peronis Eindruck, etwas Schurkisches an sich, aber er steuerte sein Gefährt überaus geschickt und ließ es nur wenige Zentimeter fast verächtlich an dem Polizeiboot vorbeigleiten.

Kurz darauf hielten sie an einer Anlegestelle. »Wir sind schneller, wenn wir von hier aus zu Fuß gehen«, sagte de Benedetti.

Es war nicht weit. Sie überquerten einen Kanal, wo auf einem Schild »*Schwimmen verboten*« stand, und Peroni fragte sich, welcher nur halbwegs vernünftige Mensch wohl auf die Idee kommen würde, in diesem Wasser zu schwimmen; sie bogen in eine *calle* und sahen nicht weit entfernt eine dieser typischen Ansammlungen schweigender, gaffender Menschen, die auf eine Tragödie schließen lassen. Als sie näherkamen, sah Peroni, daß diese Menschentraube aus einem niedrigen, schmalen Torbogen quoll, der den Namen *Sotoportego e corte Balbi o Morosini* trug.

Das Grüppchen Kripobeamter und uniformierter Polizisten bahnte sich hinter Peroni mit dem magischen Wort »*Questura*« einen Weg durch die Menge; sie mußten den Kopf einziehen, als sie unter dem Torbogen hindurchgingen und den *corte* betraten. Es war ein winziger Hof, der an drei Seiten von Häuserrückseiten umgeben war und von Geranien auf den Fensterbänken und zum Trocknen aufgehängter Wäsche belebt wurde, darunter auch überraschend zarte Damenunterwäsche, die die Aufmerksamkeit des tadelnswerten Neapolitaners Peroni erregte, der stets im Innern des *Commissario* lauerte.

Als sie sich durch die Menschenmenge gezwängt hatten, sahen sie auf den Steinplatten eine menschliche Gestalt liegen, die fast vollständig mit einem Stück Segeltuch bedeckt war. Irgendwer hatte das Tuch so weit heruntergezogen, daß das Gesicht eines älteren Mannes zu sehen war, das Peroni aus irgendeinem Grund an Pantalone denken ließ; nicht den komischen Pantalone aus der Commedia dell'Arte, sondern einen von Goldonis bärbeißigen, nüchternen, venezianischen, geschäftsmännischen Pantalone-Typen.

De Benedetti ging in die Hocke und zog das Segeltuch ganz herunter; zum Vorschein kam ein streng und pedantisch aussehender Mann zirka Mitte Sechzig, der fast wie eine Karikatur altmodischer Bürgerlichkeit wirkte: schwarzer Anzug und Weste mit goldener Uhrkette, Hemd mit gestärktem Kragen und Manschetten, silbergraue Krawatte, schwarze Schuhe und, so unwahrscheinlich es auch war, Gamaschen. Das Gesicht war runzlig wie eine Dörrpflaume und trug einen mißbilligenden Ausdruck.

Die Mißbilligung mochte auf den Umstand zurückzuführen sein, daß der Hinterkopf des älteren Herrn fehlte. Dort, wo der Schädel eingeschlagen worden war, klaffte ein tiefes, blutverkrustetes Loch.

Peroni zündete sich eine englische Schwarzmarktzigarette an. »Rufen Sie im Präsidium an und lassen Sie einen Arzt und einen Fotografen kommen«, sagte er zu einem der uniformierten Polizisten.

»*Si, Dottore.*«

Grummelnd und schlurfend ließ sich die Menschenmenge zurückdrängen. Und dann bemerkte Peroni, daß de Benedetti ungläubig auf die Leiche starrte.

»Das ist *Avvocato* Bixi«, sagte er, als beantworte er eine Frage.

»Ein Anwalt?« sagte Peroni interessiert. Die Hoteldetektiv-Nummer schien besser zu werden.

»Ich kenne ihn nicht gut«, sagte de Benedetti, »aber ich habe ihn hin und wieder im Gericht gesehen.«

»Dann wollen wir ihn mal unter die Lupe nehmen«, sagte Peroni.

Eine flüchtige Untersuchung förderte, in einer Innentasche, die Brieftasche des Anwalts mit seinem Personalausweis und 27.000 Lire in Scheinen zutage. Außerdem ergab sie das Fehlen jeglicher Schlüssel, die offenbar von einer an der Weste befestigten Kette abgerissen worden waren. De Benedetti und Peroni blickten einander an, als sie das feststellten.

»Vielleicht wußte er irgend etwas über irgend jemanden«, sagte de Benedetti.

»Das ist bei Anwälten häufig der Fall«, sagte Peroni. »Was für ein Anwalt war er?«

»Na, eben ein Anwalt«, sagte de Benedetti und hielt dann inne, als wäre ihm etwas eingefallen.

»Was ist, *Dottore*?« drängte Peroni.

»Eigentlich nichts. Ich mußte nur eben an eine alte venezianische Anekdote denken. Jemand hat einen Grabstein mit der Inschrift gesehen „Hier ruht ein Anwalt und ein ehrlicher Mann« und sagte »Wie kann man nur zwei Menschen in ein und demselben Grab bestatten?«»

»Wollen Sie damit andeuten, daß *Avvocato* ... Wie war noch gleich sein Name –«

»Bixi«, sagte de Benedetti. »Nein, nein. Es macht nur deutlich, wie der Anwaltsberuf gemeinhin gesehen wird.«

»Und nicht ganz zu Unrecht«, sagte Peroni. Nachdenklich betrachtete er die erschlagene Leuchte venezianischer Gerichtssäle. »Ich vermute«, sagte er, »daß Bixi nicht hier getötet wurde. Erstens müßte bei einer so enormen Wunde mehr Blut und Hirn verspritzt sein. Und zweitens sind die Fersen der Schuhe abgeschabt, als wäre er hierhergeschleift worden. Lassen Sie ein paar Leute kommen, die sich hier umsehen, ja? Vielleicht finden sie irgendwelche Spuren.«

»Sofort, *Dottore*.«

»Und wir brauchen auch seine Privatadresse und die von seiner Kanzlei. Wenn wir mit den Schlüsseln recht haben, finden wir vielleicht einen Anhaltspunkt dafür, worauf es jemand abgesehen hatte.«

Als de Benedetti fort war, um seine Aufträge zu erledigen, trafen der Polizeiarzt und der Fotograf ein. Der Arzt war ein pummeliger, verschwitzter Sarde, und er und Peroni begrüßten einander mit der Herzlichkeit zweier Süditaliener, die sich im Norden treffen.

»Also, wegen der Todesursache müssen Sie wohl nicht die Obduktion abwarten«, sagte der Sarde. »Stumpfer, schwerer Gegenstand. Irgendwann gestern abend, würde ich spontan sagen.«

Peroni dachte an den stumpfen, schweren Gegenstand in dem Bild in der Kirche. Die heilige Angela war ganz sicher nicht erschienen, um *Avv.* Bixis Angreifer zu verscheuchen.

Der Arzt bestätigte außerdem zögerlich Peronis Theorie, daß

Bixi woanders getötet worden war. »Genaueres kann ich Ihnen sagen, wenn ich ihn mir gründlich angesehen habe«, meinte er.

»Im Augenblick warte ich noch auf den Untersuchungsrichter«, sagte Peroni. »Dann gehört er Ihnen.«

»*A posse ad esse.*« Eine heisere Flüsterstimme schien sich neben Peroni zu materialisieren, der sich umdrehte und einen sehr großen, dünnen, irgendwie baumähnlichen Mann mit einem dichten Blattwerk aus frühzeitig ergrautem Haar vor sich sah.

»Wie bitte?« sagte Peroni.

»Tron«, sagte der Mann und streckte die Hand aus, die Peroni zögernd ergriff.

»*Dott.* Tron«, erklärte der Polizeiarzt. »Der Untersuchungsrichter.«

»Oh, verzeihen Sie«, sagte Peroni. Diesmal gaben sich alle einschließlich des Fotografen herzlich die Hand.

»Ich bin es, der sich entschuldigen muß«, sagte Tron, »dafür, daß ich Sie so unvorbereitet mit einem lateinischen Spruch überfalle. Das ist eine Marotte, die ich mir im *Liceo* angewöhnt habe. Viele finden sie lästig, aber ich kann mich nur schwer beherrschen. *Dott.* Peroni, nehme ich an?«

Peroni fragte sich, woher er das wußte, dachte sich aber dann, daß man es ihm vorhin am Telefon gesagt hatte.

»*Avv.* Bixi«, sagte Tron mit Blick auf die Ursache ihrer Zusammenkunft. »*Clarum et venerabile nomen*, ein illustrer und ehrwürdiger Name.«

»Sie kannten ihn?«

»Flüchtig. Wir waren an unterschiedlichen Fronten.« Er sah genauer hin. »*Fors Clavigera*«, murmelte er.

Die Ungebildeten blickten ihn fragend an.

»Keulenschwinger«, übersetzte er entschuldigend. »Sieht doch ganz danach aus, oder? Nun«, fuhr er sachlicher fort, »ich erfahre ja gleich die Einzelheiten, und dann erteile ich Ihnen offiziell die Genehmigung, ihn in die Gerichtsmedizin zu bringen.«

Peroni teilte ihm mit, was die Polizei bislang in Erfahrung gebracht hatte, darunter auch die Angaben der Frau, die die Leiche entdeckt hatte. Unterdessen kam de Benedetti zurück. »Seine Kanzlei ist in der Calle della Cortesia«, berichtete er, »und er wohnt in der Calle dei Barcaroli. Sieht so aus, als wäre er vom

Büro auf dem Weg nach Hause gewesen, als er getötet wurde. Ich lasse die Gegend gerade absuchen.«

»*A verbis ad verbera*«, ertönte hinter ihnen ein rauhes Flüstern. Sie drehten sich zu dessen Ursprungsort um. »Von Worten zu Schlägen«, übersetzte *Dott.* Tron, »diesen Weg scheint jemand bei dem verstorbenen *Avv.* Bixi beschritten zu haben.«

»Es hat den Anschein«, sagte Peroni zustimmend, »als habe es zuvor tatsächlich Worte gegeben. Er war kein zufälliges Opfer, sonst hätte der Mörder sicherlich die Brieftasche und die goldene Uhr samt Kette mitgenommen, die beim heutigen Goldpreis viel wert sein muß.«

»Dann eben Worte«, pflichtete *Dott.* Tron bei, »und zwar wichtige Worte. Danach *furor arma ministrat*. Wut«, erklärte er, bevor sie Gelegenheit hatten, verwirrt dreinzublicken, »liefert Waffen.«

»Aber was für eine Waffe?« sagte Peroni. »Das gilt es wohl als nächstes zu klären.«

»*Hoc age*«, bestätigte Tron.

»Das kenne ich«, sagte der sardische Arzt, »das kenne ich aus der Schule. Dies tu.«

Tron lächelte ihn freundlich an, und nach einem weiteren, mit lateinischen Sprüchen durchzogenen Meinungsaustausch gestattete er Peroni, *Avv.* Bixi wegbringen zu lassen, und verabschiedete sich mit den Worten »*Fugit hora*.«

»Ist der immer so?« fragte Peroni de Benedetti.

De Benedetti nickte. »Er ist ein seltsamer Vogel«, sagte er, »und er hat die merkwürdige Angewohnheit, wie aus dem Nichts irgendwo aufzutauchen.«

»Wie eben.«

»Aber er ist kompetent. Sehr kompetent.«

Peroni gab gerade Anweisung, die Leiche abtransportieren zu lassen, als ein uniformierter Polizist seine Theorie bestätigte, daß der Anwalt woanders getötet worden war.

»Gleich um die Ecke«, sagte der Mann. »Da ist ziemlich viel Blut gegen die Hauswand gespritzt. Weil die Backsteine dunkelrot sind, war es nicht sofort zu sehen.«

»Wieso hat man ihn hierhergebracht?« sagte de Benedetti.

»Das hier ist keine Durchgangsstraße«, sagte Peroni. »Der Mörder konnte also einigermaßen sicher sein, daß niemand die Leiche über Nacht finden würde, was ihm Zeit gab unterzutauchen.«

Der Tatort war keine halbe Minute zu Fuß entfernt an der Kreuzung zweier *calli*.

»Wenn er auf dem Weg nach Hause war«, sagte de Benedetti, der sich in Venedig auskannte, »mußte er hier vorbeikommen.«

»Und der Mörder brauchte ihm nur hinter der Ecke an dieser *calle* aufzulauern«, sagte Peroni.

»Sieht ganz so aus, *Dottore*.«

»Und als er hier ankommt, tritt der Mörder vor und – wumm!«

»Womit, *Dottore*?«

»Das habe ich mich auch schon gefragt«, sagte Peroni, »und unterwegs hierher ist mir der Gedanke gekommen ...«

Er ging das kurze Stück zurück, das sie gekommen waren, doch unter dem *sotoportego* bog er nicht links ab, sondern eilte eine ebenso kleine und noch dunklere Seitengasse hinunter, die den Namen Calle de la Madonna trug. De Benedetti, der ihm folgte, hörte einen kurzen neapolitanischen Ausruf der Zufriedenheit und sah dann Peroni mit einem großen Stein in den Händen zurückkommen.

»Natürlich nicht dieser Stein hier«, sagte Peroni.

Hinter ihm, etwas weiter die *calle* hinunter, stand ein kleiner Bauschuppen, der für irgendwelche Arbeiten an den Gasleitungen errichtet worden war, und daneben lag ein Haufen Steine, die aus dem Pflaster der *calle* stammten.

»Und nach vollbrachter Tat«, sprach Peroni weiter, »war es ein leichtes, den Stein in den Kanal dort zu werfen.«

»Das können wir schnell feststellen«, sagte de Benedetti. »Wenn gestern abend ein Stein in den Kanal geworfen wurde, ist er noch nicht ganz im Schlamm versunken. Venezianischer Schlamm«, fügte er natürlich hinzu, »ist sehr dicht. Es wird genügen, unter der Brücke zu suchen.«

»Und in der Zwischenzeit«, schlug Peroni vor, »sehen wir uns mal in *Avv*. Bixis Kanzlei um.«

Sie waren ein paar Schritte gegangen, als de Benedetti abrupt stehenblieb.

»Mir ist gerade etwas Seltsames aufgefallen«, sagte er.

»Was denn?« fragte Peroni.

»Der Name der Straße, wo er getötet wurde. Sie heißt Calle dei Assassini. Mördergasse.«

Kapitel 3

Streunende Katzen sind aus Venedig nicht wegzudenken. Sogar die Kanäle scheinen ihr geräuschloses, fließendes Schleichen zu imitieren. Seit Jahrhunderten leben sie ihr unabhängiges, räuberisches Leben im feuchten, dunklen Bauch der Serenissima, und der Umstand, daß Venedig eine überaus fischreiche Stadt ist, hat sie geschmeidig und zufrieden gemacht.

Sie sind nicht auf die Hilfe der Menschen angewiesen, aber sie bekommen sie. Zahllose unverheiratete Damen, überwiegend älteren Jahrgangs, pflegen sie wie Priesterinnen, stellen ihnen kleine Schalen mit Milch oder Schüsseln mit Essen zu regelmäßigen Zeiten hin, deren genaue Einhaltung die Katzen erwarten.

Eine von diesen Pristerinnen war *Signorina* Letizia Fritti. Ihre wahrhaft erschreckende physische Erscheinung hatte sie von jeder natürlicheren Gefühlsbindung ausgeschlossen, und daher konzentrierte sie ihre Liebesfähigkeit ausschließlich auf Katzen. Auch an diesem Morgen ging sie also, bevor sie sich auf den Weg zur Arbeit machte, mit einer Packung Milch, einem eigens zubereiteten Risotto und etlichen Tellern nach draußen.

Die Katzen warteten schon auf sie, leise mit grün-gelben Augen, die sie unverwandt fixierten, als sie aus dem Haus trat. Die majestätische Rotbraune saß auf dem Rand des Brunnens, die freche Grau-Weiße, deren rechtes Ohr übel zugerichtet war, lag auf einer Fensterbank, die ältere, lebenskluge Schwarze hatte sich unter einem Müllkarren zusammengerollt, und die gestreifte Isebel, die mit ihrem stürmischen Liebesleben soviel dafür tat, die Katzenpopulation Venedigs stabil zu halten, leckte sich die Pfoten in der Morgensonne, die gerade erst im schrägen Winkel auf die Stufen des Brunnens fiel.

Signorina Letizia servierte das Mahl in einer stillen Ecke, wo die Katzen in Ruhe essen konnten, trug die schmutzigen Teller vom Vorabend ins Haus und ging zur Arbeit.

Sie überquerte den Campo Sant'Angelo, bog in die Calle Mandorla ein und gelangte zum Büro. Die Tür war unverschlossen, aber das überraschte sie nicht sonderlich, denn er war oft vor ihr da. Was sie allerdings überraschte, war der Anblick, der sie drinnen erwartete.

Die Innentür, die direkt ins Zimmer des *Avvocato* führte, stand auf, und es sah aus, als hätte in dem Raum ein Tornado gewütet. Sie trat zitternd vor und schaute hinein.

Der Raum war kaum wiederzuerkennen. Sämtliche Schubladen waren herausgezogen, überall lagen Unterlagen verstreut, alle Bücher waren aus den Regalen gefegt, und sogar die Polster der Stühle waren aufgeschlitzt worden.

Dann ging sie in ihr eigenes kleines Arbeitszimmer, das in einem ähnlichen Zustand war. Sie ließ sich wie betäubt auf ihren Schreibtischstuhl sinken und schaute sich fassungslos um. Einbrecher, dachte sie. Aber wo war der *Avvocato*?

Schwach folgerte sie, daß er vor ihr gekommen und zur Polizei gegangen sein mußte. Aber nein, er hätte die Polizei doch sicherlich angerufen?

Und dann hörte sie Schritte durch die vordere Tür kommen und erstarrte vor Angst. Wenn die Einbrecher zurückkamen? Aber wieso sollten sie? Wahrscheinlich war es der *Avvocato* selbst. Sie zwang sich, aufzustehen und zur Tür zu gehen, doch als sie dort war, sah sie zur ihrer Verblüffung weder den *Avvocato* noch einen Einbrecher. Zwei Männer standen da, und aufgrund ihrer langen Erfahrung in einem Anwaltsbüro erkannte sie sie als Polizisten. Der eine war ein sympathisch häßlicher junger Mann, offensichtlich ein venezianischer Mitbürger, mit hellem Haar und Sommersprossen. Doch es war der andere, der ihre Aufmerksamkeit bannte.

Schon in jungen Jahren hatte sich *Signorina* Letizia damit abgefunden, daß sie, was Männer anging, wohl so gut wie keine Chancen haben würde, und seit sie diese Tatsache akzeptiert hatte, war es ihr gelungen, sich ein leidlich heiteres Leben einzurichten. Nur hin und wieder fragte sie sich mit plötzlicher Wehmut, was sie verpaßt hatte. Jetzt war wieder so ein Augenblick.

»Kann ich Ihnen helfen?« sagte sie mit einem Beben in der Stimme, das ihren emotional aufgewühlten Zustand verriet.

»Peroni«, sagte der Polizist mit ausgestreckter Hand, »*Questura*.«

Natürlich! Der berühmte *Commissario* Achille Peroni! Die lebende Legende der italienischen Polizei! Jetzt erkannte sie ihn aus Zeitungen und Fernsehen wieder.

»Fritti«, erwiderte sie, noch zittriger, während sie ihm die Hand gab, und wiederholte dann die Geste bei dem zweiten Polizisten, der sich als de Benedetti vorstellte.

»Sieht aus, als hätte es hier ein Erdbeben gegeben«, sagte Peroni.

»Ich bin selbst gerade erst gekommen«, stammelte *Signorina* Letizia, »ein paar Minuten vor Ihnen …«

Plötzlich übermannte es sie. Sie taumelte und wäre beinahe hingefallen. Achille Peroni fing sie gerade noch rechtzeitig auf, legte sie auf eine Couch im Empfangsbereich, schickte seinen Kollegen einen Cognac holen und war überhaupt rührend besorgt um sie. Er erinnerte sie an den jüngeren Bruder, den sie sich immer gewünscht hatte.

Dank seiner Verwandlungskünste wurde Peroni mühelos zum jüngeren Bruder. Er hatte sich diese Fähigkeit, für jede Situation die beste Rolle zu erahnen und anzunehmen, einst bewußt angeeignet. Inzwischen war sie ihm in Fleisch und Blut übergegangen.

Als der Cognac ihr wieder ein wenig Farbe in die Wangen getrieben hatte, fand er, es sei an der Zeit, zur Sache zu kommen. Aber sie kam ihm zuvor. »Wo ist *Avv.* Bixi?« Sie blickte die beiden Beamten verwirrt an. »Hat er Sie nicht angerufen?«

»Ich fürchte, wir haben eine schlechte Nachricht für Sie«, sagte Peroni. »*Avv*. Bixi ist tot.«

»Tot? Aber es ging ihm noch ausgezeichnet, als ich gestern abend nach Hause gegangen bin …«

»Er ist keines natürlichen Todes gestorben.«

»Sie meinen – getötet?«

Peroni nickte und hielt inne, damit sie sich an den Gedanken gewöhnen konnte. Dann sagte er: »Fühlen Sie sich in der Lage, uns einige Fragen zu beantworten?« Sie nickte. »Ich nehme an, Sie sind seine Sekretärin?« Sie nickte erneut. »Wie lange sind Sie schon bei ihm?«

»Siebzehn Jahre.«

»Wann haben Sie ihn zuletzt gesehen?«

»Gestern abend, als ich um sieben Uhr das Büro verließ.«

»Und er ist noch länger geblieben?«

»Ja. Er ist immer länger geblieben als ich.«

»Lange?«

»Meistens. Manchmal habe ich abends um zehn noch einmal angerufen oder bin im Büro vorbeigekommen, und er war immer hier.«

»Wissen Sie, was er gestern abend vorhatte, nachdem Sie gegangen waren?«

»Nein.«

»Hatte er irgendeinen Termin?«

»Da müßte ich in seinem Terminkalender nachsehen.«

Sie stand auf und ging in Bixis Büro, von Peroni und de Benedetti fürsorglich flankiert.

»Er liegt sonst immer auf seinem Schreibtisch, aber –« Sie deutete schwach auf den Schreibtisch, der vollständig leergefegt worden war. »Irgendwo hier –« Und sie fing an, das Chaos auf dem Boden zu durchsuchen.

Peroni sah sich um. »Wo geht's da hin?« fragte er, auf die Tür hinter dem Schreibtisch deutend.

»Nirgendwohin«, sagte *Signorina* Letizia, »das heißt, die Tür führt nach draußen zu einem Kanal. Sie stammt noch aus der Zeit, als die Leute Privatgondeln hatten.«

In derselben Wand war ein Fenster, und Peroni ging hin und blickte hinaus. Er sah das dunkle, stille Wasser eines schmalen Kanals, auf dem reglos ein Kohlstengel schwamm, und unmittelbar hinter der Tür konnte er so eben die Ecke einer kleinen, steinernen Anlegestelle erkennen.

Er drehte sich wieder um und betrachtete konzentriert das Büro, lauschte mit seinem neapolitanischen inwärtigen Ohr, um dessen Echos einzufangen. Die Wellen einer anonymen Gewalt rollten noch immer über die Wände, doch dahinter meinte Peroni andeutungsweise noch etwas anderes zu vernehmen: ein älterer, seit langem bestehender Klang, der Klang der Gedanken des toten Anwalts, die in der Luft kratzten und rauschten. Die sparsamen, nüchternen Gedanken eines gediegenen, bürgerlichen Goldonischen Pantalone? Oder war da noch etwas anderes an ihnen, etwas Widriges und Fremdes, aufgrund dessen dem Denker in einer *calle* namens Mördergasse der Schädel eingeschlagen wurde? Leider waren diese Gedanken auf einer Wellenlänge, die Peroni nicht empfangen konnte. Wie die Schreie von Fledermäusen.

»Ich hab's.«

Signorina Letizia Fritti hielt ihm einen in Kunstleder gebundenen Terminkalender hin. In einer akkuraten, ältlichen Handschrift waren vier Namen notiert, drei mit einer Uhrzeit daneben und einer mit einer Telefonnummer. Sie alle würden überprüft werden müssen. Aber der letzte würde vorrangig behandelt werden.

»Tonino«, stand da lapidar, »20.00 Uhr.«

Signorina Letizia stand vor einem Rätsel. Sie kannte keinen Tonino.

»Vielleicht ein Verwandter?« schlug Peroni vor.

Soweit sie wußte, hatte er keine Verwandten.

Peroni bat de Benedetti, in allen Wohnungen im Haus nachzufragen, ob irgend jemand am Abend zuvor gegen acht Uhr einen Mann das Gebäude hatte betreten oder zu einem späteren Zeitpunkt verlassen sehen.

»Am besten, Sie erkundigen sich auch in der Bar vis-à-vis, *Dottore*«, fügte er hinzu. »Von dort blickt man genau auf die Haustür.«

»Gute Idee, *Dottore*.«

Peroni stellte *Signorina* Letizia weitere Fragen, brachte aber nichts Wesentliches in Erfahrung. *Avv.* Bixi hatte überwiegend Zivilrechtsfälle gehabt, sagte sie, und ihres Wissens nach gab es keinen Mandanten oder Gegner, dessen Feindseligkeit durch den Anwalt zu mörderischen Höhen gepeitscht worden wäre; auch waren ihr keinerlei Informationen bekannt, für die irgend jemand das Büro so gründlich verwüsten würde.

»Da war nur eines, was mir manchmal etwas merkwürdig vorgekommen ist«, sagte sie. Peroni blickte sie mit konzentrierter brüderlicher Aufmerksamkeit an. »In letzter Zeit hatte ich das seltsame Gefühl, daß er – na ja, sich in einigen anderen Geschäften engagierte. Etwas, das mit seiner anwaltlichen Tätigkeit nichts zu tun hatte.«

Peroni hakte nach. Aber worum es sich bei diesen hypothetischen Geschäften handelte, blieb ein Rätsel. Weder die Briefe oder

Dokumente, die *Signorina* Fritti zu tippen hatte, noch die Telefonate, die sie entgegennahm, hatten ihr irgendeinen Hinweis darauf gegeben.

»*Signorina*«, sagte Peroni, um eine andere Richtung einzuschlagen. »Was für ein Mensch war *Avv*. Bixi?«

Sie überlegte. Ihre Beziehung zu dem Anwalt war streng beruflich gewesen. In siebzehn Jahren hatten sie sich immer nur mit dem höflichen *lei* angesprochen – ein *tu* zwischen ihnen wäre undenkbar gewesen. Ihre Unterhaltungen hatten aus zahllosen *Buon giorno, Signorinas* und *Buon giorno, avvocatos, Per favores, Grazies* und *Pregos* bestanden, und im Grunde wußte sie gar nicht, was für ein Mensch er gewesen war.

Also ließ Peroni sie nach Hause gehen. Doch als sie an der Tür war, fiel ihm noch etwas ein. »Hat *Avv*. Bixi noch jemand andern beschäftigt?«

»Da ist ein Mann«, sagte sie, »der als Bote arbeitet und noch andere kleine Aufträge erledigt.« Sie sah auf ihre Uhr. »Er müßte jeden Moment hier sein.«

»Wie ist sein Name?«

»Es hört sich bestimmt albern an«, sagte *Signorina* Letizia,»aber ich weiß es nicht. Alle kennen ihn nur bei seinem Spitznamen.«

»Und der lautet?«

»Der Leichenbestatter.«

Kapitel 4

De Benedetti hatte mit einer alleinlebenden alten Dame, einer lispelnden Zahnarzthelferin, drei freundlichen jungen Frauen an der Universität Ca' Foscari, einem Glasbläser mit einem gebrochenen Knöchel und einer verschlafenen Dame im Morgenmantel gesprochen, die sagte, daß sie tags zuvor bis in den späten Abend gearbeitet hatte. Keiner von ihnen hatte am Vorabend irgend jemanden, der Tonino hätte sein können, kommen oder gehen sehen.

Also ging er in die Bar gegenüber. Es war eine von diesen winzigen Bars, kaum größer als ein Schrank, wie sie für Venedig typisch sind. Es war gerade mal Platz für eine Espressomaschine, eine Plexiglasvitrine mit Brioches drin, die notwendigen Flaschen, ein quäkendes Transistorradio und, wenn sie sich zusammenquetschten, ein paar Gäste. Die Bar war leer, bis auf eine dicke Dame, die sich hinter der Kasse die Nägel polierte.

»*Buon giorno*«, sagte sie.

»*Buon giorno*«, sagte de Benedetti. »*Questura.*«

Sie setzte sich einen Augenblick lang aufrecht hin. Dann beschloß sie, daß es irgendwas mit ihrer Konzession zu tun haben könnte, und ihr Blick wurde verschlagen. »*Si*?« sagte sie.

»Wo waren Sie gestern abend?«

Das hörte sich nicht so an, als ob es um die Konzession ginge. »Ich bin immer hier, es sei denn, ich habe geschlossen. Lohnt sich nicht, eine Kellnerin einzustellen.«

»Gegen acht Uhr gestern abend, haben Sie da einen Mann in das Haus gegenüber gehen sehen?« Er deutete in die Richtung.

»Ja, habe ich.«

»Ja?«

»Wieso gucken Sie denn so überrascht? Hätte ich nein sagen sollen?«

»Wie können Sie sich da so sicher sein?«

»Na ja, ich weiß, daß es acht war, weil die im Radio das gerade gesagt hatten. Und weil ich keine Kundschaft hatte, habe ich aus dem Fenster geguckt. Und ich habe ihn reingehen sehen.« Sie blickte plötzlich beunruhigt. »*Mamma mia*! Er hat doch wohl nichts Schlimmes angestellt, oder?«

»Ich habe keine Ahnung«, sagte de Benedetti wahrheitsgemäß.

»Na, ich will es nicht hoffen – er war so ein gutaussehender Junge!«

»Junge?«

»Na ja, junger Mann. Anfang Zwanzig, würde ich sagen.«

»Können Sie mir sonst noch was über ihn sagen?«

»Nur eines. Er ist Gondoliere.«

»Das ist«, sagte Peroni, »wirklich ein Zufall. Tonino ist der zweite Gondoliere, mit dem wir es innerhalb einer halben Stunde zu tun kriegen.«

»Wer ist der andere, *Dottore*?«

»Ein Mann, der als der Leichenbestatter bekannt ist. *Signorina* Letizia hat mir von ihm erzählt. Genaugenommen ist er ein Exgondoliere. Er mußte seinen Beruf vor etwa sechs Monaten aus gesundheitlichen Gründen aufgeben, und Bixi hat ihn als Boten eingestellt. Übrigens, woher wußte die Dame in der Bar eigentlich, daß der Mann, den sie gesehen hat, Gondoliere ist?«

»Gestreiftes Hemd, Strohhut und schwarze Hose. Alles da, fehlte nur noch die Gondel.«

»Na, es dürfte wohl nicht schwer sein, ihn ausfindig zu machen.«

»Da bin ich mir nicht so sicher, *Dottore*«, sagte de Benedetti. »Tonino ist ein gebräuchlicher Name.«

»Nach dem heiligen Antonius vermutlich.« Der heilige Antonius war, was Peroni betraf, weder Fisch noch Fleisch. Er war zwar hoch angesehen, konnte aber dem Schutzpatron von Neapel nicht das Wasser reichen, dessen Bild Peroni in einem klobigen Medaillon unter seiner Pucci-Krawatte trug. »Wie können wir ihn am besten aufspüren?«

»Ein Boot soll unauffällig sämtliche Gondelstationen abklappern, würde ich vorschlagen, *Dottore*.«

»Sagen Sie in der *Questura* Bescheid, die sollen das erledigen, ja?« sagte Peroni.

Während de Benedetti telefonierte, ging die Bürotür auf, und ein Mann trat ein. Es war unübersehbar, um wen es sich handelte. Ja, er schien die Rolle des Leichenbestatters ganz bewußt zu spielen, denn er trug einen schwarzen Anzug mit Krawatte. Von Natur aus war er hager und totenblaß, aber die düstere Trauermiene war aufgesetzt.

Wie *Signorina* Letizia Fritti erkannte er die Polizei sofort und blickte drein, als wäre er am liebsten wieder gegangen. Doch gleichzeitig sah er das Chaos.

»Was«, fragte er mit gedämpfter Stimme, »ist passiert? Und wo ist mein Arbeitgeber?«

»*Avv*. Bixi ist tot. Er wurde gestern abend ermordet.«

Peroni sah einen verstohlenen Ausdruck über das Gesicht des Leichenbestatters huschen, wie eine Wolke über einen Schatten. Genauer konnte er es nicht fassen, aber es handelte sich bestimmt nicht um Trauer.

»Möge er in Frieden ruhen«, sagte der Leichenbestatter salbungsvoll und hob die Augen gen Glühbirne. »Dann gehe ich wohl besser wieder.«

»Moment noch«, sagte Peroni. »Ich habe ein paar Fragen.« Instinktiv hatte er ein militärisches Auftreten angenommen, das durch das düstere ausweichende Verhalten des Leichenbestatters hindurch drang. »Name?«

»Beltrame, Luigi.«

»Adresse?«

Der Leichenbestatter beantwortete diese und die anderen Fragen zu seinen Personalien mit dem Ausdruck eines Beerdigungsunternehmers, der Geschäftsgeheimnisse verriet. Er bestätigte, daß er vor zirka sechs Monaten als, wie er es bezeichnete, »persönlicher Assistent« des Anwalts angefangen hatte.

»Wie hat er Sie überhaupt kennengelernt?«

»Mein verstorbener Arbeitgeber«, sagte der Leichenbestatter, den Blick noch immer auf die Glühbirne gerichtet, »hat die Gondolieri in etlichen kleineren Rechtsangelegenheiten vertreten und war mit dem Milieu vertraut.«

»Wann haben Sie ihn zuletzt gesehen«

Der Leichenbestatter holte seufzend Luft. »Gestern nach dem Mittagessen. Er hat mich beauftragt, einige Dokumente zum Gericht zu bringen.«

»Anschließend sind Sie nicht noch einmal hier gewesen?«

»Er teilte mir mit, daß meine Gegenwart nicht weiter erforderlich wäre.«

»Warum könnte jemand *Avv*. Bixi getötet haben?«

»Darauf hat nur der Herrgott eine Antwort.«

Aber Peroni war überzeugt, daß auch der Leichenbestatter darauf eine Antwort hätte, wenn er wollte – ja, daß der Leichenbestatter vielleicht sogar in diejenigen Geschäfte Brixis eingeweiht war, die *Signorina* Fritti vor ein Rätsel gestellt hatten.

»*Avv*. Bixi hat oft bis in die Nacht hinein gearbeitet. Waren Sie je so spät noch hier?«

»Mein verstorbener Arbeitgeber hat meine Dienste manchmal abends in Anspruch genommen«, gestand er vorsichtig ein.

»Welcher Art Dienste?«

»Die Übermittlung von Informationen an Mandanten und Kollegen.«

»Nur juristische Angelegenheiten?«

Der Leichenbestatter blickte drein, als hätte Peroni sich für die Verwendung von Plastiksärgen ausgesprochen. »Mit welchen Angelegenheiten hätte mein verstorbener Arbeitgeber sich sonst befassen sollen?«

Daß er auswich, war so offensichtlich wie ein gestrandeter Wal im Golf von Neapel, und Peroni war erfreut, denn wenn jemand auswich, gab es dafür einen triftigen Grund.

De Benedetti kam vom Telefon herüber. »Alles klar«, sagte er.

»Gestern abend um acht Uhr«, fuhr Peroni fort, »hatte der *Avvocato* eine Verabredung mit einem gewissen Tonino. Wer könnte das sein?«

»Mein verstorbener Arbeitgeber hat mich nicht darüber informiert.«

»Sie waren bis vor gar nicht so langer Zeit selbst Gondoliere. Hatten Sie einen Kollegen dieses Namens?«

»Der Name ist nicht ungewöhnlich.«

Hieb und Stoß und salbungsvolle Parade, so ging es weiter, bis

Peroni ihn schließlich entließ, zusah, wie er mit einem Ausdruck davonging, als folgte er den Trauergästen auf einer drittklassigen Beerdigung.

»Versuchen Sie, etwas über diese juristischen Angelegenheiten herauszufinden, die Bixi für Gondolieri erledigt hat«, sagte Peroni, als der Leichenbestatter gegangen war.

»*Si*, *Dottore*«, sagte de Benedetti und machte sich eine Notiz.

»Und ich möchte mehr über den Leichenbestatter erfahren«, sagte Peroni. »Herkunft, Leben und Wunder.«

»Roger«, sagte de Benedetti, der den Ausdruck aus dem Fernsehen aufgeschnappt hatte.

Das Polizeiboot kam tuckernd an der Gondelstation am Riva degli Schiavoni zum Stehen, und *Dott*. Muso – Mailänder, unverheiratet, mit Neigung zu Korpulenz und Jähzorn – stieg aus. Er tupfte sich gereizt den Schweiß vom Hals und ging dann zu einem großen Gondoliere.

»*Questura*«, sagte er unnötigerweise.

Der große Gondoliere nickte respektlos.

»Gibt es hier an der Station irgendwelche Gondolieri namens Tonino?« fragte Muso.

»Zwei.«

»Und wo sind die?«

»Einer ist tot.«

»Wenn er tot ist, kann er nicht zu dieser Station hier gehören.«

»Oh doch, sein Boot wird nämlich im Namen seiner Witwe von einem Ersatzmann gerudert. Deshalb gehört Tonino noch zur Kooperative, bis seine Witwe stirbt.«

»Und der andere?« sagte Muso ungeduldig.

»Tonino!« rief der große Gondoliere. »Hier ist jemand von der *Questura*, der dich sprechen will.«

Ein verhutzelter, kleiner Gondoliere mit knorrigen Händen und einem ledernen, fast schwarzen Gesicht tauchte aus einer kleinen Hütte unweit der Anlegestelle auf. »Ja?« sagte er, und er hörte sich so an, als wäre er bei einem gemütlichen Gläschen gestört worden.

Das konnte unmöglich der Tonino sein, den sie suchten, denn der war als jung und gutaussehend beschrieben worden. Kribbelig vor Gereiztheit ließ Muso sich von dem zweiten Tonino Name und

Adresse geben, und als er ging, spürte er die stillen, spöttischen Blicke der Gondolieri im Nacken wie Kinderpfeile. Er bestieg das Polizeiboot, das gleich darauf in einem weiten Bogen den gewaltigen Bug eines mit Maschinenteilen beladenen Schiffes aus der Sowjetunion passierte und in die Lagune hinausfuhr.

Wieder in seinem Büro, blickte Peroni auf *Avv*. Bixis dunkelblaues Kunstledertagebuch. Er würde es sorgfältig durchgehen, Eintrag für Eintrag, und die Namen darin auf einer der altersschwachen Schreibmaschinen der *Questura* abtippen müssen. Die vollständige Liste würde dann an die Kripobeamten verteilt werden, so daß jeder, der mit *Avv*. Bixi zu tun gehabt hatte, überprüft werden konnte.

Doch vorab verschaffte Peroni sich einen heimlichen Überblick. Während er rasch die Wintermonate durchblätterte, sah er sich in seiner Vermutung bestätigt, daß ein Rechtsanwalt einem Büroterminkalender nichts Aufschlußreiches anvertraut. Namen, Telefonnummern, Adressen, aber, wie leicht zu erkennen, alles im Rahmen der anwaltlichen Grenzen.

Doch dann sah Peroni oben auf der Seite Anfang Juli etwas, bei dem sich ihm vor lauter wilder Spekulation die Nackenhaare sträubten. Über das Datum waren hastig drei Ortsangaben gekritzelt. Accademia, Ca'Rezzonico, Rialto. Die drei Stellen, wo Don Amos' fromme Gondolieri Wetten angenommen hatten.

Er dachte darüber nach und wandte sich dann wieder dem Kalender zu. Keine weiteren Einträge im Juli, und jetzt war er im August kurz vor dem Tod des Anwalts. Und dann, genau eine Woche vor dem Mord, stand über dem Datum wieder ein Ortsname. Harry's Bar.

Peroni kannte Harry's Bar gut. Die inoffizielle Zweigstelle der amerikanischen Botschaft in Venedig. Das Lokal, in das man ging, wenn jemand anders die Rechnung bezahlte. Das Lokal, in dem Ernest Hemingway so legendäre Mengen dieser wunderbaren trockenen Martinis getrunken hatte, die knallbunte Raketen unter der Schädeldecke explodieren ließen. Aber Harry's Bar hatte noch eine Besonderheit.

Denn auch dort war eine Gondelstation.

»Gibt es hier einen Gondoliere namens Tonino?«

Muso war an der Anlegestelle San Silvestro angelangt, nachdem er fünf weitere Toninos aufgespürt hatte, von denen keiner auch nur entfernt als jung oder gutaussehend zu bezeichnen war, und inzwischen kam ihm die Frage selbst schon albern und lächerlich vor.

»Ja!« sagte ein dicker Gondoliere fröhlich, »er läuft gerade ein. Da drüben!«

Muso blickte über das schimmernde Wasser des Canal Grande und konnte einen Moment lang sein Glück kaum fassen. Am Heck einer Gondel stehend, ruderte ein Gondoliere auf die Vertäupfähle zu, ein Tonino, eindeutig jung und gutaussehend.

»Name?« fragte er, als der Gondoliere seine Kunden hatte aussteigen lassen.

»Pasquetti, Tonino«, sagte der Gondoliere mit beunruhigtem Blick.

»Und wo waren Sie gestern abend?«

»In Padua.«

»In Padua?« Was hatte ein Gondoliere in der Hochsaison in Padua zu suchen? »Ich nehme an«, ironisch, »Sie können das beweisen?«

»Natürlich kann er das«, sagte der dicke Gondoliere, »und ich auch – *und* mehrere hundert andere Leute, die auf unserem Konzert in Padua waren.«

»Konzert?« wiederholte Muso, frustriert und verdutzt.

»Genau«, sagte Tonino Pasquetti, »ich bin Tenor im Gondolieri-Sängerchor.«

»Sind Sie zurückgekommen, um zu beichten?«

Don Amos stand vor dem Fresko der heiligen Angela und entfernte die weißen Stummel der Kerzen, die bei dem Waldbrand der Andacht ein Raub der Flammen geworden waren.

»Nein«, sagte Peroni, »ich bin wieder da, weil ich noch ein paar Fragen habe.«

Don Amos' graue buschige Augenbrauen hoben sich zu einem ironischen Fragezeichen.

»Wissen Sie etwas über *Avv.* Bixi?«

»Ich weiß, daß er ermordet wurde.« Er bekreuzigte sich und murmelte: »*Requiem aeternam.*«

»Aber haben Sie ihn gekannt, als er noch lebte?«

»Nein.«

»Er ist nie zu Ihnen gekommen?«

»Nein.« Don Amos schien zu zögern, dann sagte er: »Er war bei einigen von den Gondolieri, die Wetten angenommen haben.«

Unhörbar seufzte Peroni vor Erleichterung auf. Er war der Wahrheit einen Schritt, vielleicht einen großen Schritt näher gekommen.

»Warum war er bei ihnen?«

»Er wollte wissen, wer die Wetten organisierte.«

»Aber sie haben es ihm nicht gesagt?«

»Nein.« Don Amos hob die schwarzen Arme wie Krähenflügel zu einem verächtlichen Schulterzucken. »Nicht, daß ich mich dessen geschämt habe, aber es hätte mir nicht gefallen, wenn ganz Venedig über einen Glücksspielring tratscht, der von einem Priester geleitet wird. Seine Eminenz wäre darüber nicht gerade erfreut.« Seinem Tonfall nach schien ihm letzteres nicht übermäßig Kopfschmerzen zu bereiten.

»Sie haben mir in der *Questura* erzählt«, sagte Peroni, »daß die Wetten nur an der Accademia, dem Ca'Rezzonico und der Rialto-Brücke angenommen wurden. Sie haben nicht zufällig Harry's Bar vergessen?«

»Nein.« Don Amos ließ daran keinen Zweifel aufkommen.

Sie waren offenbar an einem toten Punkt angelangt. Aber war er wirklich so tot, wie es schien? Peroni dachte, daß er gerne mehr über den Priester erfahren würde. Er blickte zur heiligen Angela hoch und erwog, ihr im Austausch für die Wahrheit über den Priester eine Kerze anzuzünden, ließ es aber bleiben.

Sie wäre ohnehin auf Don Amos' Seite.

Muso war nun an der Rialto-Brücke. Wie viele Toninos konnte es wohl noch geben zwischen hier und dem Bahnhof? Und dann hätte er erst den Canal Grande abgegrast.

Er stieg müde aus dem Polizeiboot und ging das Riva Ferro hoch auf ein Grüppchen Gondolieri zu, die nicht weit von ihren schwankenden, schwarzen Herrinnen standen.

»*Questura*«, sagte er ein weiteres Mal, »ich suche einen Gondoliere namens Tonino.«

Die Gondolieri lächelten einander wissend an. »Davon gibt es zwei hier«, sagte der Ältere der Gruppe. »Einer ist zu Hause, weil er Rückenbeschwerden hat. Der andere hat Fährdienst.«

Abgesehen von den normalen Gondelfahrten, mit denen die Gondolieri ihr Geld verdienen, gibt es noch den öffentlichen Fährdienst über den Canal Grande. Dabei wechseln sich die Gondolieri an den Stationen ab, die auch als Fährstellen dienen.

Sie alle blickten nun über den Kanal auf die Gondelfähre, und plötzlich sah Muso auf den Gesichtern der Gondolieri Überraschung und Verwirrung. Eine Sekunde später erkannte er den Grund. Am anderen Ufer war eine Gondel voller Passagiere, die alle mit einem Ausdruck, den er nur erahnen, aber nicht sehen konnte, auf ein leeres Heck starrten.

Mit einem wütenden Knurren stürmte Muso schwerfällig in Richtung Rialto-Brücke. Aufgeschreckte Touristen und Venezianer, die Lebensmittel auf den Köpfen trugen oder Handwagen polternd die Stufen hoch und runterschoben, stoben auseinander, als er die Treppe hochhetzte und zwischen den teuren Juwelierläden hindurch über die Brücke und auf der anderen Seite wieder hinunterrannte.

Doch noch ehe er unten ankam, wußte er, daß es verlorene Liebesmüh war. In dem Getümmel auf dem Obst- und Gemüsemarkt, auf dem sich die Menschen drängelten wie die Tauben auf dem Markusplatz zur Fütterungszeit, und bei den engen *calli*, die in alle Richtungen abzweigten, so zahlreich wie die Stacheln eines Stachelschweins, war es schon schwierig, jemanden zu finden, der gefunden werden wollte, doch jemanden zu finden, der nicht gefunden werden wollte, war ein Ding der Unmöglichkeit.

Es konnte kein Zweifel daran bestehen, daß er endlich den richtigen Tonino gefunden hatte. Und ihn gleich wieder verloren hatte.

Kapitel 5

Gemma verbrachte ihre Tage in einem Glaszoo. Um sie herum sprangen Delphinschwärme gen Himmel, stampften schwarze Stiere mit den Hufen auf die Erde, pirschten sich Löwen und Tiger an ihre Beute heran, schwammen riesige Fische geräuschlos durch die Luft. Es gab auch eine nicht ganz so stattliche Flora und Fauna, in kräftigen Farben und so klein, daß sie in eine Streichholzschachtel paßten, hergestellt mit zwei, drei flinken Bewegungen des Glasbläserrohrs.

Denn Gemma arbeitete in einem der unzähligen Glaswarenläden Venedigs, und da sie ebenso zart und zerbrechlich war wie die Produkte, die sie verkaufte, hatte sicherlich schon so mancher Tourist den Gedanken gehabt, wie schön es wäre, sie einzupacken und als Souvenir aus Venedig mit nach Hause zu nehmen.

Es war kurz vor Ladenschluß, wie sie mit Erleichterung bemerkte, da sie heute Abend Tonino treffen würde. Sie machte sich Sorgen wegen Tonino, da er in letzter Zeit ständig mit den Gedanken woanders war, in einer Welt, die sie nicht sehen konnte.

Sie wußte, daß Männer im allgemeinen und Gondolieri im besonderen bestimmte Bereiche ihres Lebens vor ihren Frauen verschlossen, und da sie eine altmodische junge Frau war, in deren Blut Generationen venezianischer Weiblichkeit floß, fand Gemma sich klaglos damit ab. Aber sie wünschte dennoch, er würde ihr mehr erzählen, und wenn nur, weil sie ihm vielleicht helfen könnte. Vielleicht heute abend.

»Gemma!«

Sie blickte auf und sah ihren kleinen Bruder Renatino, einen Zwölfjährigen mit untypischen roten Haaren. Er kam normalerweise nie in den Laden; eine Welt aus Glas, in der man nichts anfassen durfte, und ein kleiner Junge waren nun mal unvereinbar. Die Tatsache, daß er trotzdem gekommen war, und die Erschütterung, die sie in seinem Gesicht las, beunruhigten sie.

»Was ist, Renatino?«

»Tonino –« Ihr stockte vor Angst der Atem. »Er ist weggelaufen und wird von der Polizei gesucht. Gestern abend ist ein Anwalt ermordet worden, und Tonino soll es getan haben.«

Die Sonne an Gemmas ureigenem Himmel war mit einem Mal erloschen.

Das Boot glitt leise über das schwarze Wasser, das einzige Geräusch war ein raunendes Plätschern, wenn das Ruder gehoben wurde. Es war keine Gondel, sondern ein *sandalo*, eine eher einfache Barke, ohne das prächtige silberne Bugeisen, aber mit derselben typischen Neigung nach Steuerbord.

Der Leichenbestatter hatte es deshalb ausgewählt, weil es weniger auffällig war. Nicht, daß er großartig befürchtete, um diese Uhrzeit gesehen zu werden, und selbst wenn, würde man ihn wohl kaum erkennen.

Er stellte befriedigt fest, daß er noch immer geschickt mit dem Ruder umgehen konnte. Das *sandalo* reagierte mit geschmeidiger Gefügsamkeit, glitt mühelos um Ecken, schwebte mit fließender Leichtigkeit über das Wasser, während er instinktiv im richtigen Augenblick das Gewicht verlagerte.

Binnen Minuten war er in dem Kanal, in den er wollte, und erblickte die Rückseite von *Avv.* Bixis Büro, das einen direkten Zugang zu dem Kanal hatte – die einzige Möglichkeit, ins Büro zu gelangen, das versiegelt war und bewacht wurde. Er steuerte das Boot langsam darauf zu. Es war ein kritischer Moment. In dem Gebäude war ein Polizist, und die neugierige alte Kuh, die oben wohnte, hatte ein Gehör so scharf wie Glasscherben, und es war ihr durchaus zuzutrauen, daß sie mit einer Taschenlampe zum Fenster rausschaute, wenn sie von unten ein ungewöhnliches Geräusch hörte.

Er vertäute das *sandalo* an der kleinen steinernen Anlegestelle, von wo eine Tür in *Avv.* Bixis Büro führte, und tastete in der Dunkelheit nach der Kette, die an einem Eisenring knapp unter der Wasseroberfläche befestigt war. Er fand sie, packte sie mit beiden

Händen und zog sanft. An dem Gewicht spürte er, daß die Kiste am anderen Ende hing.

Avv. Bixi hatte gedacht, daß niemand von der Existenz dieser wasserdichten Metallkiste wußte, die er als eine Art Privatsafe für Dokumente oder Wertsachen benutzte, die zu ihm gelangten, wenn die Banken geschlossen waren. Wohl kein Einbrecher käme auf die Idee, auf dem Grund des Kanals zu suchen (Nur alle Jubeljahre wurden die Kanäle zur Reinigung entleert, und dann stieg ihr Gestank fast greifbar zum venezianischen Himmel hinauf, doch die Bevölkerung wurde zuvor frühzeitig informiert).

Schon kurz nach Aufnahme seiner Tätigkeit für den Anwalt hatte der Leichenbestatter das Geheimnis dieser Kiste ausspioniert, und jetzt würde er Kapital daraus schlagen. Vorausgesetzt natürlich, es gab etwas, woraus er Kapital schlagen konnte. Was Bixi darin versteckt hatte, war auf jeden Fall für ihn wertvoll gewesen; blieb abzuwarten, ob es auch für den Leichenbestatter wertvoll werden konnte.

Er zog erneut an der Kette. Die Kiste war schwerer, als er gedacht hatte, doch schließlich kam sie an die Oberfläche, und obwohl er sie ganz vorsichtig herauszog, klang das herabtropfende Wasser in seinen Ohren wie ein Sturzbach. Er schob die Kiste behutsam auf die Anlagestelle, zwang sich, einen Augenblick zu warten, um ganz sicherzugehen, daß niemand einen Fensterladen öffnete und herausschaute.

Es kam nicht in Frage, das Schloß hier aufzubrechen, doch er hoffte, den Ring, der die Kiste mit der Kette verband, mit einem mitgebrachten Schraubenzieher aufbiegen zu können, was ihm nach einigen Minuten geräuschlosen Hantierens auch gelang. Der Leichenbestatter hob die Kiste, so leise er konnte, in das *sandalo*, stieg ein und fuhr mit seiner Beute durch die Dunkelheit davon.

Die Nacht umhüllte Venedig wie ein Laken, das sich jeden Augenblick in ein Leichentuch verwandeln konnte. Es hing über einem Palazzo in der Nähe des Obst- und Gemüsemarktes, wo ein empfindsamer neapolitanischer Polizeibeamter von einer Frau träumte, die er noch nicht kennengelernt hatte. Über dem *Questura*-Leichenschauhaus, wo in einer großen Schublade ein toter Anwalt lag, dessen Bart noch immer wuchs und dessen runzliges weißes Gesicht mit rötlich dunklen Flecken verfärbt war. Über einem Haus, wo sich ein junger Gondoliere versteckt hielt, und über einem anderen, wo eine junge Frau, so zart wie Glasschmuck, wach lag und sich seinetwegen sorgte. Über dem Hotel Vivaldi, wo Mr. Cornelius Ruskin träumte, er müßte in der Markuskirche einen Vortrag über Goldoni halten und seine Notizen wären in den Canal Grande gefallen.

Doch schließlich tasteten sich Lichtfinger über die Lagune, um das Laken zu ergreifen und es langsam wegzuziehen. Die Königin der Adria regte sich und stellte fest, daß sie lebte, für einen weiteren Tag. Dann, nachdem sie ihre Morgentoilette erledigt hatte, machte sie sich bereit für die Touristen.

Dott. Amabile, der *Questore* von Venedig, der soeben die allmorgendliche Dienstbesprechung eröffnet hatte, stammte gebürtig aus Friaul und besaß die für die Bewohner dieser Region typische praktische Sachlichkeit. Außerdem hatte er etwas von einem altmodischen Schulleiter, dessen gelegentliche Schroffheit vermutlich auf Schüchternheit zurückzuführen war. Und da er sehr groß und stets in einer Wolke Pfeifenrauch eingehüllt war, mußte man bei seinem Anblick an einen wolkenverhangenen Berg denken.

»Und dann, *Dottore*?« drängte er Muso mit einer leichten Neigung seines Gipfels inmitten der Rauchschwaden.

»Und dann«, sagte Muso, »bin ich zum Haus von diesem Tonino, aber er war seit gestern morgen nicht mehr dort. Das Haus ist die ganze Nacht observiert worden, aber er ist nicht gekommen.«

»Hat er Familie?«

»Nur noch die Mutter. Vom Typ her ein bißchen germanisch – sie stammt aus Bozen. Der Vater war Gondoliere. Er starb, als Tonino sieben war.«

»Wußte die Mutter, daß er zu *Avv.* Bixi wollte?«

»Sie sagt, nein.« Musos Ton klang vorwurfsvoll. »Aber dann hat sie behauptet, er wäre den ganzen Abend bei ihr gewesen. Ich wußte gleich, daß das gelogen war, und habe zwei Aussagen von Nachbarn, die gehört haben, daß er um zwei Uhr morgens nach Hause gekommen ist!« Er schien daraus persönliche Genugtuung zu ziehen.

Es entstand eine Pause, während *Dott.* Amabile die Wolke um sich herum wieder auffüllte.

»Freundin?« Das Wort kam aus dem Rauch wie eingelegt in Nachdenklichkeit.

»Verzeihung?« sagte Muso verblüfft.

»Hat er eine Freundin?« Schulleiterhafte Geduld. »Falls ja, könnte sie uns zu ihm führen.«

»Darum kümmere ich mich sofort, *Dottore*.«

Doch Peroni sah das Zucken von Musos Wangenmuskulatur und diagnostizierte richtig, daß es durch die Verärgerung ausgelöst wurde, nicht selbst an eine mögliche Freundin gedacht zu haben. Peroni hatte dem Gespräch in leicht gedrückter Stimmung zugehört. Die Entwicklung der Tonino-Ermittlungen hatte seine Freude getrübt, endlich mit einem schlagzeilenträchtigen Fall betraut zu sein. Seine einzige Genugtuung war, daß sich seine Theorie mit dem Stein bestätigt hatte. Tatsächlich hatte man einen Stein unterhalb der Brücke aus dem Kanal gefischt, und im Labor waren daran Spuren von Bixis Haar und Blut gefunden worden.

Eines der Telefone auf dem Schreibtisch des *Questore* klingelte. Amabile nahm den Hörer ab und brummte gleichzeitig seinen Namen in die Sprechmuschel. Der Rest des Gesprächs bestand aus Gekrächze am anderen Ende der Leitung, unterbrochen von neutralen Mhms von seiten des *Questore*, der schließlich nach einem *»Grazie, Dottore«* den Hörer auflegte.

»Der vollständige gerichtsmedizinische Bericht ist unterwegs«, sagte er, »aber der entscheidende Punkt ist, daß *Avv*. Bixi nicht vor elf Uhr am Montag abend und nicht nach ein Uhr gestern morgen ermordet wurde.«

»Und Tonino ist um zwei nach Hause gekommen«, sagte Muso, der den Satz fallen ließ wie den Stein, der *Avv*. Bixi den Schädel zertrümmert hatte und dann im Kanal versenkt worden war.

Die Mutter des Leichenbestatters war die letzten zehn Jahre ihres Lebens ans Bett gefesselt gewesen, doch ihre Persönlichkeit beherrschte weiter die Obergeschoßwohnung, in der die beiden in einem heruntergekommenen Haus unweit der Fondamenta Nuova wohnten. Ihr Bett hatte am Fenster gestanden, und sie hatte mit einem Seil Körbe mit Lebensmitteln durch das Fenster hochgezogen, und dann hatte sie auf dem Küchenherd, der auf der anderes Seite ihres Bettes stand, für ihren Sohn und sich gekocht.

Vor zwei Jahren war sie gestorben, doch ihre Persönlichkeit hatte die Atmosphäre so stark geprägt, daß es war, als herrschte sie noch immer dort. Der Leichenbestatter sprach mit ihr – er hatte sonst keinen vertrauten Menschen –, und wenn man ihn gefragt hätte, ob er wirklich glaube, daß sie noch da war, wäre ihm die Antwort vermutlich schwergefallen.

Daher hatte er ihr am Abend zuvor die Metallkiste aus dem Kanal gezeigt, und sie hatte still zugeschaut, wie er das Schloß aufbrach.

Der Inhalt war für ihn ein Schock. Er hatte auf Bargeld gehofft oder Dokumente mit Informationen, die er in bare Münze hätte verwandeln können. Aber das hier paßte in keine bekannte Kategorie.

»Was ist das, *Mamma*?« flüsterte er in den dunklen Raum hinein, doch sie antwortete nicht, grübelte offenbar selbst über das Problem nach.

Er inspizierte es eingehend von allen Seiten, beobachtete es dann wie eine Katze vor einem Mauseloch, als erwartete er, daß es sich auf dem Tisch aufrichten und erklären würde, was es war. Dann schließlich hob er den Kopf, als würde er lauschen.

»Wahrhaftig«, sagte er kurz darauf salbungsvoll. »Wahrhaftig. Eine kluge Mutter weiß immer, was am besten ist, und es wäre dumm von einem Sohn, ihren Rat zu mißachten. Du hast recht, *Mamma*, wir werden eine Nacht darüber schlafen und darauf hoffen, daß wir morgen klarer sehen.«

Also hatte er es sorgfältig verstaut, seiner Mutter eine gute Nacht gewünscht, ihre Nachttischlampe ausgeknipst und war in sein spartanisches Zimmer gegangen, das von einem Gemälde mit einer arkadischen Beerdigungsprozession beherrscht wurde, das er in einem Trödelladen entdeckt hatte.

Und heute morgen stand er wieder vor dem Problem. Aber diesmal hatte seine Mutter nicht Recht behalten, denn auch jetzt sah er nicht klarer. Der Inhalt der Metallkiste war so rätselhaft wie zuvor.

»Was sollen wir bloß damit machen, *Mamma*?« sagte er. »Am besten, so scheint mir, sollten wir es wieder loswerden. ›Was sich nicht zahlt aus, fliegt aus dem Haus‹, wie du selbst immer gesagt hast, *Mamma*.«

Und im selben Moment erklang ein Geräusch, das ein kleiner Windstoß oder das Flügelschlagen einer Taube oder eine Maus gewesen sein könnte, die mit einem Stückchen Papier raschelt. Aber für den Leichenbestatter klang es genauso wie die flüsternde Stimme einer alten Frau.

»Verkauf es«, sagte die Stimme. »Verkauf es!«

Unter dem Eindruck des Schocks kam Gemma zunächst gar nicht in den Sinn, daß Tonino den Anwalt wirklich getötet haben könnte. Der Gedanke war böse und unmöglich. Tonino wäre zu einem Mord genauso wenig imstande, wie zu fliegen.

Doch im Laufe der Nacht schlichen nach und nach erste Zweifel in ihr Zimmer wie Dämonen, die von ihrer Angst angelockt wurden. Tonino hatte noch eine andere Seite, von der sie nichts wußte; er hatte noch ein anderes Leben, aus dem sie ausgesperrt war. Wie konnte sie sicher sein, daß er in dem anderen Leben nicht irgend etwas Schreckliches getan hatte, von dem der Anwalt erfahren hatte, und daß Tonino daraufhin den Anwalt ermordet hatte, um nicht vor Gericht gestellt zu werden?

Im Morgengrauen war der neue monströse Tonino, den sie zwar für unvorstellbar hielt, aber dennoch haßte, mittlerweile für sie realer geworden als der alte Tonino.

Sie war unfähig, zur Arbeit zu gehen, also rief ihre Mutter im Geschäft an, um sie krank zu melden, und Gemma saß am Fenster und starrte hinaus auf den diabolischen Tonino, der, wohin sie auch blickte, in der Luft schwebte.

Das Telefon klingelte, und sie hastete an den Apparat. »*Pronto*?«

»Gemma –«

Allein ihren Namen aus seinem Mund zu hören verjagte den anderen Tonino, wie ein kräftiger Wind eine schwarze Wolke verjagt.

»Tonino –«

»Hör gut zu, Gemma …«

Sie hörte zu, nickte, sagte »*Si*«, mehrmals, dann »*Ciao*« und legte auf.

Ihre Mutter brachte lautstark ihr Mißfallen zum Ausdruck, aber Gemma blieb eisern, und wenige Minuten später eilte sie halb laufend, halb gehend durch Venedig. Als sie das Haus erreichte, rannte sie die Treppe zum zweiten Stock hoch und klopfte dreimal langsam, zweimal schnell an die Wohnungstür.

Sie wurde augenblicklich geöffnet, und Gemma ließ sich hineinziehen und heftig umarmen, was sie trotz ihrer gläsernen Zerbrechlichkeit nicht nur überlebte, sondern über alles genoß.

»Was ist das für eine Wohnung?« fragte sie, als sie keuchend innehielten.

»Sie gehört Leuten, für die meine Mutter putzt. Sie sind in Urlaub.«

»Aber wieso versteckst du dich, Tonino? Wieso läufst du weg? Damit machst du alles nur noch schlimmer!«

»Sobald die Polizei einen schnappt, läßt sie einen nicht mehr gehen. Aber wenn sie mich nicht finden, müssen sie nach dem wahren Mörder von *Avv*. Bixi suchen.«

»Hast du ihn denn gekannt, Tonino?«

»Das erzähl' ich dir ein andermal. Fürs erste reicht es, wenn du weißt, daß ich ihn nicht umgebracht habe. Ich habe ihn nicht umgebracht, Gemma!«

Sie wußte, daß er die Wahrheit sagte.

Von gegenseitigem Einvernehmen überwältigt, setzten sie die unterbrochene Umarmung fort, und diesmal wäre ein Ende wohl kaum absehbar gewesen, wenn nicht eine Störung eingetreten wäre, die ganz und gar gegen ihren Willen war.

Ein Pistolenschuß krachte ins Türschloß, die Tür sprang auf, und im Nu war der Raum voller Polizisten.

Kapitel 6

Als der Junge von der *Trattoria alla Conchiglia*, nur wenige Häuser von der *Questura* entfernt, mit *Dott.* Peronis Kaffee kam, wurde er von der Polizistin Sofia Michelangelo abgefangen, die ihm sagte, er könne beruhigt sein, sie würde *Dott.* Peroni den Kaffee bringen. Polizistin Sofia Michelangelo war stets auf der Suche nach einer Gelegenheit, indirekte Annäherungsversuche bei *Dott.* Peroni zu machen.

Ihre Wohnung lag nur wenige Minuten von seinem Palazzo auf der anderen Seite der Rialto-Brücke entfernt, und es kam häufig vor, daß sie, ohne es bewußt geplant zu haben, weitere Umwege machte, um bei ihm vorbeizugehen. Ihr sehnlichster Wunsch war es, einmal zu ihm nach Hause eingeladen zu werden. Doch nicht so sehr, weil sie sich ein ausschweifendes sexuelles Abenteuer erhoffte, sondern einfach nur, um seine Wohnung aufzuräumen – die sich, da war sie sicher, in einem schrecklich chaotischen Zustand befinden mußte – und für sie beide ein köstliches Essen zu kochen.

Polizistin Sofia Michelangelos Gefühle für *Dott.* Peroni waren leidenschaftlich unpolizistinnenhaft.

Aber sie kam aus Vicenza, und sie besaß die Anständigkeit aller wohlerzogenen Mädchen der Stadt, weshalb es ihr unmöglich war, ihre Empfindungen auch nur andeutungsweise zu offenbaren. *Dott.* Peroni selbst bekam davon nichts mit. Sogar *Dott.* de Benedetti, der ein wandelndes Röntgengerät war, hatte keine Ahnung. Und das war auch gut so, denn *Dott.* de Benedetti war immer auf der Suche nach Rohmaterial für seine Scherze. Polizistin Sofia Michelangelo fand *Dott.* de Benedetti insgesamt ziemlich nervig.

Sie klopfte an *Dott.* Peronis Tür, und als er »*Avanti*!« rief, ging sie mit dem Kaffee hinein. Er blickte gerade zum Fenster hinaus.

»Guten Morgen, Michelangelo«, sagte er. »Ein sehr hübscher Rock, den Sie da anhaben.«

In ihr läuteten Freudenglocken. »Den habe ich bei Luisa Spagnoli gekauft«, erwiderte sie.

Wer weiß, was von da an weiter passiert wäre, wenn es nicht an der Tür geklopft hätte? Es war *Dott.* de Benedetti. Ausgerechnet.

»Michelangelo ist mit im Team?« sagte er. »Dann ist der Fall ja so gut wie gelöst – wir anderen können Feierabend machen und nach Hause gehen.«

Das Schlimmste an *Dott.* de Benedettis Witzen war, daß man nichts darauf erwidern konnte. Michelangelo tat das Naheliegende und überhörte die Bemerkung.

»Es geht um Tonino, *Dottore*«, sagte er, »wir haben ihn – Amabiles Theorie mit der Freundin hat funktioniert. Er ist jetzt unten.«

»Lassen Sie ihn herbringen, ja, *Dottore*?« sagte *Dott.* Peroni, »und bleiben Sie dabei, wenn ich ihn vernehme. Sie auch, Michelangelo – ich möchte, daß Sie Notizen machen.«

Besser als nichts, sagte sie sich, während sie sich neben das Fenster setzte und sorgsam den Rock glatt strich, der *Dott.* Peroni gefiel.

Kurz darauf wurde Tonino hereingebracht. Nicht gerade jemand, dem man einen Mord zutrauen würde, dachte sie. Groß und dunkel, mit kräftigen Händen und Armen, der klassische Gondoliere. Und hätte sie nicht einen allzu anspruchsvollen Vergleichsmaßstab gehabt, hätte sie ihn vermutlich auch für gutaussehend gehalten.

Peroni war die personifizierte Väterlichkeit, streng, aber gütig. Er sprach Tonino mit »Mein Junge« an, bedeutete ihm, Platz zu nehmen, und bot ihm eine englische Zigarette an. Wer die Szene ohne Ton hätte verfolgen können, hätte geschworen, daß Peroni sich über das Ergebnis der Abschlußprüfung des Jungen unterrichten ließ, um ihm anschließend ein Motorrad zu kaufen.

»Kommen wir auf Montag abend zu sprechen«, sagte Peroni, als die einleitenden Fragen erledigt waren. »Sie hatten um acht Uhr einen Termin bei *Avv.* Bixi. Warum?«

Tonino leckte sich die Lippen. »Am Montag«, sagte er, »ist er zu mir zur Rialto-Brücke gekommen, wo ich arbeite – nur, ich hatte natürlich keine Ahnung, wer er war –, aber er schien alles über mich zu wissen. Und er hatte gehört –« Er verstummte vor Verlegenheit.

»Ja?« drängte Peroni sanft, väterlicher denn je.

»Er hatte gehört – er hat gesagt, er hätte Beschwerden erhalten, ich würde überhöhte Preise verlangen, und daß er offizielle Schritte gegen mich einleiten müßte. Ich habe ihn angefleht, das nicht zu tun, denn sonst hätte ich meine Lizenz verloren.«

Peroni warf de Benedetti einen Blick zu. »Die Stadtverwaltung ahndet es sehr streng, wenn Gondolieri überhöhte Preise verlangen«, erklärte de Benedetti.

Was niemanden davon abhielt, denn es war in Venedig so normal wie Nase putzen, dachte Peroni. Laut sagte er nur: »Und hatten Sie überhöhte Preise verlangt?«

Tonino senkte den Kopf. »Ja«, sagte er. Dann wurde seine Miene plötzlich finster. »Das macht jeder in Venedig, und je höher die Position, desto mehr wird verlangt!« spuckte er wütend hervor. »Die Politiker kassieren Schmiergelder – ganz Venedig schwimmt auf einem Meer der Bestechung! Und niemand sagt was, niemand schert sich drum. Aber wenn ein Gondoliere zuviel nimmt, schreien alle Zeter und Mordio! Und bedenken Sie, wir arbeiten nur von Mai bis September. Was wir in dieser Zeit verdienen, muß für den Rest des Jahres reichen. Und die meisten von uns haben Familie. So war es schon immer in Venedig – die Gondolieri müssen für die ganze Stadt als Sündenböcke herhalten!«

Sein Gesicht war ob dieser Ungerechtigkeit haßverzerrt. Dann wurden seine Züge plötzlich milder, und er schien zu erschlaffen. »Ich habe gespart, weil ich mir eine eigene Gondel kaufen und heiraten will«, sagte er ausdruckslos. »Ich weiß, ich hätte es nicht tun sollen, aber ich bin nicht der einzige. Warum hat er sich ausgerechnet mich ausgesucht?«

Ja, warum, dachte Peroni. »Was ist dann passiert?« sagte er.

»Er hat gesagt, er würde mit den Leuten sprechen, die sich beschwert hatten, und versuchen, sie zu überreden, keine Anzeige zu erstatten. Er sagte, ich sollte am selben Abend um acht zu ihm in die Kanzlei kommen.«

»Und Sie sind hingegangen.«

Tonino nickte. »Diesmal war er anders. Sehr freundlich und geradezu sanft. Er hat gesagt, es gäbe eine Möglichkeit, die ganze Sache unter den Tisch fallen zu lassen. Ich müßte ihm dafür nur – na ja, Dinge erzählen.«

»Was für Dinge?«

»Dinge, die ich gesehen habe, Dinge, die ich gehört habe. Als Gondoliere kriegt man so manches mit, das die Leute lieber für sich behalten würden. Er sagte, wenn ich ihm solche Informationen brächte, würde er nicht nur die Sache mit den überhöhten Preisen vergessen, sondern mir vielleicht auch was zahlen.«

»Und Sie?«

Tonino ließ wieder den Kopf hängen. »Ich habe gesagt, ich würde es versuchen. Na, was blieb mir denn anderes übrig? Er hatte mich doch in der Hand!«

»Und damit war das Gespräch zu Ende?«

»Ja.«

»Um welche Uhrzeit sind Sie wieder gegangen?«

»Gegen halb neun.«

»Und was haben Sie dann gemacht?«

»Oh, ich bin bloß herumgelaufen – habe ein paar Gläser Wein getrunken und darüber nachgedacht.«

»Bis zwei Uhr morgens?« Peronis väterliche Stimme klang plötzlich hart.

»Oh, nein«, sagte Tonino. »Bis ich zum Abendessen gegangen bin.«

Peroni und de Benedetti blickten einander an. »Was für ein Abendessen?«

»Das Abendessen vor der Regatta.« Trotz seiner Lage schien Tonino vor Stolz einen Kopf größer zu werden. »Wissen Sie, ich rudere zum erstenmal in der Historischen Regatta, und dieses Abendessen wird für die Teilnehmer und Schiedsrichter veranstaltet und alle, die mit der Regatta zu tun haben.«

»Um wieviel Uhr waren Sie bei diesem Abendessen?«

»Etwas zu spät, weil ich noch überlegt habe, was ich wegen *Avv.* Bixi machen soll. Gegen halb zehn.«

»Und wann sind Sie gegangen?«

»Oh, ziemlich spät. Solche Abendessen dauern immer eine ganze Weile. Um Viertel vor zwei, würde ich sagen.«

Zum zweitenmal blickten Peroni und de Benedetti einander an. *Avv.* Bixi war zwischen elf und ein Uhr morgens ermordet worden, und in der Zeit – was noch zu überprüfen war – hatte sich Tonino mit vermutlich zwanzig oder dreißig anderen Gästen bei einem Festessen aufgehalten.

Auf dem Balkon seines Zimmers im Hotel Vivaldi mit Blick auf die Lagune schenkte Mr. Cornelius Ruskin sich eine zweite Tasse Kaffee ein und strich Aprikosenmarmelade auf einen gebutterten Zwieback. Das Wasser glitzerte in träger Pracht vor ihm, der Himmel war tiefblau, ein *vaporetto* legte gerade zu einer Inselrundfahrt ab, und Touristen strömten, dicht gedrängt und wie Ameisen, aber mit glücklichen Gesichtern, auf der San-Marco-Seite des Hotels über eine Brücke.

Der Gedanke an New York trübte die Unbeschwertheit von Mr. Ruskins venezianischem Glück ein wenig. Bald würde er wieder dort sein, wo die Straßen nicht voller Wasser und die Aussichten nicht angenehm waren. Er würde gern in Venedig leben, aber aus wirtschaftlichen Gründen war daran nicht zu denken. Zum Glück hatte er noch zwei Wochen vor sich, in denen er sich an den Kanälen, an *fritto misto* im Restaurant Madonna und Campari Soda und »Hello Dolly!« (nur die Evergreens) vor dem Caffè Florian würde ergötzen können. Und natürlich war da noch das Goldoni-Festival mit der einmaligen Maddalena Spinelli. Er hatte allen Grund, dankbar zu sein.

Mr. Ruskin nahm den *Gazzettino* (er las prinzipiell immer die venezianische Zeitung, wenn er in Venedig war). Die Schlagzeile war heute morgen überraschend groß. *Avv. Tullio Bixi auf dem Weg vom Büro nach Hause ermordet.* Sonderbar. Venedig war alles andere als eine mörderische Stadt. Er konnte sich an keinen spektakulären Mord im 18. Jahrhundert erinnern. In der berühmten Auseinandersetzung zwischen Goldoni und dem *Abbé* Chiari hatten sich die Gemüter zwar erhitzt, aber es war nie jemand zu Schaden gekommen. Nicht körperlich.

Gerade als Mr. Ruskin las, daß die Ermittlungen von dem brillanten *Commissario* Achille Peroni geleitet wurden (*Der Rudolfo Valentino der italienischen Polizei*? Das würde in den Staaten niemand schlucken!), klingelte das Telefon in seiner Suite. Mr. Ruskin ging ohne besondere Neugier an den Apparat; viele Leute wußten, daß er hier war.

»*Pronto*?« sagte er und legte sich sein akkurates Schulitalienisch zurecht, nur für den Fall, daß es erforderlich werden würde.

»Professor Ruskin«, sagte der Mann am Empfang, der nicht zuließ, daß Ausländer Italienisch sprachen, »ein Anruf von außerhalb des Hotels; ein *Signor* Rossi möchte Sie sprechen.«

Mr. Ruskin runzelte die Stirn; er kannte keinen Rossi, die italienische Entsprechung zu Smith. »Okay«, sagte er, »stellen Sie durch.«

Ein Klicken, eine Pause und dann wieder ein Klicken.

»Professor Ruskin?« Die Stimme war männlich und sprach seinen Namen Rooskiin aus.

»*Sono io*«, sagte er. »*Cosa desidera*?«

Als die Stimme anfing zu sprechen, erkannte Mr. Ruskin den melodischen venezianischen Dialekt, doch sie hatte nur wenige Sekunden gesprochen, bevor sämtliche Gedanken an die Sprechweise einer unfaßbaren Verblüffung über das Gesagte wichen.

Das war natürlich ein Scherz. Das konnte nur ein Scherz sein. Solche Dinge passierten einfach nicht. Aber wieso sollte sich jemand ausgerechnet mit einem amerikanischen Touristen so einen komplizierten Scherz erlauben?

Und wenn es doch wahr war? Dann würde er es bis an sein Lebensende bereuen, daß er sich so eine Chance hatte entgehen lassen.

»*Va bene*«, sagte er. »*Cosa debbo fare*?«

Die Stimme sagte, er solle genau zuhören, und fing dann an, ihm die Anweisungen zu erteilen.

Vor Harry's Bar polierte ein aufgeweckt aussehender Junge von etwa sechzehn, der eine schwarze Hose, ein weißes Hemd und eine karmesinrote Weste trug, das Messing der Tür. Peroni fragte sich, warum so viele von den aufgewecktesten jungen Männern in Venedig Kellner wurden – eine Tradition, die mindestens bis zu Goldoni zurückreichte, wie *Der Diener zweier Herren* belegte. Der aufgeweckt aussehende Junge öffnete schwungvoll die Tür, und Peroni trat ein.

Toninos Alibi wurde mehrfach überprüft, doch wenn es hieb- und stichfest war – und davon war mittlerweile auszugehen –, waren sie mit ihren Ermittlungen wieder fast am Anfang. Peroni hatte sofort an die rätselhafte Erwähnung von Harry's Bar in Bixis Tagebuch gedacht. Die anderen drei Ortsnamen waren von Belang gewesen, wieso also nicht diese? Peroni wollte nun herausfinden, was es mit Harry's Bar auf sich hatte.

Er bestellte einen trockenen Martini, weil Martini nun mal zum Mythos der Bar gehörte, setzte sich auf einen Barhocker und ließ den mißtönenden Choral auf sich wirken, der in allen denkbaren amerikanischen Mundarten erklang.

»Wieviel ist das in Dollar?«

»Und da sagt dieser Gondoliere, er bringt uns für 50.000 Lire zur Giudecca und zurück, was mir einfach sündhaft teuer vorkam ...«

»Es ist nicht nur die Kleidung, es ist alles! Ich habe noch nie so einen erlesenen Geschmack erlebt!«

»Napoleon hat sie mitgenommen!«

»Mit American Express ist das kein Problem.«

»Ich habe keine Zigaretten mehr. Wo kriege ich eine Packung Chesterfield?«

Die letzten Worte kamen aus dem Mund einer Dame an einem Tisch neben der Tür; auf dem Stuhl ihr gegenüber saß ein Pekinese, den sie mit Hähnchenfleischbröckchen fütterte. Peroni hatte den Eindruck, daß sie die Frage wegen der Zigaretten an den Pekinesen gerichtet hatte, der ihre einzige Begleitung war. Doch wie durch Zauberei tauchte plötzlich neben ihr der aufgeweckt aussehende Junge, der Peroni die Tür aufgehalten hatte, mit einer Packung Chesterfield auf.

»Phantastisch«, sagte die Dame überrascht. »Wieviel macht das?«

»Zweitausend Lire, *Signorina.*« Das »*Signorina*«, so bemerkte Peroni, war genauso kalkuliert wie ein Schachzug an der Börse.

Sie öffnete ihre Tasche und gab ihm einen 10.000-Lire-Schein, verzichtete mit einem Wink auf das Wechselgeld und führte Peroni so vor Augen, warum so viele von den aufgewecktesten jungen Männern in Venedig Kellner wurden. Der Junge erinnerte ihn sogar an sich selbst, als er in Neapel im gleichen Alter war.

»Entschuldigung –« Es war nicht schwer, den Jungen auf sich aufmerksam zu machen; er schien hinten im Kopf Augen zu haben.

»*Si, Commissario*?«

Peroni war es zwar gewohnt, erkannt zu werden, aber nicht so schnell, und er war verdutzt.

»Woher kennst du mich?«

»Ich habe Ihr Foto in der Zeitung gesehen, *Commissario*!«

Das klang ein wenig nach Heldenverehrung, und Peroni wurde unmerklich »er selbst«, eine Art süditalienischer Supermann, wie er einmal auf der Titelseite eines Skandalblattes bezeichnet worden war.

»Du hast deine Augen überall.« Ein erfreutes Achselzucken, das zu sagen schien: »In dieser verrückten Welt bleibt einem nichts anderes übrig.« »Hast du irgendwann mal den Mann auf diesem Foto hier in der Nähe gesehen?«

»Der Anwalt, der ermordet wurde?«

»Genau der.«

»Ich habe ihn einmal gesehen.«

»Wann?«

»Anfang letzter Woche. Montag, vielleicht Dienstag.«

»Hier in der Bar?«

»Nein, draußen – an der Gondelstation.«

»Hast du gesehen, was er da gemacht hat?«

»Er hat mit einem der Gondolieri gesprochen.«

Der Pekinese war zu in Rotwein getränkten Walderdbeeren übergegangen.

»Mit einem bestimmten?«

»Ja, mit dem, den sie den Löwen nennen.«

»Der Löwe? Das ist ein seltsamer Spitzname.«

»Wenn Sie mich fragen, *Commissario*, ist das ein Scherz. Sie nennen ihn zwar *il leone*, den Löwen, aber eigentlich meinen sie *il lenone*, den Zuhälter.«

Die Hauptpost von Venedig, eine riesige, im klassizistischen Stil erbaute Steinhalle, erinnerte Mr. Ruskin an römische Bäder, und in der Tat hatte sie wie die meisten venezianischen öffentlichen Gebäude etwas ausgesprochen Wässeriges an sich.

Zunächst hatte Mr. Ruskin sich gefragt, warum sein Anrufer das Postamt als Treffpunkt vereinbart hatte. Jetzt wußte er es. Die Halle war nicht nur riesig, sondern sie wimmelte auch von Menschen, und außerdem gingen dort zahlreiche kleinere Büros und Korridore ab. Ein idealer Platz für so eine Transaktion.

Die zweite Säule rechts, wenn man reinkam. Kein Problem, sie zu finden. Direkt dahinter müßte eine Bank sein. Und auf der Bank …

Obwohl ein Gelehrter Ende Fünfzig, hüpfte Mr. Ruskin das Herz wie einem kleinen Jungen, als er das Päckchen sah. Gleichzeitig durchlief ihn ein Angstschauder. Von nun an, bis er das Gebäude verließ, so hatte der Anrufer ihn gewarnt, wäre eine Pistole auf ihn gerichtet. Er hatte seit dem Krieg nichts Gefährlicheres mehr gesehen als eine Wasserpistole, und mit der Zeit ist man an dergleichen nicht mehr gewöhnt. Zum Glück hatte er eine abenteuerlustige Ader, sonst hätte er sich gar nicht auf das riskante Unternehmen eingelassen.

Er blickte sich rasch um, ob er den Anrufer irgendwo entdecken könnte, aber in dem Menschengetümmel war das unmöglich. Also nahm er das Päckchen und setzte sich hin. Er hatte fünf Minuten Zeit, sich zu entscheiden. Seine Hände zitterten unkontrollierbar, als er das Päckchen öffnete und den Inhalt herausnahm, und er verschwendete gut dreißig Sekunden damit, einfach nur darauf zu starren. Dann sah er genauer hin.

In genau dreieinhalb Minuten hatte er sich entschieden. Er packte alles rasch wieder ein und legte die Aktentasche mit dem Geld auf die Bank. Anschließend sollte er schnell aus dem Gebäude verschwinden, ohne nach rechts oder links zu sehen, hatte der Anrufer gesagt. Er befolgte die Anweisungen.

Draußen, auf dem bevölkerten Campo San Bartolomeo, blickte er einen Augenblick zu der Statue von Goldoni hoch, der wie ein gütiger Landjunker durch das Herz seines Venedig schritt, und warf ihm ein kurzes, literarisches Gebet zu. Dann eilte er zurück zum Hotel Vivaldi, um sich an seinem Schatz zu weiden.

Kapitel 7

Der Mann sah aus wie eine riesige Vogelscheuche und war so unordentlich, daß er bei jeder Bewegung Stückchen von sich selbst zu verstreuen schien. Er hatte ein empfindsames mondähnliches Gesicht, das von Wellen grauer Haare gekrönt wurde, die wie eine stürmische See wogten und wallten. Seine geflickte, alte Kleidung hing ihm am Körper wie zankende Kinder: das Hemd wollte aus dem Hosenbund rutschen, die Krawatte würgte das Hemd, das Jackett hüpfte auf allen dreien herum, und die Schuhe spielten mit ihren eigenen Schnürsenkeln Fangen. Doch er hatte eine Ausstrahlung, die erklärte, warum der diensthabende *maresciallo* in der Zentrale zu Peroni gesagt hatte, ein Herr – nicht wie üblich ein Mann – würde ihn gern sprechen.

Und sobald dieser Gentleman Peroni sah, verschmolzen seine Einzelteile zu einem Ganzen und machten einen mehr oder weniger geschlossenen Vorstoß, und die rechte Hand ergriff, unterstützt durch den Rest des Körpers, Peronis Rechte und schüttelte sie mit begeisterter Ehrerbietung.

»Was für eine Ehre, den berühmten *Commissario* Peroni kennenzulernen!« Einen kurzen Augenblick lang argwöhnte Peroni Ironie, doch das Gedränge in der großen Statur war so aufrichtig begeistert, daß er den Verdacht verwerfen mußte.

»Partecipazio«, stellte der Mann sich vor, ohne den ehrfürchtigen Bärengriff, mit dem er Peronis Hand hielt, zu lockern, »Ihr Diener, *Commissario*, unverdient, aber Ihr Diener.«

Lächerlich überspannt und wie aus einer Goldoni-Komödie, aber man mußte ihn einfach mögen. »Was kann ich für Sie tun?«

»Zu freundlich, zu aufmerksam, zu gütig! Ich werde die Zeit des berühmten *Commissario* Peroni nur kurz in Anspruch nehmen! Ich wollte mit Ihnen über einen bedauernswerten, unglücklichen Burschen namens Tonino sprechen.«

Sieh an! dachte Peroni. »Gehen wir in mein Büro«, sagte er.

Als sie dort waren und Partecipazio nach vielen Entschuldigungen schließlich auf dem Besucherstuhl saß, holte er eine riesige Schnupftabakdose aus Holz hervor, die mit handgemalten Blumen verziert war. »Nein, natürlich nicht«, sagte er, als Peroni das Angebot abgelehnt hatte, »die Gewohnheit einer längst vergangenen Zeit. Darf ich mir die Freiheit erlauben?«

Peroni machte eine zustimmende neapolitanische Handbewegung, und nachdem Partecipazio eine große Portion Tabak in seine behaarten Nasenlöcher hochgezogen und einem großen roten Taschentuch dabei geholfen hatte, geschäftig um sie herum zu flattern, erinnerte er ihn sanft an den Anlaß seines Kommens.

»Tonino«, sagte Partecipazio. »Ja, natürlich. Mir ist zu Ohren gekommen, *Commissario*, daß Sie den unbesonnenen Burschen in Zusammenhang mit dem Tod des bedauernswerten *Avv.* Bixi festhalten. Darf ich mir die Frage erlauben, *Commissario*, ob ich ihm in irgendeiner Weise behilflich sein kann?«

»Soweit mir bekannt ist«, sagte Peroni, »braucht er keine Hilfe. Aber darf ich meinerseits fragen, warum Sie sich für ihn interessieren?«

Partecipazio schlug sich bußfertig auf die Brust. »Wie nachlässig von mir, es nicht schon erwähnt zu haben«, sagte er. »Der große *Commissario* Peroni wird mich für einen bedauernswerten Narren halten. Meine Familie, *Commissario*, die Familie Partecipazio, die eine kleine, vielleicht nicht ganz unbedeutende Rolle in der Geschichte der Serenissima gespielt hat – meine Familie, möchte ich behaupten, ist seit Generationen unter anderem dafür bekannt, daß sie Gondolieri in Not Hilfe zuteil werden läßt. Eine bescheidene Tradition, die seit Jahrhunderten vom Vater auf den Sohn übertragen wird.«

»Wenn das so ist«, sagte Peroni, »kann ich Ihnen ohne weiteres sagen, daß Tonino heute abend wieder auf freiem Fuß sein müßte.«

Partecipazio stand auf, ging um den Schreibtisch herum zu Peroni, nahm erneut dessen Hand und schüttelte sie schweigend gut fünf Sekunden lang mit feierlicher Ehrfurcht.

»Damit ist wohl alles gesagt«, verkündete er schließlich. »Damit ist wohl alles gesagt. Es sei denn – es sei denn –«

»Es sei denn?« sagte Peroni gespannt.

»Es sei denn, Ihr ergebener Diener dürfte sich die Kühnheit erlauben, Sie zu einem bescheidenen Abendessen einzuladen. Obwohl es eigentlich nicht mir zusteht, das zu sagen, kann ich Ihnen Gerichte anbieten, die Sie vielleicht noch nie in Ihrem Leben gekostet haben – Schätze aus dem kulinarischen Thesaurus Venedigs, viele davon Geheimrezepte, die im Besitz der Familie Partecipazio sind. Würden Sie uns die Ehre erweisen, heute abend unser Gast zu sein?«

Das verheißene Essen, die Gelegenheit, seinen exzentrischen Besucher näher kennenzulernen und das rätselhafte »uns«, das vermutlich auf eine Ehefrau hindeutete, waren zwar äußerst verlockend, aber unter den gegebenen Umständen wäre es sträflich leichtfertig gewesen.

»Eine Gondel wird Sie um acht Uhr abholen.«

»Dann nehme ich dankend an.«

Es war gesagt, noch bevor der *Commissario* sich dessen bewußt war.

Die Wohnung eines Toten kann ebenso wie die Kleidung eines Toten sehr viel über den ehemaligen Besitzer aussagen, wenn man es versteht, sie sich richtig anzusehen. Und eines war klar, sie mußten mehr über *Avv*. Bixi wissen. Aus diesem Grund stand Peroni nun in der unordentlichen, verstaubten Wohnung im obersten Stock eines alten Hause, das dem Anwalt allein gehört hatte.

Er lauschte dem stillen Raum mit seinem inwärtigen Ohr, das schon früher in Neapel die Fähigkeit entwickelt hatte, feine Nuancen in der Atmosphäre wahrzunehmen. Zunächst nichts. Dann die Geräusche, die die ganze Zeit da waren, aber die man normalerweise nicht wahrnahm – das gedämpfte »*Ole*!« eines Gondoliere, der um eine ferne Ecke bog, das Flügelschlagen einer Taube draußen auf einer Dachrinne, das entfernte Hupen eines *vaporetto*, jemand, der in einem Nachbarhaus Klavierspielen übte. Und schließlich die Geräusche, auf die er wartete. Ein flüchtiges Schaben von Schritten, die nicht da waren, das Rascheln von Papier, das klang wie alte, trockene Banknoten.

Ganz allmählich ließen die Geräusche ein Bild entstehen, das in der Luft Gestalt anzunehmen schien. Zunächst war es das Bild der alten Pantalone-Maske, dann löste sie sich auf wie das Gesicht eines seit langem toten Mannes, das plötzlich der Luft ausgesetzt ist. Und dahinter tauchte nach und nach ein anderes Gesicht auf. Seine Züge waren noch nicht ganz deutlich; doch in wenigen Sekunden würde es soweit sein. Bislang konnte Peroni nur sagen, daß es ein Gesicht war, das er nicht mochte, ein Gesicht, dessen Besitzer es vielleicht verdient hatte, daß man ihm in einer Gasse den Schädel eingeschlagen hatte. Hier liegt ein Anwalt und ein ehrlicher Mann. Wie kann man nur zwei Männer in ein und demselben Grab bestatten? Die Antwort lautet – es geht gar nicht, denn der ehrliche Mann ist nur die Pantalone-Maske, die sich bald zersetzt haben und den Anwalt zutage treten lassen würde, so daß Peroni zumindest und endlich wissen würde, was für ein Mensch da eigentlich gestorben war.

»*Gradu diverso, via una*«, ertönte eine rauhe Flüsterstimme und verjagte das sich langsam abzeichnende Bild: »Unser Tempo mag verschieden sein, *Commissario*, aber offenbar folgen wir demselben Weg.«

Peroni war so von der Atmosphäre gefangen gewesen, die der tote Anwalt hinterlassen hatte, daß er nicht einmal gehört hatte, wie die Tür aufgegangen und der Untersuchungsrichter *Dott.* Tron hereingekommen war. Die beiden Männer schüttelten einander die Hand, und Peroni gab sich redlich Mühe, seine Verärgerung zu verbergen, denn es ist stets ratsam, sich mit der Gerichtsbarkeit gut zu stellen, auch wenn sie ständig lateinische Zitate von sich gibt.

»Ich nehme an, auch Sie sind hier, um sich ein Bild von *Avv.* Bixis Persönlichkeit zu machen? Es ist erstaunlich, wie wenig wir über ihn wissen – *hiatus valde deplendus*. Eine durchaus bedauerliche Lücke, die sich aber, wie ich glaube, rasch füllen lassen wird.« Während *Dott.* Tron durch den Raum ging, schwankten seine langen Gliedmaßen wie Äste im Wind.

»Das Problem war«, sagte Peroni, »daß wir uns alle zu schnell auf Tonino kapriziert haben. Das heißt«, fügte er rasch hinzu, »zumindest ich.«

»Ich auch, *Dottore*«, sagte Tron, »ich auch. *Humanum errare est*; wir können nur unser Möglichstes tun, um den Fehler nun wiedergutzumachen. Es sieht ganz so aus, daß wir die Antwort im Leben und Charakter des verstorbenen *Avvocato* suchen sollten.«

»Und beides scheint ganz anders gewesen zu sein, als wir angenommen hatten.« Peroni benutzte sicherheitshalber die erste Person Plural, schließlich hatte Tron selbst Bixi als illuster und ehrwürdig bezeichnet.

»*Frontis nulla fide*«, sagte der Richter und nickte mit seinem früh ergrauten Haupt, »dem Schein ist nicht zu trauen. Eine Grundregel für uns beide, *Commissario*. Haben Sie in Harry's Bar irgend etwas Interessantes in Erfahrung bringen können?«

Peroni blickte rasch auf. Er hatte gedacht, Tron wäre über diesen Aspekt nicht informiert gewesen. Dann kam er zu dem Schluß, daß er wahrscheinlich von *Dott.* Amabile davon in Kenntnis gesetzt worden war. Der Richter schien sich keineswegs darüber im klaren zu sein, daß er etwas Unerwartetes gesagt hatte, sondern vertiefte sich gerade in ein lateinisches Buch, das er von einem der Regale genommen hatte.

Peroni erzählte ihm von dem Löwen-Zuhälter.

»Zuhälterei«, sagte Tron. »Eines der ältesten Vergehen der Gondolieri. Und letzte Woche haben Sie eine von Gondolieri geleitete Glücksspielorganisation aufgedeckt.«

»Genau«, sagte Peroni. »Und das ist noch nicht alles, *Dottore*. Ich habe mit ein oder zwei Kollegen in der *Questura* gesprochen, die mir erzählt haben, daß die bislang noch unaufgeklärte Welle von Erpressungen und Erpressungsversuchen durchaus in Gondolieri-Kreisen ihren Ursprung haben könnte. Womit wir wieder bei *Avv.* Bixi wären, der Tonino gebeten hatte, ihm ›Informationen‹ zu besorgen.«

»*Tria iuncta in uno*«, sagte Tron. »Wahrlich drei in einem.«

»Und wenn wir einen Schritt weitergehen, *Dottore*, und diese drei zusammennehmen, dann haben wir es mit einer Organisation zu tun, die sehr profitabel sein könnte. Und so eine Organisation würde natürlich jemanden brauchen, der sie koordiniert und lenkt.«

»Und Sie glauben, *Commissario*, daß *Avv.* Bixi, der sich zweifellos für die Belange der Gondolieri eingesetzt hat, herausgefunden hat, wer dieser Jemand ist, und infolgedessen …?« Er ließ den Satz bedeutungsschwanger in der Schwebe.

»Es wäre eine Möglichkeit«, sagte Peroni.

»Dann würden Sie also vorschlagen«, sagte Tron, »den verdächtigen Zuhälter aus Harry's Bar zur Vernehmung in die *Questura* bringen zu lassen?«

»Nein, *Dottore*«, sagte Peroni, »Ihr Einverständnis vorausgesetzt. Wenn ich mit der Vernehmung von Don Amos nicht so vorschnell gewesen wäre – natürlich ohne mir darüber im klaren zu sein, was passieren würde –, hätte ich jetzt vielleicht eine andere Möglichkeit, unseren hypothetischen Organisator zu finden. Nein, in diesem Fall möchte ich wenigstens vorher herausfinden, was der Löwe genau im Schilde führt, bevor wir ihn festnehmen.«

»*Cuicumque in arte sua credendum est*«, sagte Tron, »und in diesem besonderen Fall habe ich, *Commissario*, vollstes Vertrauen in Sie und in Ihre Kunst. Also überlasse ich Ihnen allein die Entscheidung. Sollen wir in der Zwischenzeit mit unserer Untersuchung fortfahren?«

Sie durchsuchten die Wohnung gründlich, fanden aber nichts Interessantes, und obwohl Peroni sein inwärtiges Ohr anstrengte, nahm er das Flüstern, das er zuvor gehört hatte, nicht mehr wahr, so daß er zu dem Schluß kam, daß es sich vor dem klassisch gewürzten Geflüster von Tron versteckt haben mußte.

Nach etwa einer Stunde gaben sie auf und gingen gemeinsam die dunkle, knarrende Treppe hinab.

»Es gibt zumindest eines, dessen wir uns offenbar sicher sein können«, sagte Tron, als er Peroni draußen in der *calle* die Hand gab. »*Latet anguis in herba*. Eine Schlange ist im Gras versteckt. Oder sollte ich angesichts unserer besonderen Umstände sagen, im Wasser?«

Kapitel 8

Die Gondel wartete tatsächlich um Punkt acht auf ihn, und mittlerweile bereute Peroni die ganze Sache. Doch sobald Partecipazio, der darin saß, wie ein Bär herausgesprungen kam, um ihm mit einer höflichen, ausladenden Geste an Bord zu helfen, war seine Neugier auf den Ausflug plötzlich wieder geweckt, auch wenn es vielleicht nur reine Zeitverschwendung war.

»Vorsicht, *Commissario*!« warnte Partecipazio, dem anscheinend nichts schrecklicher war als der Gedanke, daß Peroni ausrutschen könnte. »Das Wasser in Venedig ist sehr naß!«

Peroni hätte diese Bemerkung als weiteres Zeichen für Partecipazios Überspanntheit gedeutet, wenn er sich nicht durch ähnliche Äußerungen von seiten de Benedettis inzwischen an die Marotte der Einheimischen gewohnt hätte, alles Venezianische als einzigartig zu betrachten.

Die Fahrt über die Kanäle war traumhaft und leise, bis auf das Plätschern des Wassers und die kleinen nasalen Explosionen, wenn Partecipazio eine Prise Schnupftabak nahm. Es hatte etwas Sinnliches, dachte Peroni, in diesem langen, schwarzen, leicht schräg liegendem Boot über das Wasser zu gleiten.

Partecipazio schien Peronis Freude zu spüren, und ein zufriedenes Lächeln auf seinem großen Gesicht ließ erkennen, daß er froh war, dem berühmten *Commissario* Peroni eine der erlesensten Wonnen Venedigs ermöglicht zu haben.

Nach einer Weile begann er zu reden, wies auf die Gebäude hin, an denen sie vorbeikamen, erzählte Anekdoten über die Familien, die darin wohnten. Er war eine wandelnde Enzyklopädie von Venedig, und Peroni fühlte sich zum erstenmal seit seiner Ankunft gut unterhalten.

Die Gondel überquerte den Canal Grande, glitt dann in ein Gewirr aus kleinen Kanälen auf der anderen Seite und hielt schließlich elegant an einer hölzernen Anlegestelle, die durch zwei malerische Vertäupfähle verschönt wurde. An der Anlegestelle stand ein alter Mann, auf dessen Mütze in verblichenen goldenen Lettern das Wort GANZER stand. Er hielt eine lange Stange mit Haken daran in den Händen, mit der er ihre Gondel heranzog und festhielt, damit die Passagiere aussteigen konnten.

Partecipazio gab ihm fünfhundert Lire, und Peroni, der den alten Mann beobachtete, bemerkte, daß er gar nicht alt war, sondern wegen des Schmutzes, des Bartes und der zerlumpten Kleidung nur so wirkte. Er war vermutlich kaum älter als fünfzig.

»Armer Kerl!« sagte Partecipazio, während er Peroni am Arm über die Anlegestelle und einen Weg an dem Kanal entlang zu einem gewaltigen Tor führte. »Armer Kerl! Von Geburt an stumm und obendrein …« Er tippte sich bedeutungsvoll an den Kopf. »Als er um die Dreißig war, stand er quasi vor dem Nichts, nachdem seine Eltern und alle seine Verwandten gestorben waren. Aber sein Vater war Gondoliere gewesen, also wie hätte die Familie Partecipazio ihm in einer solchen Notlage nicht helfen können? Glücklicherweise habe ich eine Lösung gefunden. Früher gab es in Venedig einen Menschenschlag – überwiegend Gondolieri im Ruhestand –, die als *Ganzer* oder Haker bekannt waren. Ihre Aufgabe war es, die Gondel an die Anlegestelle zu ziehen, wie er es vorhin getan hat. Heutzutage ist der *Ganzer* überflüssig geworden, aber ich habe diese Tätigkeit wieder zum Leben erweckt, damit er seinen Lebensunterhalt verdienen kann. Und wir haben ein Auge auf ihn, besorgen ihm ein Dach über den Kopf, wenn nötig, und so weiter.«

»Sehr nett von Ihnen«, sagte Peroni.

»Nichts Besonderes, mein lieber *Commissario*, nichts Besonderes! Die demütige Pflicht eines Partecipazio – mehr nicht, mehr nicht! Gehen wir hinein?«

Viele der älteren Palazzi in Venedig erwecken den Eindruck, daß sie von einer Minute auf die andere einstürzen könnten, doch der Palazzo, den Peroni sah, als sie den weiten Privathof betraten, sah aus, als wäre er schon mitten im Sturz begriffen. Früher mußte er einmal ein Prachtbau gewesen sein. Er war vier Stockwerke hoch, und vor den eleganten Spitzbogenfenstern waren Marmorbalkone mit leuchtenden Geranien (*Signora* Partecipazio?). Über der gewölbten Eingangstür war ein Hochrelief aus Marmor, an dem der Zahn der Zeit so sehr genagt hatte, daß das Motiv nicht mehr zu erkennen war, obwohl Peroni meinte, so eben noch den Schwanz eines Drachens ausmachen zu können.

Aus Angst, das Hochrelief könnte ihn in den gleichen Zustand versetzen wie den von *Avv.* Bixi, zog er den Kopf ein, als er sich durch die Tür in eine große hallende und staubige Steindiele führen ließ, in der sich eine geschwungene Treppe nach oben wand.

»Wenn ich Sie bitten dürfte, die Treppe hinaufzugehen«, sagte Partecipazio. »Wir waren gezwungen, den größten Teil des Hauses zu schließen. Wir wohnen im zweiten Stock – dem *piano nobile*, wie es früher genannt wurde, dem Hauptgeschoß. Ach, *Commissario*, könnte dieses alte Haus doch noch etwas von dem Glanz vermitteln, den es in der Vergangenheit erlebt hat, als die Familie Partecipazio ihren bescheidenen Beitrag zum Wohle der Serenissima geleistet hat! Wie sich die Zeiten doch geändert haben, *Commissario*. Wie die Zeiten sich geändert haben! Da wären wir!«

Nachdem sie im zweiten Stock angelangt waren, gingen sie einen Korridor entlang und betraten dann den ersten Raum, der von ihm abging. Es war ein riesiger Saal mit hoher Decke und großen Fenstern, die sich auf einen der Balkone hin öffneten und Aussicht auf den Kanal gewährten. Der Raum war spärlich möbliert, von Motten angefressene, aber echte Stücke aus dem 18. Jahrhundert – Sessel mit hoher Rückenlehne und ein Sofa, dessen Inneres heraushing, eine niedrige Anrichte mit Kerzen in Kerzenleuchtern, ein Spiegel über dem Kamin und, unter dem Lüster mitten im Raum, ein Tisch mit drei Gedecken. An den Wänden hingen einige naive Gemälde in leuchtenden Farben von venezianischen Szenen, und obwohl sie nicht zur Einrichtung paßten, gefielen sie Peroni.

Sie hätten sogar einen noch größeren Eindruck auf ihn gemacht, wenn nicht noch etwas anderes im Hinterhalt gelegen hätte, das seine ganze Aufmerksamkeit fesselte. Neben einem der Fenster stand eine junge Frau, die wie die Quintessenz venezianischer Weiblichkeit wirkte. Sie war schlank mit sehr dunklem, kurz geschnittenem Haar, und sie trug Jeans und ein kariertes Westernhemd, das am Hals offen stand. Doch im Gegensatz zu der Kleidung hätte ihr Gesicht, dessen Ausdruck zwischen feierlichem Ernst und Belustigung hin und her schwankte, eines jener Gesichter sein können, die sich während des endlosen venezianischen Karnevals im 18. Jahrhundert hinter Masken versteckten oder zu verstecken vorgaben.

»Meine Tochter«, sagte Partecipazio. (Das war also das Wir, dachte Peroni), »Estrella. Ein sehr talentiertes Mädchen, ein sehr –«

»Laß gut sein, Papa«, sagte sie, als sie mit ausgestreckter Hand auf Peroni zuging. »Sie dürfen nicht auf ihn hören«, fuhr sie fort, während sie ihm die Hand reichte, kühl und fest. »Wenn man ihm Glauben schenkt, dann sind alle Leute, die er kennt, ein Ausbund an Intelligenz, Kunstfertigkeit und Tugend. In Wirklichkeit habe ich nicht das geringste Talent.«

»Das kann ich nicht glauben«, sagte Peroni, der die Hand länger als nötig hielt, während ihm un*commissario*hafte Gedanken durch den Kopf schwirrten wie Fliegen.

Dann lächelte sie, und erschreckt wurde ihm klar, daß es weit mehr war als das Lächeln einer Gastgeberin, die einen Gast willkommen heißt. Sie hatte ihn durchschaut, genau das brachte das Lächeln zum Ausdruck; sie hatte das Wesen erkannt, das hinter der *Commissario*-Fassade lauerte, und sie fand dessen Vorhandensein unwiderstehlich amüsant. Sanft löste sie ihre Hand, aber nicht ohne die seine noch einmal kaum merklich gedrückt zu haben, als wollte sie sagen: »Aber keine Sorge – ich verrate nichts.«

In seiner Verwirrung griff Peroni das erste sich bietende Thema auf. »Estrella«, sagte er, »ein entzückender Name, aber sicherlich nicht italienisch?«

»Estrella, mein lieber *Commissario* –« setzte Partecipazio an.

»Nach dem Essen, Papa«, ordnete seine Tochter bestimmt, aber liebevoll an, und Peroni fing einen zärtlichen Blick zwischen ihnen auf, der, so dachte er, zwischen Vätern und erwachsenen Töchtern selten sein mußte. »Die Geschichte ist zu lang, um sie im Stehen zu erzählen, zumal der *Commissario* bestimmt hungrig ist«, fuhr sie fort. »Gehen wir direkt zu Tisch?«

Nach Fisch-Hors-d'oeuvres mit italienischem Tokajer (»Ein Tokajer, so wage ich zu behaupten, *Commissario*, wie Sie ihn im Leben noch nicht getrunken haben!«) brachte Estrella das Hauptgericht, dampfend und pechschwarz.

Peroni mußte die Besorgnis anzusehen gewesen sein, denn sie lächelte erneut. »Keine Sorge, *Commissario*. Die Farbe ist ein bißchen unappetitlich, aber ich denke, der Geschmack wird das wieder wettmachen.«

»Da bin ich ganz sicher, *Signorina*«, sagte Peroni. »Was genau ist das?«

»Ein Gericht, *Commissario*«, sagte Partecipazio, »das nicht nur außergewöhnlich, sondern sogar einzigartig ist! Das Meisterwerk der venezianischen Kochkunst! Ein Gericht –«

»Kuttelfisch«, warf Estrella sachlich ein, »*alla Veneziana*. Ein bekanntes Gericht aus Venedig, aber die Partecipazios haben eine ganz eigene Variante – wie in allen Dingen.« Sie warf ihrem Vater einen spöttisch liebevollen Blick zu. »Die Zubereitung ist ganz einfach – man gibt Öl, Salz, Pfeffer und eine Knoblauchzehe in den Topf, fügt den Kuttelfisch hinzu und läßt ihn garen, bis er zart ist. Dann ein halbes Glas Weißwein und zwei Beutel Kuttelfischtinte hineingeben. Daher kommt die schwarze Farbe. Einige Minuten kochen lassen und sehr heiß mit Polenta servieren. *Buon appetito, Commissario*.«

»*Grazie, Signorina*«, sagte Peroni.

»Was für ein Mädchen!« sagte ihr Vater. »Was für eine Köchin!«

»Wie ich höre, haben Sie den armen Tonino aus dem Schlamassel rausgeholt, in den er sich selbst reingebracht hat«, sagte Estrella, während sie aßen. »Das finde ich wunderbar!«

Peroni blühte sichtlich auf. »Eigentlich hat er sich selbst da wieder rausgeholt«, sagte er und erzählte dann von Toninos Alibi, während Vater und Tochter ihm folgten, als würde er ein besonders brillantes Zauberkunststück vorführen.

»Gibt es schon einen Ersatz für Toninos Rolle als Bixi-Mörder?« fragte Estrella, als er fertig war.

»Aber Kind!« sagte Partecipazio und verspritzte ein bißchen Tinte. »So was fragt man doch nicht! Streng vertraulich! Berufsgeheimnis!«

»Unsinn, Papa«, sagte Estrella, »dem *Commissario* würde nicht im Traum einfallen, mir irgend etwas Vertrauliches zu erzählen, nicht wahr, *Commissario*?«

Aber der Blick, den sie ihm schenkte, war leicht spöttisch, als ob sie wußte, daß er wußte, daß es in der gesamten *Questura* von Venedig kein Geheimnis gab, das sie, wenn sie wollte, nicht mit einem Lächeln aus ihm herauslocken könnte. Er bemühte sich nach Leibeskräften, einen Anschein von Würde zu bewahren und sagte lediglich, daß derzeit die Schritte eines anderen Gondoliere verfolgt würden.

»Eines *anderen* Gondoliere, *Commissario*!« sagte sie mit gespieltem Entsetzen.

»Davon scheint es in diesem Fall viele zu geben«, sagte Peroni.

»In Venedig passiert nichts, *Commissario*«, sagte Partecipazio, »ohne daß ein Gondoliere irgendwie darin verstrickt wäre. Sie sind das Herz dieser Stadt. Ein außergewöhnlicher Menschenschlag, *Commissario*, und häufig so schlecht angesehen! Der amerikanische Schriftsteller Henry James hat über sie gesagt – und ich zitiere aus dem Gedächtnis –, ›Ich habe nur ihre Vorzüge kennengelernt, und ich bin stark zu ihren Gunsten voreingenommen.‹«

»Henry James war sentimental«, sagte Estrella, »genau wie du, Papa. Die Wahrheit ist einfach –«

»In Venedig ist die Wahrheit niemals einfach«, unterbrach Partecipazio sie.

»Es gibt gute und schlechte Gondolieri«, fuhr Estrella unbeirrt fort, »genau, wie es gute und schlechte Taxifahrer gibt.«

»Nein, nein«, sagte Partecipazio und schenkte für sich und Peroni Wein nach (Estrella trank nur Mineralwasser), »das ist ein altes Argument – Gondolieri sind genauso wie Taxifahrer und daher, so der Rückschluß, wie Metzger, Bäcker und Kerzenständermacher. Aber das sehe ich nicht so! Nein, Estrella! Nein, mein lieber *Commissario*! Mag sein, daß ich ein törichter alter Mann bin, aber bis ans Ende meiner Tage werde ich mich nicht davon abbringen lassen, daß sie irgendwie anders sind! Die Kanäle, die Lagune, schon das Boot, das sie rudern, die Liebe all der vielen Paare, die vor ihren Augen erblüht –«

»Ach, hör doch auf, Papa!«

»– all diese Dinge tragen dazu bei, daß Gondolieri anders sind als andere Menschen. Sie verleihen ihnen einen gewissen Zauber!«

»Da haben Sie's!« sagte Estrella zu Peroni. »Unverbesserlich sentimental!«

»Und stolz darauf!« sagte Partecipazio und schnupfte eine Prise Tabak.

Estrella räumte die Fischteller ab und servierte das Obst.

»Ich mag diese venezianischen Naiven«, sagte Peroni, auf die Bilder deutend.

»Da haben Sie's!« rief Partecipazio und versprühte vor Aufregung Schnupftabak. »Habe ich nicht gesagt, das Mädchen ist außergewöhnlich talentiert? Die sind alle von Estrella, *Commissario*! Alles Werke meiner Tochter!«

»Hör schon auf, Papa! Ich mache das nur aus Spaß«, sagte sie fast rechtfertigend zu Peroni. »Ich kleckse nun mal gern mit Farbe herum.«

Daß Estrella sie gemalt hatte, machte die Bilder für Peroni noch entzückender. Er nahm sie genauer in Augenschein. Der Markusplatz, der Obst- und Gemüsemarkt, zwei alte Frauen vor der verspielten Fassade einer Rokokokirche, alles in knalligen Farben. Es war zu erkennen, daß sie die Ölfarbe mit dem Spachtel aufgetragen hatte, so daß die Bilder an manchen Stellen eher plastisch als gemalt wirkten; und die Details von Kleidung oder Architektur oder Licht waren durch geschickt plazierte Tupfen angedeutet, die über die reine Darstellung hinaus die Phantasie des Betrachters steuerten, so daß er genau das sah, was Estrella beabsichtigte. Die Bilder waren gut, und Peroni sagte es auch.

»Danke, *Commissario*«, sagte sie, halb keck, halb verlegen. »Vielleicht male ich ja irgendwann mal eins für Sie.«

»Das wäre sehr schön«, sagte Peroni und meinte es auch.

Es entstand eine Pause, und Peroni hatte den Eindruck, daß sie nicht länger über die Bilder sprechen wollte.

»Sie wollten mir noch erzählen«, sagte er zu Partecipazio, »was es mit dem Namen Estrella auf sich hat.«

»Ich hole inzwischen den Kaffee«, sagte Estrella und ging hinaus.

»Die erste Estrella«, sagte Partecipazio, »war die einzige Tochter des zehnten Dogen von Venedig, Angelo Partecipazio.«

»Sie meinen –«

»Genau. Meine Familie reicht bis in die allerersten Anfänge der Republik zurück. Und Angelo Partecipazio war der erste von drei Dogen, die meiner Familie entstammten. Ganz zu schweigen von großen Marinekommandeuren – ein Partecipazio hat in der Galeerenschlacht bei Lepanto gekämpft –, Kriegern, Gelehrten, Wissenschaftlern, Literaten. Die Partecipazio-Linie zieht sich durch den Gobelin der venezianischen Geschichte wie ein ununterbrochener goldener Faden!«

Peroni vermutete, daß Partecipazio diese Metapher nicht zum erstenmal bemühte. Doch es tat der Ehrfurcht, mit der er sie benutzte, keinerlei Abbruch. Denn Partecipazio und seine Familie, die so weit in die Vergangenheit zurückreichte, das war eine Einheit, lebendig und gegenwärtig, ein leidenschaftlicher Kult. Und dann bemerkte Peroni zwei dicke Tränen, eine auf jeder Seite von Partecipazios Nase, wie weiße Mäuse auf dem Mond.

»Estrella?« drängte er sacht.

»Verzeihen Sie …« Unbeholfen wischte er sich die Tränen mit dem Ärmel ab und jagte immense Ladungen Schnupftabak beide Nasenlöcher hoch. »Ja, Estrella. Tochter des zehnten Dogen, wie ich schon sagte. Achthundertzehn, und Pippin, der Sohn Karls des Großen, versuchte, die Republik zu erobern. Er hatte die Insel Malamocco eingenommen, wo sich damals der Dogensitz befand, während die Venezianer sich auf die kleine Inselgruppe Rivo Alto zurückgezogen hatten – die wir heute Rialto nennen. Pippin hatte vor, einen Damm von Malamocco nach Rivo Alto zu bauen, was das Ende der Bewohner von Venedig bedeutet hätte. Doch genau zu diesem Zeitpunkt, als er gerade seinen Angriff starten wollte, betrat Estrella die Bühne des Geschehens.«

Ebenfalls genau zu diesem Zeitpunkt trat ihre Namensschwester mit dem Kaffee ein. Sie lächelte, als sie ihnen die Tassen reichte, unterbrach aber nicht.

»Mit zwei Gondolieri am Ruder machte sie sich auf den Weg nach Malamocco, wo sie – wegen ihrer wundersamen Schönheit, so die Legende – von Pippin empfangen wurde und sich für die Venezianer einsetzte.

Pippin befand sich plötzlich in einem Dilemma, das Machthaber zu allen Zeiten erlebt haben. Es widerstrebte ihm einerseits, einer so schönen jungen Frau wie Estrella eine Bitte abzuschlagen, aber andererseits wollte er sich auf keinen Fall von seinen politischen Bestrebungen abbringen lassen. Also entschied er sich für den Kompromiß, sie reden zu lassen, ohne sich festzulegen – was genau das war, was sie wollte. Sie redete unablässig, und währenddessen stieg das Wasser in der Lagune um Pippins Damm immer höher. Als der Damm schließlich völlig von der Flut überschwemmt war, verabschiedete sie sich.»

Während Partecipazio erzählte, war die Sonne untergegangen, und der Raum wurde recht dunkel. Estrella ging zur Anrichte, zündete zwei Kerzen an und trug sie zum Tisch.

»Die Verzögerung war ausreichend«, fuhr ihr Vater fort, »die Verteidiger hatten Zeit, ihre Vorbereitungen zu treffen, und die Republik wurde gerettet. Für Estrella selbst gab es allerdings kein so glückliches Ende. Auf dem Rückweg wählten ihre zwei Gondolieri aus irgendeinem Grund den falschen Kurs, gerieten in die Schußlinie der Venezianer, und Estrellas Gondel wurde von einem Felsbrocken vom Katapult der Verteidiger zerschmettert. Sie und ihre beiden Gondolieri ertranken. Es heißt, die Rialto-Brücke erhebt sich genau über der Stelle im Wasser, wo sie gestorben ist.«

Ein weiteres Mal half Partecipazio dem großen, roten Taschentuch, mit der vollgeschnupften Nase fertigzuwerden. »Als meine Frau dann eine Tochter zur Welt brachte«, sagte er schließlich, »habe ich mir gedacht, daß sie, wenn ich ihr den Namen Estrella geben würde, vielleicht ein wenig vom Geist des alten Venedig wieder zum Leben erwecken würde, der schon so lange, so beklagenswert tot ist. Und vielleicht gelingt es ihr ja, *Commissario.*«

»Da sehe ich keine großen Chancen«, sagte Estrella.

»Das hat die andere Estrella auch nicht«, sagte ihr Vater, »bis Pippin kam. Niemand kann sagen, wozu er fähig ist, bis sich die Herausforderung bietet.«

»Ich kann mir nicht vorstellen, daß Venedig heutzutage von irgendwelchen Pippins bedroht wird.«

»Pippins können viele Formen annehmen …«

Kurz darauf sagte Peroni, er müsse gehen, und sie begleiteten ihn hinaus zur Anlegestelle, wo dieselbe Gondel auf ihn wartete.

»Es war mir eine große Ehre, *Commissario*«, sagte Partecipazio, während er erneut Peronis Hand umfaßte. »Kommen Sie wieder, wann immer Sie möchten. Warten Sie nicht auf eine Einladung – kommen Sie einfach. Sie sind jederzeit willkommen.«

»Ich schließe mich nicht allen Einladungen meines Vaters an«, sagte Estrella, die ihm wieder die Hand gab, »aber in diesem Fall tue ich es. Wir erwarten Sie.«

Sie standen an der Anlegestelle, während er davonfuhr, zwei Gestalten in der zunehmenden Dunkelheit, die eine massig, die andere schlank und feminin, die Hand zum Gruß erhoben.

An Peronis emotionalem Horizont blitzte und donnerte es gleichzeitig.

Er stand hoch oben auf einem großen Steinturm, der in einen bleiernen Himmel ragte, und blickte hinab auf eine weite Wasserfläche, die den tiefen Himmel widerspiegelte. Und irgendwo unter ihm auf dem Wasser war eine Gondel, die von zwei Gondolieri gerudert wurde.

Obwohl der Turm, auf dem er stand, sehr hoch war, konnte er den Fahrgast in der Gondel ganz deutlich erkennen, wie in Großaufnahme. Es war Estrella, aber welche Estrella, konnte er nicht ausmachen. Das lange taubengraue Kleid und das geflochtene Haar, das ihr auf den Rücken fiel, gehörten der Tochter des Dogen Angelo Partecipazio, aber das Gesicht war das der Estrella des 20. Jahrhunderts. Und als sie zu ihm hochblickte, lächelte sie ein Lächeln, das besagte, daß sie ihn auf seinem hohen Steinturm durchschaut hatte.

Plötzlich hatte Peroni das durchdringende Gefühl drohender Gefahr. Zunächst konnte er nicht sagen, wo diese Gefahr lauerte, doch dann blickten seine Traumaugen von der Gondel auf und sahen auf der anderen Seite des Wassers eine Festung, hinter deren Zinnen ein mittelalterliches Katapult aufragte. Und die Soldaten der Festung luden gerade einen mächtigen Steinbrocken auf das Katapult.

Von seinem Turm herab schrie er Estrella und ihren Gondolieri zu, sie sollten kehrtmachen, solange noch Zeit war, aber sie hörten ihn nicht, und Estrella lächelte weiter.

Dann lösten die Soldaten das Katapult aus, und der Felsbrocken schoß durch die Luft, ein megalithischer Todesbringer. Er raste unabwendbar auf die Gondel zu, und Peroni fühlte sich vor quälender Ohnmacht wie gelähmt. Er konnte nichts tun als dastehen und sie sterben sehen.

Doch plötzlich kam ihm eine verrückte Idee. Wenn er durch die Luft fliegen könnte, würde er den Felsbrocken vielleicht noch rechtzeitig ablenken können. Sein Verstand sagte ihm, daß er nur ins Wasser stürzen würde, doch trotzdem sprang er von seinem

Turm in die Luft. Und unglaublicherweise jagte er auf den Felsbrocken zu. Aber würde er ihn rechtzeitig erreichen?

Auf dem riesigen Bücherschrank in dem Raum neben Peronis Schlafzimmer setzte sich der defekte Mechanismus der Puppe, die nur ein Auge hatte, von selbst in Gang, und in der stockdunklen Wohnung ertönten vier identische Silben, albern und monton. »Mama, Ma-ma –« Dann war wieder Ruhe.

Peroni krümmte sich noch immer verzweifelt in seinem unmöglichen Flug, ohne zu wissen, daß er gerade ein zweites Mal von Estrella geträumt hatte.

TEIL ZWEI

DER LÖWE

»Ein Scharlatan äußerst seltener Art …«
Mémoires, Carlo Goldoni

Kapitel 9

Der Leichenbestatter hatte Streit mit seiner toten Mutter gehabt. Nachdem er den Erlös aus seinem Verkauf nach Hause gebracht hatte, schien sie ihm zunächst wohlgesinnt, und er hatte die Flasche Whisky, die er zur Feier des Tages gekauft hatte, in seinem Zimmer im Schrank versteckt. Aber sie hatte die Wirkung des Getränks an seiner etwas schwerfälligen Sprache und seinem unsicheren Gang bemerkt; für derlei Anzeichen hatte sie schon immer ein scharfes Auge gehabt. Und deshalb war ein Abend, der unter so glücklichen Vorzeichen begonnen hatte, zu einem Zank ausgeartet, der nach jedem heimlichen Besuch seines Zimmers immer heftiger geworden war.

Heute morgen war er mit einem Kater und einem nagenden Groll erwacht. Und so schlich er sich aus dem Haus, ohne wie sonst jeden Morgen bei seiner Mutter hereinzuschauen, irgendein Geräusch zu machen fehlte ihm der Mut, da er nicht durch das nur allzu vertraute Gewimmer aus ihrem Zimmer aufgehalten werden wollte.

»Soll sie doch in ihrem eigenen Saft schmoren«, dachte er inbrünstig, als er sicher draußen war.

Doch jetzt stellte sich das Problem, was er mit sich anfangen sollte. Als freier Mann mit einer Brieftasche voller Geld lag ihm die Welt zu Füßen. Er erwog, ins Kino zu gehen, wußte aber nicht einmal, ob es morgens überhaupt schon eine Vorstellung gab, und fand die Idee ohnehin nicht besonders reizvoll. Dann kam ihm der Gedanke, zum Bahnhof zu gehen und in einen Zug zu steigen. Vielleicht nach Rom, Mailand, Florenz … Er sah zu, wie ihm die Idee langsam entschwebte und sich in Luft auflöste; es interessierte ihn einfach nicht. Schließlich ging er in eine Bar nicht weit vom Campo San Bartolomeo. Er hätte ins *Florian* oder *Quadri* gehen können, aber er entschied sich für diese Bar, weil sie dunkel und verräuchert und vertraut war.

»*Giorno*«, sagte die dicke Frau hinter der Bar. (Das Lokal gehörte zwei Schwestern, eine dick und eine dünn, und heute morgen hatte die dicke Dienst.)

»*Giorno*«, sagte der Leichenbestatter und bestellte einen Whisky.

Er nahm ihn mit zu einem fettverschmierten Tisch in der Ecke, setzte sich und starrte ein großes Porträt an der Wand an. Es mußte vor einem halben Jahrhundert gemalt worden sein und zeigte einen muskulösen Mann mit einem fleischigen Gesicht und ohne Hals mit einem Ruder in der Hand. Zu seinen Füßen stand ein Zweizeiler.

»Ehret Regattaheld Zorzi in Einmütigkeit -
Sein Ruhm, er soll währen bis ans Ende der Zeit!»

Wem sagte der Name heute noch was? dachte der Leichenbestatter, der, im Gegensatz zu den meisten Gondolieri, Regatten schon immer als Zeitverschwendung betrachtet hatte.

Er hing noch seinen verdrießlichen Gedanken über den Regattahelden Zorzi nach, als eine Gruppe von drei Gondolieri, die er kannte, in die Bar kam. Bislang hatte er von seiner privilegierten Position als Mitarbeiter des Anwalts auf sie herabgeblickt. Jetzt beneidete er sie.

»*Ciao*, Leichenbestatter«, sagten sie respektlos, aber freundlich und umringten ihn.

»Kommst du jetzt wieder zu uns, wo dein Boß umgelegt wurde?« sagte einer von ihnen, ein scheckiger, untersetzter Mann, der auf seinen Blutdruck achten mußte.

Der Leichenbestatter wünschte fast, es wäre möglich, aber es stand außer Frage; zum Beispiel würde er niemals seine Lizenz wiederbekommen.

»Trinkt ihr einen mit?« Zumindest in dieser Hinsicht könnte er sich in dem Schein wiegen, wieder dazuzugehören.

»Sehr spendabel von dir, Leichenbestatter«, sagte ein anderer, ein Gondoliere, der schielte und als Abracadabra bekannt war. »Was trinkst du denn da?«

»Whisky«, erwiderte der Leichenbestatter feierlich und hielt sein Glas gegen das spärliche Licht.

»Whisky?« sagte Abracadabra. »Das sieht dir gar nicht ähnlich.«

»Ertränkst du deinen Kummer um deinen toten Boß?« wollte Blutdruck wissen. »Ich nehme auch einen Whisky.«

»Ich auch«, sagte Abracadabra.

Der dritte Gondoliere deutete mit einem schwachen Nicken an, daß er ebenfalls Whisky nahm, und es wurden vier Gläser bestellt. Als sie kamen, fingen die anderen an, über die bevorstehende Historische Regatta zu sprechen.

»Ich hoffe auf den zweiten Platz«, sagte Abracadabra, der an der Regatta teilnahm. »Der Bulle rudert ja mit, da ist wohl nicht mehr drin.«

»Er bechert ganz schön«, sagte Blutdruck.

»Er hat schon immer ganz schön gebechert«, sagte Abracadabra. »Trotzdem hat er neunmal hintereinander gewonnen.«

Gelangweilt kippte der Leichenbestatter seinen Whisky in einem Zug hinunter und bestellte noch eine Runde.

»Es liegt nicht allein an seiner Kraft, wißt ihr«, fuhr Abracadabra fort, um sein Wissen an den Mann zu bringen, »sondern weil er all die schmutzigen Tricks kennt – und allein damit gewinnt man am Ende die Regatta – das war schon immer so!«

Die Tür zur Straße öffnete sich wieder, und die Gondolieri wandten sich um und sahen den Haker in seinem schäbigen, knöchellangen Mantel und seinen schnürsenkellosen Schuhen hereingeschlurft kommen.

»Ist mal wieder typisch, wenn's Whisky gibt, taucht er auf«, sagte Blutdruck.

Ein ungeschriebenes Gesetz, das selbst von den geizigsten Gondolieri befolgt wurde, verlangte, daß man dem Haker stets einen Drink ausgab. Und so signalisierte der Leichenbestatter der dicken Schwester, dem Haker ein Glas zu geben und, wo sie schon dabei war, ihnen nachzuschenken.

Der Whisky nahm ihm ein wenig das Gefühl, isoliert zu sein, und alles um ihn herum – die schummrige Bar, der Haker, dem der Whisky am Kinn heruntertropfte, die Gondolieri, die über die Regatta sprachen – wurde allmählich in ein freundlicheres Licht getaucht. Es war eine angenehme Welt, und der Leichenbestatter gehörte wieder dazu.

Als die Gruppe Anstalten machte zu gehen, hatte er daher nichts dagegen, die Rechnung zu bezahlen. Er öffnete seine pralle Brieftasche mit einer schwungvollen Geste, die bei ihm dennoch irgendwie pietätvoll wirkte, als öffnete er die Tür eines Leichenwagens, in dem ein besonders vornehmer Leichnam lag, und holte einen 100.000-Lire-Schein hervor.

»Hat der Anwalt dir was vermacht?«

Es war das erste Mal, daß der dritte Gondoliere etwas sagte.

Das Leben auf einem Finanzamt ist immer ein Leben aus zweiter Hand, und Menschen sind nicht mehr als die Formulare, die sie ausgefüllt haben. So empfand es Enrico Cambiasi, der auf so einem Amt im ersten Stock eines Gebäudes neben Harry's Bar arbeitete. Cambiasi war von Natur aus schüchtern, aber er betrachtete die aufregenden Dinge, die an ihm vorbeigegangen waren, mit der hoffnungslosen Wehmut eines alten Mannes, der eine hübsche Hure sieht.

Das erklärte, warum ihn tags zuvor ein Schauder aufgeregter Erwartung durchlaufen hatte, als er hörte, daß der *Questore* von Venedig – höchstpersönlich – seinen Amtsleiter angerufen und gefragt hatte, ob die Polizei von den Räumlichkeiten des Finanzamtes aus eine Observation durchführen könne.

Unter Cambiasis Kollegen hatten blitzartig wilde Spekulationen darüber begonnen, was die Polizei wohl zu observieren beabsichtigte. Nach einigen Debatten war man einhellig der Meinung, daß es etwas mit Drogenschmuggel zu tun haben mußte und daß wahrscheinlich das große, blaßblaue zypriotische Schiff, das in der Lagune vertäut lag, dazu gehörte.

Cambiasi selbst zog, nachdem er zu dem Schluß gekommen war, daß er im Falle einer Schießerei unter seinem Schreibtisch ausreichend Deckung finden würde, einen Stapel Formulare näher heran und begann damit, so wenig wie möglich zu arbeiten und so viel wie möglich zu beobachten.

Kurz darauf war ein Kripobeamter gekommen. Er gab jedem höflich die Hand, stellte sich als de Benedetti vor und bezog neben dem Fenster Posten, nur wenige Meter von Cambiasis Schreibtisch entfernt.

Während Cambiasi scheinbar die Steuererklärung eines sizilianischen Restaurantbesitzers mit drei Häusern studierte, der vorgab, im Vorjahr nur eine Million Lire verdient zu haben, beobachtete er den beobachtenden Polizisten. Als erstes fiel ihm auf, daß dessen Aufmerksamkeit nicht nach links gerichtet war, wo das zypriotische Schiff lag, sondern nach rechts in Richtung des Canal Grande. Er blickte auch nicht auf das Wasser, sondern auf den Bürgersteig, der in dieser Richtung unmittelbar hinter Harry's Bar abrupt an einer Ecke endete, wo man nach rechts abbiegen mußte, wenn man nicht ins Wasser springen wollte. Und das einzige, das auf diesem Stück Straße eine Observierung lohnte, war eine Gondelstation.

Doch der Polizist namens de Benedetti schien mit seiner Observation nicht zufrieden gewesen zu sein. Er hatte den Gesichtsausdruck eines Mannes, der nicht das sah, was er zu sehen erwartete. Nachdem das etwa eine Stunde so gegangen war, fand Cambiasi allmählich, daß die professionell frisierte Verlogenheit des sizilianischen Restaurantbesitzers vielleicht doch spannender war als die Polizeiüberwachung.

Und als derselbe Kripobeamte heute morgen wiedergekommen war, war es keinen Deut besser gewesen. Die Mitarbeiter des Finanzamtes hatten das Gefühl, nicht auf ihre Kosten zu kommen. Doch dann, kurz vor Mittag, sah Cambiasi, wie der Polizist in plötzlicher Aufmerksamkeit erstarrte. Er verfolgte die Bewegungen von irgend etwas. Oder irgend jemandem. Cambiasi wäre am liebsten zum Fenster gegangen, um hinauszusehen, aber dazu hatte er nicht den Mut.

Dann nahm der Polizist ein Fernglas zur Hand und spähte hindurch. Das Geschehen hatte sich irgendwie verlagert. Ein paar Minuten später nahm er das Fernglas wieder herunter. Das Geschehen mußte aus seinem Gesichtskreis verschwunden sein.

Auf einmal kam ein auffällig süditalienisch aussehender Kripobeamter, der eine Krawatte trug, wie sie *Signora* Cambiasi niemals billigen würde. Die zwei Polizisten unterhielten sich halblaut, und so sehr Cambiasi auch die Ohren spitzte, er konnte kein Wort verstehen.

Doch dann nahm der Polizist namens de Benedetti wieder sein Fernglas und schwenkte es in Richtung Canal Grande. »Merkwürdig«, sagte er und vergaß zu flüstern, »er kommt zurück – und mit dem Mann. Normalerweise setzen sie sie irgendwo ab. Und es ist ohnehin nicht die Zeit für –«

»Vielleicht sind sie sich nicht über den Preis einig geworden.«

»Sieht nicht so aus. Der Löwe plaudert noch immer drauflos, und der Kunde hört offenbar interessiert zu.«

Cambiasi spürte die Frustration wie einen Juckreiz. Er konnte jetzt zwar hören, was gesagt wurde, aber das brachte ihm so wenig, daß die Polizisten genausogut ihren unverständlichen Flüsterton hätten beibehalten können. Wer war der Löwe? Wo ließ er normalerweise wen raus? Wofür war es nicht die Zeit? Die Fragen strömten ihm durch den Kopf, ohne daß eine Antwort sie zum Versiegen brachte.

Das unverständliche Gemurmel ging weiter, und dann, nach etwa einer Minute, verließ de Benedetti das Büro, als hätte er einen Auftrag zu erledigen, und der süditalienische Polizist postierte sich am Fenster.

Seufzend wandte Cambiasi sich wieder seinem sizilianischen Restaurantbesitzer zu.

Der Whisky zeigte langsam Wirkung. Irgendwie – wie genau konnte der Leichenbestatter nicht sagen – hatten Abracadabra, Blutdruck und der Haker sich verdrückt, und er war allein mit dem dritten Gondoliere, der ihm noch einen Whisky bestellt hatte.

»Hat der Anwalt dir was vermacht?« wiederholte der Gondoliere.

Der Leichenbestatter war versucht, ihn ins Vertrauen zu ziehen, beherrschte sich aber; es war besser, wenn niemand davon erfuhr.

»Nein, nein«, sagte er im Tonfall whiskygetränkter Frömmigkeit, »mein verstorbener Arbeitgeber, Gott hab' ihn selig, war nicht besonders großzügig.«

»Trinken wir noch einen?«

Der Leichenbestatter wollte nein sagen, aber der andere ließ ihm irgendwie keine Zeit dazu. Der Drink, ein Doppelter, stand da vor seiner Nase, und es wäre unhöflich gewesen, ihn stehenzulassen. Den kleinen Finger gespreizt, hob er das Glas, als wollte er auf den lieben Verschiedenen trinken.

»Mir war gar nicht klar, daß du bei dem Anwalt so gut verdient hast. So einen Job hätte ich auch gern.«

»Oh, aber das Geld hier habe ich nicht bei dem verstorbenen *Avv.* Bixi verdient«, sagte der Leichenbestatter. »Weiß Gott nicht, nein! Zumindest«, berichtigte er sich mit freundlicher Rücksicht auf die Wahrheit, »nicht für meine eigentliche Tätigkeit bei ihm.«

»Ach?«

Die einsilbige Reaktion zeugte von gewinnender und argloser Neugier.

Und was konnte es schließlich schaden, wenn er die Geschichte jetzt erzählen würde? Es wäre angenehm, jemanden ins Vertrauen zu ziehen, und außerdem, so meinte er, würde er seine Mutter damit ärgern.

Er blickte sich um. Die Bar war leer bis auf die dicke Schwester, die außer Hörweite hinter der Theke saß und sich geistesabwesend mit Bratfisch vollstopfte. Regattaheld Zorzi, an der Wand, starrte über ihre Köpfe hinweg. Aber er hörte nicht zu. Der Leichenbestatter fing an, mit undeutlicher, salbungsvoller Stimme zu sprechen.

Es war das erste Mal, daß Peroni den Löwen richtig in Augenschein nehmen konnte. Wenn das fehlende *N* in seinem Spitznamen nicht gewesen wäre, das aus einem Löwen einen Zuhälter machte, wäre Affe eine passendere Bezeichnung gewesen. Sein schrumpeliges, listiges Gesicht erinnerte absolut an das eines Affen, und ebenso die wachen, flinken Augen. Er hatte eine nicht ganz so schwere Statur wie die meisten Gondolieri, aber genauso kräftige Arme und Hände. Peroni fiel auf, daß er außerdem leicht hinkte.

Er ging langsam am Rand des Wassers auf und ab und rauchte, als ob ein Affe voller Unschuld an einer Zigarette zog. Aber er führte irgend etwas im Schilde. Laut de Benedetti hatte er einen ausländischen Touristen gefahren und sich mit ihm in einer Art unterhalten, als wolle er ihn von irgend etwas überzeugen. Der Mann hatte aufmerksam zugehört und dem Vorschlag allem Anschein nach zugestimmt.

So weit, so simpel. Zuhälterei war in Venedig ein so alter Hut wie das älteste Gewerbe selbst. Doch dann nahm die Sache einen ungewöhnlichen Verlauf. Der Löwe war nämlich gleich darauf mit seinem Kunden zurückgekommen, obwohl es, wie de Benedetti gesagt hatte, üblich war, das Hühnchen gleich rupfen zu lassen. Dann hatte der Mann auf dem Kai ein Stück Papier aus der Tasche geholt und etwas aufgeschrieben, was der Löwe ihm diktierte. Danach schüttelten die beiden einander die Hand, als hätten sie ein für beide Seiten befriedigendes Geschäft abgeschlossen.

Für Zuhälterei sah das Ganze zu kompliziert aus, und im Sittendezernat war der Löwe auch nicht aktenkundig, was natürlich nichts zu sagen hatte.

An diesem Punkt in Peronis Gedanken kam de Benedetti – der dem Mann gefolgt war, um möglichst viel über ihn herauszufinden – mit selbstzufriedener Miene zurück.

»Aber eins ist komisch, *Dottore*«, sagte er, und die zufriedene Miene wich Verwirrung. »Ich habe ihn irgendwo schon mal gesehen.«

»Wen, den Löwen?«

»Nein, den Touristen. Obwohl das kaum sein kann, schließlich ist er Spanier, aber trotzdem ...« Er konzentrierte sich einen Augenblick und verwarf dann den Gedanken.

»Ich bin sicher, es fällt mir wieder ein«, sagte er, »aber inzwischen hatte ich ziemliches Glück, *Dottore*. Ich bin ihm zu seinem Hotel gefolgt, und als er reinging, habe ich gesehen, daß er an der Rezeption ein Telegramm ausgehändigt bekam. Also bin ich auch rein – er hatte mich vorher bestimmt nicht gesehen, weil einfach zu viele Leute unterwegs waren und er außerdem vollauf damit beschäftigt war, sein Spiegelbild in den Schaufenstern zu betrachten. Jedenfalls, er hat das Telegramm gelesen, ein bißchen verärgert aus der Wäsche geguckt, es zusammengeknüllt und in den Abfalleimer geworfen. Dann hat er die Frau an der Rezeption gebeten, in einem Reisebüro anzurufen und den nächstmöglichen Flug nach Barcelona für ihn zu buchen. Er war schon auf dem Weg zur Treppe, um zum Packen in sein Zimmer zu gehen, als ihm noch etwas eingefallen ist. Er hat den Zettel aus der Tasche genommen – den, auf dem er hier was aufgeschrieben hatte. Er hat ihn sich angesehen, die Achseln gezuckt und ihn ebenfalls in den Abfalleimer geworfen. Als er dann die Treppe hoch verschwunden war, konnte ich beides rausfischen.«

Er reichte Peroni den Zettel und das Telegramm. Der Zettel war ein Umschlag, und auf der Rückseite stand »*Campo Melone 17, 23.00.*«

»Ein Termin«, sagte Peroni.

»Aber wofür? Wenn Gondolieri sich als Zuhälter betätigen, läuft das nicht so organisiert ab.« Er hatte eine Idee. »Wieso fragen wir ihn nicht?«

»Wenn es für uns irgendwie interessant sein könnte, wird er es uns wohl kaum erzählen«, sagte Peroni. »Dieser Umschlag gibt nicht viel her, und bei Ausländern muß man vorsichtig sein. Wer ist er übrigens?«

»Ein Spanier namens Cristofor Rubio y Ors. Ein Schauspieler, seinem Paß nach.«

»Ist er allein hier?«

»Ja. Zum Goldoni-Festival.«

Peroni blickte auf das Telegramm. Es war in Spanisch, aber die Ähnlichkeit zwischen Spanisch und Italienisch reichte aus, so daß er das Wesentliche verstand. Die Dreharbeiten an einem Film hatten begonnen, und die Anwesenheit von Rubio y Ors wurde dringend gebraucht.

»Wann geht seine Maschine?«

»Zwanzig nach sieben, heute abend vom Flughafen Marco Polo.«

»Tja, das, was wir haben, genügt beileibe nicht, um ihn gegen seinen Willen hierzubehalten, und außerdem wüßte ich nicht, was das bringen sollte.«

Nach einer Pause sagte de Benedetti: »Wenn ich mich doch nur erinnern könnte, wo ich ihn schon mal gesehen habe.«

»Wenn er Schauspieler ist, vermutlich in einem Film«, schlug Peroni vor.

»Vielleicht«, sagte de Benedetti, aber er wirkte nicht überzeugt.

Kapitel 10

Das mysteriöse Treiben des Löwen, dachte Peroni, als er sein Motorboot geschickt aus dem Canal Grande steuerte, war vielleicht der Schlüssel, vielleicht aber auch nicht. Aber falls ja, wie reimte sich das mit dem Vandalismus in *Avv.* Bixis Kanzlei zusammen?

Das Motorboot surrte über das übelriechende, romantische Wasser, und Peroni dachte, daß er schon ein richtiger Könner im Navigieren geworden sei. Es kam allein darauf an, sich an das neue Element Wasser zu gewöhnen, auf dem Entfernungen auf eine subtile Weise anders waren als zu Lande.

War es möglich, daß der Anwalt irgendwelche handfesten Beweise für das mysteriöse Treiben des Löwen gehabt hatte? Und war ihm deshalb der Schädel eingeschlagen worden? Sorgfältigstes Vorgehen nach allen Regeln der Kunst, so seine Überzeugung, und/oder ein typischer Peroni-*Coup* würden erforderlich sein, wenn sie die Antwort auf diese Fragen finden wollten.

Er brauste gekonnt unter einer niedrigen, buckeligen Brücke hindurch. Ein Zuschauer, dachte er, würde ihn bestimmt für einen Einheimischen halten.

Er bog elegant um eine enge Kurve und sah vor sich einen flachen, blauen Lastkahn, der mit Mineralwasserkästen beladen war. Ein paar Tage zuvor wäre Peroni demütig hinterhergetuckert, bis ein breiterer Kanal käme, aber jetzt beschloß er, daß genug Platz zum Überholen war. Er gab Gas und scherte aus.

Ehe er wußte, wie ihm geschah, gab es einen knirschenden Ruck, das Boot schwankte unter ihm wie bei einem Erdbeben und kam dann zitternd zum Stehen. Er war zwischen einem Lastkahn voller Mineralwasser und einer niedrigen Treppe eingeklemmt, die zu einer Anlegestelle führte, die er nicht bemerkt hatte.

Ein großer, träger Mann in einem Overall blickte teilnahmslos von dem Kahn auf ihn herab. »Wer hat Ihnen denn den Führerschein gegeben?« fragte er.

Es gibt Augenblicke, in denen selbst ein Polizei-*Commissario* nicht den seiner Position gebührenden Respekt verlangen kann. Jetzt war so ein Augenblick.

»Versuchen Sie mal den Rückwärtsgang«, sagte der Mineralwasserlieferant, nachdem er die Situation lakonisch eingeschätzt hatte.

Peroni vertat sich mit den Gängen, und das Boot ruckelte ohnmächtig, verkeilte sich noch mehr. Der Lastkahnkapitän schaute mit der Resignation eines Fachmannes zu.

»Wir müssen die Polizei holen«, sagte er.

Ein Polizeibeamter aus Neapel, der von norditalienischen Polizisten aus einer selbstverschuldeten Zwangslage auf einem Kanal gerettet wird. Das würde Schlagzeilen machen. *Peroni in der Klemme*. Seine Legende würde so lächerlich wirken wie eine Statue von Dante, auf dessen Hakennase eine Taube hockt.

Ein weiteres Motorboot näherte sich von hinten. Die Zuschauer versammelten sich allmählich. In wenigen Minuten würde der Kanal voll mit allen möglichen Booten sein, die sich ein Schauspiel ansehen konnten, das, mit ein paar vordergründigen Veränderungen, aus der Feder von Goldoni hätte stammen können. Wie die Eitelkeit des törichten Marquis di Peroni seinen eigenen Sturz herbeiführte.

»Probleme, *Commissario*?«

Zu seiner ungeheuren Erleichterung erkannte er die Stimme aus dem zweiten Boot als die von Estrella Partecipazio. Sie stellte ihren Motor aus und hielt Zentimeter hinter ihm.

»*Buon giorno, Signorina*«, begrüßte sie der eingeklemmte Peroni.

»Sie haben wohl die Stufen nicht gesehen«, sagte sie, und Peroni nickte. »Moment«, fuhr sie fort, »ich schau mal, was ich tun kann.«

Sie kletterte so behende herum wie eine Wasserratte, und die beiden eingeklemmten Boote schienen auf ihre Behandlung zu reagieren, als wären sie lebendig. Binnen Minuten schaukelte Peronis Boot wieder frei auf dem Wasser. Und mit der gleichen Geschicklichkeit beruhigte sie auch den Mann auf dem Lastkahn, der dank ihres Einflusses zufrieden und fügsam mit seinem Mineralwasser davontuckerte.

»Überhaupt«, sagte sie, als er fort war, »um diese Kähne zu beschädigen, bräuchte man schon eine Bombe. Aber ich fürchte, Ihr Boot ist ein wenig ramponiert. Wissen Sie was? Nicht weit von hier kenne ich einen Mann, der es bis morgen wieder wie neu macht, wenn ich ihn freundlich bitte. Ich hole ihn, damit er es abschleppt, und dann setze ich Sie ab, wo Sie wollen. Es sei denn –«

Sie hielt inne, als wäre sie zu weit gegangen.

»Es sei denn?« hakte Peroni nach.

»Nichts, nur ein alberner Gedanke. Ich war gerade auf dem Weg zur Insel, und ich dachte, Sie hätten vielleicht Lust, sie sich anzusehen.«

»Die Insel?«

»Wir nennen sie die Insel, aber in Wirklichkeit ist es eine von Hunderten in der Lagune, und sie ist winzig. Irgendein Partecipazio hat im 18. Jahrhundert dort eine Art Jagdhaus gebaut, das mittlerweile langsam zusammenbricht. Wie alles hier,« ein schwacher Kuckucksruf voll Melancholie. »Aber Papa benutzt es noch manchmal«, fuhr sie fort, »und ich bin einfach gern dort.«

Es war natürlich völlig ausgeschlossen. Er konnte unmöglich kostbare Zeit darauf verwenden, mit einer jungen Frau in der Lagune herumzuschippern.

»Es gibt nichts, was ich lieber täte«, sagte Peroni.

Polizistin Sofia Michelangelo hatte jede Menge Berichte zu tippen, und das vorletzte, was sie sich in der Welt wünschte, war die Anwesenheit von *Dott.* de Benedetti. Das allerletzte waren de Benedettis Witze. Aber sie sah sich beidem ausgesetzt.

»Es bleibt nichts anderes übrig, Michelangelo, Sie müssen uns einfach helfen. Wir stecken fest.«

»Es tut mir leid, *Dott.* de Benedetti, ich habe allerhand –«

»Nein, nein, ich meine es ernst. Das ist vielleicht genau der Zeitpunkt, wo weibliche Intuition gebraucht wird. An der Gondelstation vor Harry's Bar geht irgendwas Unerklärliches vor.« Er fing an, ihr die Sachlage in groben Zügen zu schildern. »Dieser Spanier!« sagte er. »Genau Ihr Typ, Michelangelo!«

Sie seufzte mit übertriebenem Ernst und riß ein Blatt aus der Schreibmaschine, als würde sie de Benedetti die Zunge aus dem Mund reißen.

»Im Ernst«, drangsalierte er sie weiter, »er hatte einen weißen Anzug und eine Krawatte wie eine Lasershow. Und erst die Schuhe, Michelangelo! Eine Farbe wie ein Mittelmeerstrand und glänzend wie Spotlights. Natürlich furchtbar gutaussehend. Eine Art Rudolfo Valentino –«

Er brach abrupt ab und fixierte sie mit einem erschreckenden Starrblick, so daß sie sich auf einen weiteren furchtbaren Scherz gefaßt machte. Doch diesmal war es kein Scherz.

»Ich hab's!« sagte er. »Jetzt weiß ich, wo ich den Spanier schon mal gesehen habe!«

»Wer ist denn das da?« fragte Peroni.

Er zeigte auf mehrere Boote, die in einigem Abstand einem einzelnen Boot folgten, das von einer hühnenhaften Gestalt gerudert wurde, die sich in urwüchsiger Kraft gegen die Lagune abhob.

»Der Bulle«, sagte Estrella, »beim Üben.«

»Beim Training«, berichtigte Peroni. »Ja, ich habe von ihm gehört.«

»Das will ich aber auch hoffen«, sagte Estrella streng. »Kommen Sie, wir sehen uns das aus der Nähe an.«

Das Boot beschleunigte so natürlich wie ein Pferd, das in einen leichten Galopp fällt, und rasch hatten sie die Boote erreicht. In einem von ihnen saß ein Bischof, vielleicht ein Kardinal, und seine scharlachrote Robe wirkte in der nautischen Szenerie surreal fremd. Als sie an ihm vorbeifuhren, hob er die Hand zum Segen; Estrella bekreuzigte sich ganz spontan, und Peroni tat es ihr eher verlegen nach.

»Was der wohl hier macht?«

»Wahrscheinlich kriegen alle langsam Regattafieber«, sagte Estrella.

»Fieber? Wegen eines Bootsrennens?«

»Wenn es um Mord geht, mögen Sie ja der Größte sein, *Commissario*, aber wenn es um venezianische Bräuche geht, müssen Sie noch viel lernen. Die Regatta regt die Menschen in Venedig mehr auf als alles andere. Und erst das Training dafür! Die Teilnehmer müssen sich zum Beispiel –« Sie wurde attraktiv rot, »– na ja, von Frauen fernhalten. Das ist verhängnisvoll für die Regatta.«

»Beeindruckend«, sagte Peroni. »Nächsten Sonntag ist es soweit, nicht?«

»Genau. Wir – das heißt, die Partecipazios, es ist nämlich eine von diesen alten Familientraditionen, für die Papa so schwärmt – wir sehen uns die Regatta immer von einer Gondel aus an. Nicht vom Kanalufer oder bei irgendwem vom Balkon aus wie das gemeine Volk. Sie müssen uns dieses Jahr Gesellschaft leisten, *Commissario*.«

»Mit Vergnügen.«

Einen Moment lang standen sie da und sahen zu, wie die titanische Gestalt des größten Regattasiegers aller Zeiten allmählich in der Ferne verschwand, dann drehte Estrella wieder in ihre ursprüngliche Richtung ab.

Nach einer Weile tuckerten sie ganz langsam in der Lagune dahin, und es war nichts zu sehen außer zwei Sandbänken, die sich knapp über die Wasserfläche erhoben wie die Höcker von Unterwasserkamelen, auf denen Möwen hockten.

»Wieso fahren Sie so langsam?« fragte Peroni.

»Ich kann nicht schneller fahren«, erwiderte sie, »sonst würden wir im Schlamm auf Grund laufen. Das kann hier leicht passieren. Man muß sich dicht an die *bricole* halten.«

»Die *bricole*?« fragte Peroni, der richtigerweise annahm, daß es venezianischer Dialekt war.

»Die Pfähle, die in die Lagune eingelassen sind. Es sollen insgesamt 20.000 sein – ich habe sie nie gezählt. Aber wenn man nur ein winziges Stückchen vom Kurs abkommt – flutsch! – schon steckt man im Schlamm fest.«

Während sie schweigend dahinfuhren und Peroni Estrellas Aprilhimmelgesicht betrachtete, gerieten seine Gedanken außer Kontrolle. Sie fuhren an einem einsamen Stück Sumpfland entlang auf dessen Spitze zu, die, als sie um sie herumbogen, unerwartet eine winzige Insel preisgab, auf der ein niedriges, einstöckiges Gebäude stand, das zwar verwahrlost war, aber noch immer seine ehemalige Eleganz erahnen ließ.

»Die Insel«, verkündete Estrella. Sie umfuhr sie und legte dann in einem kleinen Hafen hinter dem Haus an.

»Kommen Sie hierher, um zu malen?« fragte Peroni, als er nach ihr ausstieg.

»Oh, nein!« sagte sie mit Bestimmtheit. »Ich male lieber Szenen, die voller Leben sind. Aber alles Leben hat diese Insel vor Jahren verlassen. Papa hat sich während des Krieges hier vor den Deutschen versteckt. Kommen Sie, wir wecken das Haus auf.«

Sie gingen zur Vorderseite, wo sie die Tür entriegelte, und sie traten ein. Es roch muffig, und nach der Sonne draußen war es überraschend kalt. Wie ein Grab, dachte Peroni und erschauerte, als sein normalerweise hitziges neapolitanisches Blut vorübergehend abkühlte.

Estrella ging herum und öffnete die hölzernen Fensterläden, und bei jedem unterstrich eine neue Lichtflut die Verlassenheit des Raumes: die spärlichen, kaputten Möbel; der Staub, der dick auf allen Oberflächen lag und, erneut aus dem Schlaf gerissen, in einem Sonnenstrahl aufwirbelte; die Wasserflecken, die geheimnisvolle Kontinente an Wände und Decken malten.

Peroni sah lüstern zu, wie sie sich hinauslehnte, um einen Fensterladen zu befestigen, wobei ihr herrlich weiblicher Po durch die enge Jeans verführerisch zur Geltung kam. Neapel lief in ihm jetzt Amok, und als er auf sie zuging, war seine rechte Hand gewölbt, bereit für den uralten Tribut, den der neapolitanische Mann solchen Hinterteilen zollt.

»Ich gäbe was dafür, wenn ich jetzt Ihre Gedanken lesen könnte, *Commissario*«, sagte sie, als sie sich zu ihm umwandte.

In letzter Sekunde, dachte der erschreckte *Commissario*. »Ich habe mich gefragt, was das wohl für ein Landstrich ist, den man da hinten in der Ferne gerade noch erkennen kann«, log er.

Und dann beschlich ihn mit einem Mal das Gefühl, daß auf ihn und Estrella eine ganz neue Welt wartete. Zu spät begriff er, daß sie direkt an deren Grenze gestanden hatten und daß Estrella genauso begierig darauf war, sie zu erkunden, wie er. Doch die Grenze schien verzaubert und sich launisch zu bewegen; sie war genauso unerwartet verschwunden, wie sie gekommen war, und sie beide waren plötzlich ganz ohne Hintersinn auf einer kleinen Insel in der venezianischen Lagune zurückgeblieben.

»Pellestrina«, sagte sie, »ich hole uns was zu trinken, ja?« Aber ihr Lächeln ließ darauf schließen, daß sie Bescheid wußte. Und bedauerte, daß er die unwiderrufliche Geste nicht gemacht hatte? Er konnte es nicht sagen.

»Cola oder Bier?« sagte sie.

Sie gingen mit den Dosen nach draußen, setzten sich ins Gras und blickten aufs Wasser.

»Was hat eigentlich aus Ihnen einen Polizisten gemacht?« fragte Estrella.

»Ein Priester.«

»Wie bitte?« Ihre Augen wurden ganz groß.

»Als ich klein war, war ich einer von den *scugnizzi*, den Gossenkindern von Neapel, die sich irgendwie durchs Leben schlagen, Hauptsache, auf der falschen Seite des Gesetzes.«

»Aha«, sagte sie, »das klingt schon eher nach Ihnen, *Commissario*! Verstehen Sie mich nicht falsch«, fuhr sie rasch fort. »Ich will damit nur sagen, daß Sie keinen ausgeprägten Polizistencharakter haben. Aber fahren Sie fort – der Priester.«

»Er hieß Don Pietro. Er hat uns – mich und meine Schwester – eines Tages bei sich aufgenommen und uns zu essen und zu trinken und Wärme gegeben. Und Freiheit. Das war das Raffinierte daran. Wir konnten kommen und gehen, wie wir wollten. Wenn er versucht hätte, uns wie in einem Heim einzusperren, wären wir gleich wieder verschwunden gewesen, sobald wir alles stibitzt gehabt hätten, was uns in die Finger kam, und heute wäre ich dann vermutlich aus einem Guß, kein *Commissario* mit einem neapolitanischen Gossenjungen in sich.«

»Aber Sie würden als *Commissario* nichts taugen, wenn Sie nicht einen neapolitanischen Gossenjungen in sich hätten.«

»So habe ich das noch nie gesehen«, sagte Peroni.

»Die Geschichte.«

»Das ist sie eigentlich schon. Don Pietro hatte einfach ein Gespür dafür, worin jemand besonders gut war, und er hatte Freunde in den richtigen Positionen. So konnte es vorkommen, daß einer von den Teenagern herausfand, daß er ein Talent für Journalismus hatte, und wenige Tage später war zufällig der Chefredakteur vom *Corriere della Sera* zum Mittagessen da. Als Don Pietro mir sagte, ich sollte Polizist werden, habe ich ihm geantwortet, er bräuchte eine Zwangsjacke, aber noch während ich es aussprach, wußte ich, daß er recht hatte, daß ich einen unwiderstehlichen Drang hatte, der Wahrheit auf den Grund zu gehen, wie er es formulierte. Kurz danach stattete der Polizeichef von Neapel uns einen unerwarteten

Besuch ab. Und das war der Anfang. Oder das Ende, je nachdem, wie man es sehen will.«

Als er zu Ende geredet hatte, schwieg sie so lange, daß er aufblickte, um zu sehen, was los war. Sie wandte sich rasch von ihm ab, aber er hatte gerade noch gesehen, daß ihr große Tränen auf gewundenem Weg die Wangen hinabliefen.

»Was haben Sie, *Signorina*?«

»Nichts, *Commissario*, nichts! Bei solchen Geschichten muß ich einfach immer weinen!« Sie rappelte sich auf. »Kommen Sie«, sagte sie, »ich bringe Sie zurück nach Venedig. Sie müssen einen Mörder fangen, oder haben Sie das vergessen? Ich mache nur noch rasch das Haus dicht …«

Sie war jetzt das reinste Energiebündel, und wenige Minuten später fuhren sie wieder in ihrem Motorboot von der Insel weg. Als Peroni sich noch einmal umblickte, war ihm, als sehe er, daß die unerforschte neue Welt wie eine Fata Morgana über der Insel schwebte, und er fragte sich mit pochender Eindringlichkeit, ob sie jemals wieder an die Grenze dieser Welt gelangen würden.

Kapitel 11

»Das ist nicht Ihr Ernst, *Dottore*?«

»Ich gebe ja zu, es ist eine ziemlich verrückte Idee«, erwiderte de Benedetti peinlich berührt. »Ich habe nur gedacht, es könnte ...« Er ließ den Satz vor Verlegenheit unvollendet ausklingen.

Sie befanden sich in Peronis Büro, wo er soeben nach seiner übermütigen Flucht in die Lagune eingetroffen war, wofür de Benedettis Vorschlag eindeutig ein strafender Donnerschlag war. Aber die Götter hatten nicht genau gezielt, denn diesem konnte er ausweichen. Zumindest hoffte er das.

»Ich kann ihm unmöglich so ähnlich sehen, daß der Löwe darauf hereinfällt«, sagte er.

»Ich versichere Ihnen, *Dottore*, als mir schließlich klar wurde, *warum* er mir so bekannt vorkam, war ich über die Ähnlichkeit verblüfft. Bis auf den dicken schwarzen Schnurrbart und die Kleidung könnten Sie sein Doppelgänger sein.«

Immer mal wieder im Laufe seiner Karriere verlangte das Schicksal unnachgiebig von Peroni, daß er sich spontan auf einen so unglaublichen und möglicherweise gefährlichen Auftritt wie jetzt einließ. Er wand sich wie sämtliche Aale in Comacchio, um sich daraus zu schlängeln, nur um doch unerbittlich hineingezogen zu werden; und jedesmal spielte er die groteske Szene zu Ende, schwor sich feierlich, daß er es nie wieder tun würde. Bis zum nächsten Mal.

Doch es gab noch immer ein wenig Raum, um sich zu winden. »Wäre eine herkömmliche Razzia nicht vernünftiger?«

»Ohne den Kunden?«

Peroni mußte zugeben, daß das ein Argument war. »Aber noch etwas«, wandte er ein. »Auf dem Zettel steht zwar 23.00, aber woher wissen wir, daß es heute abend ist?«

»Er hat die Uhrzeit aufgeschrieben, also ist logischerweise anzunehmen, daß er auch das Datum aufgeschrieben hätte, wenn nicht heute gemeint wäre, denken Sie nicht auch, *Dottore*?«

»Und angenommen, es geht nicht um das, was wir glauben? Ich habe nicht die nötigen Informationen, um die Sache durchzuziehen.«

»Aber sobald Sie das wissen, *Dottore*, wissen Sie auch, worum es geht.«

Das war ziemlich logisch. Und wenn sie das wußten, würden sie vielleicht auch wissen, warum *Avv.* Bixi ermordet worden war. Vielleicht sogar, von wem. Und was würden die Medien daraus machen? Aus solchem Stoff war die Peroni-Legende gewebt worden. »Verkleideter Peroni jagt, entlarvt, spürt auf – Aber was jagt, entlarvt und spürt er auf?«

Die Sache war völlig ausgeschlossen.

Der Haker schlurfte die Riva degli Schiavoni entlang, offenbar ohne die Blicke zu bemerken, die er auf sich zog. Er war so eine Art mobile Touristenattraktion, doch er schien sich dessen nicht bewußt zu sein. Eine kräftige Amerikanerin in einem rosa Hosenanzug mit weißen Streifen richtete ihre Filmkamera auf ihn.

Die Kamera surrte, und der Haker schlurfte weiter und kratzte sich. Die Riva selbst war breit und bot reichlich Platz, sogar für die unübersehbare Touristenmenge, die dort entlangströmte. Doch auf den Brücken waren die Menschen so dicht zusammengequetscht wie die Körner im Hals einer Sanduhr, und manche drängten sich an die Brüstung, damit sie nicht mit ihm in Berührung kamen. Mütter zogen ihre Kinder dicht an sich, weg von ihm. Falls er mitbekam, welchen Ekel er auslöste, so ließ er es sich nicht anmerken.

Wohin wollte er? Selbst den Gondolieri war es ein Rätsel, wohin er immerzu unterwegs war. Aber nicht allen. Eine Person wußte, daß es kein bloßer Zufall war, wenn der Haker an einem bestimmten Morgen auf der Zattere war, am Nachmittag an der Rialto-Brücke und am Abend auf der Fondamenta Nuova.

Jetzt war der Haker auf dem Weg zu einer Verabredung mit ebendieser Person.

Peroni war mit seinem Anblick im Spiegel nicht gänzlich unzufrieden, obgleich de Benedetti ihn so zurechtgemacht hatte. Normalerweise wäre es undenkbar gewesen, dergleichen im Dienst zu tragen, doch unter den gegebenen Umständen blieb ihm nichts anderes übrig, und so ließ er seiner Eitelkeit gemäßigten Spielraum. Versuchsweise zwirbelte er den üppigen schwarzen Schnurrbart und fragte sich, was Estrella Partecipazio wohl von ihm halten würde, wenn sie ihn so sähe.

Dann riß er sich einigermaßen widerstrebend von seinem Spiegelbild los und ging nach unten, wo de Benedetti auf ihn wartete. Es war halb elf.

»Von mir aus kann's losgehen«, sagte er. Und dann plötzlich, da er aus dem Anblick seiner eigenen Erscheinung keine Zuversicht mehr ziehen konnte, wurde ihm das Absurde des Planes vollends bewußt, und der Anblick von de Benedettis sommersprossigem, freundlichem, venezianischem Gesicht ließ Zorn in ihm aufwallen. Aber jetzt gab es kein Zurück mehr.

»Es ist wirklich verblüffend, *Dottore*«, sagte de Benedetti, »Sie sind ihm zum Verwechseln ähnlich!«

Peroni konnte nur hoffen, daß er recht hatte.

Sie gingen nach draußen zu einem wartenden Polizeiboot. Als sie einstiegen, startete der Fahrer den Motor, und sie tuckerten über das schwarze, nächtliche Wasser in Richtung Zattere.

»Der englische Schriftsteller John Ruskin hat dort gewohnt«, sagte de Benedetti, auf eine *pensione* rechter Hand deutend. »Draußen ist eine Gedenktafel angebracht.«

Peroni brummte und dachte verbittert, daß de Benedetti es sich selbst dann, wenn der Löwe plötzlich mit einem Maschinengewehr auf sie losballern würde, nicht nehmen ließe, auf die Touristenattraktionen hinzuweisen.

Das Boot hielt nicht weit von der Kirche Santa Maria del Rosario, die der Adresse, die Rubio y Ors aufgeschrieben hatte, nächstgelegene Stelle, die auf dem Wasser zu erreichen war. Es war Viertel vor elf.

Peroni zündete sich eine englische Zigarette an und spürte den Druck seiner Pistole am Körper und das Mini-Walkie-talkie, mit dem er im Notfall de Benedetti zu Hilfe rufen könnte. Schließlich schnippte er die Zigarette ins Wasser und stand auf.

»Ich gehe jetzt.«

»Viel Glück, *Dottore*.«

De Benedetti hielt ihm die Hand hin, und so gern Peroni es auch getan hätte, er konnte sie ihm nicht verweigern. Durch die feierliche Geste kam ihm die ganze Sache noch lächerlicher vor.

Er stieg aus dem Boot und ging in eine schmale *calle*, die neben der Kirche langführte. Von dort gelangte er auf einen kleinen Platz mit einem Brunnen in der Mitte. Und auf der anderen Seite des Platzes, wie Peroni auf der Wandkarte in der *Questura* gesehen hatte, lag die Adresse, wo die Verabredung stattfinden sollte.

Er überquerte den verlassenen Platz, lauschte vergeblich auf irgendwelche Lebenszeichen und drückte, mit einem enormen Übelkeitsgefühl in der Magengegend, die Türklingel. Er hörte ein fernes Schrillen, wie vom Grund eines sehr tiefen Brunnens, dann Stille. Eine frische Brise von der Lagune bewegte das Laub der Bäume in der Nähe, was unter den gegebenen Umständen ein schauerliches Flüstern erzeugte.

Eine ganze Weile erfolgte keine Reaktion auf sein Klingeln, und Peroni hoffte schon inständig, daß niemand öffnen würde. Doch dann wußte er plötzlich, daß er beobachtet wurde. Es war eine lange, forschende Beobachtung, und er mußte sich zwingen, nicht nach der Quelle Ausschau zu halten.

Dann wurde die Tür mit einem schwachen, metallischen Klicken automatisch geöffnet, und er wußte, daß er den Vortest bestanden hatte. Er trat in das dunkle Haus und hatte das Gefühl, über einen Klippenrand in Dantes Hölle zu gehen, ohne zu wissen, was für Qualen ihn dort unten erwarteten.

Aber es war nicht völlig dunkel. Eine einsame Kerze brannte auf einer niedrigen Truhe, und in dem Licht konnte er erkennen, daß er in einer leeren Diele stand und daß sich vor ihm eine Steintreppe befand.

Was sollte er jetzt tun? Rubio y Ors hatte wahrscheinlich Instruktionen erhalten; Peroni würde improvisieren müssen. Er ging die Treppe hinauf. Oben angelangt, war links eine Tür, und als er darauf zuging, konnte er aus dem Zimmer den Klang einer einzelnen Flöte hören, die langsame, träge Muster in die Luft webte. Er drückte die Klinke, und die Tür ging auf.

Mit einem gemurmelten Stoßgebet an den heiligen Januarius trat er ein.

»Eine gute Mutter ist die beste Freundin eines Mannes«, stimmte der Leichenbestatter salbungsvoll zu, doch mit deutlich schleppender Stimme, wobei er die Augen schielend zur Decke drehte.

Die Erwiderung darauf kam aus dem tiefen Schatten über dem Bett und klang in keiner Weise beschwichtigt.

»Ein oder zwei Gläser«, berichtigte er, »mehr nicht. Unter den Umständen zulässig, wenn ich so sagen darf, *Mamma.*«

Diesmal war die Erwiderung kurz und scharf.

»Das war nicht nett, *Mamma*, nicht nett«, sagte der Leichenbestatter. »Du hast mir weh getan. Du vergißt, daß ich zur Zeit unter einer beträchtlichen Anspannung stehe.«

Auch diese Äußerung erregte kein Verständnis, vielleicht weil sie von einem schrecklichen Schluckauf begleitet wurde.

»Wenn ich was sagen darf, *Mamma*«, sagte der Leichenbestatter mit öliger Höflichkeit, als er sich wieder erholt hatte, »genau das versuche ich, dir klarzumachen. Der Grund, warum ich unter Anspannung stehe, ist der, daß die Polizei Erkundigungen über mich einholt.« Er hörte sich ihre Reaktion an. »Ja, ich habe mir gedacht, daß dich das beunruhigt, *Mamma*«, sagte er und hörte dann wieder zu. »Ach, nichts Offensichtliches«, sagte er, »aber einer wie ich, der für einen Rechtsanwalt gearbeitet hat, erfährt einfach eher als ein Laie, wenn Erkundigungen über ihn eingeholt werden. Das ist der springende Punkt, *Mamma*«, sagte der Leichenbestatter. »In welche Richtung die Erkundigungen gehen? Die Vergangenheit oder Gegenwart? Wenn es um die Gegenwart geht, so können sie unmöglich wissen, was wir getan haben.« Er hielt inne, weil er unterbrochen wurde, und fuhr dann etwas eingeschnappt fort: »Na schön, *Mamma*, wenn dir das lieber ist, also, was *ich* getan habe – auf deinen Rat hin. Davon können sie nichts wissen, oder? Wir beide sind die einzigen, die es wissen.«

Er hielt einen Augenblick inne und schielte dann mit dem düsteren Anflug eines Lächelns Richtung Bett. »Und du wirst es ja wohl niemandem erzählen, oder, *Mamma*?«

Das einzige Licht kam von den Kerzen am Fuße eines Sarges. Und neben dem Sarg stand der Löwe. Daß es der Löwe war, stand außer Zweifel, aber er war seltsam verändert. Statt der schwarzen Hose und dem gestreiften Hemd und dem Strohhut mit dem roten Band trug er ein langes, mitternachtsblaues Gewand mit Tierkreiszeichen und kabbalistischen Symbolen in Gold darauf. Ob es an dem Gewand oder der Umgebung oder einer inneren Anziehungskraft lag, war unmöglich zu sagen, aber die Erscheinung des Löwen bei Tage war vergessen, und er erweckte den Eindruck einer übernatürlichen Macht.

Peronis Augen huschten wie Eidechsen umher. Abgesehen von der Tür schien der Raum keine weiteren Charakteristika aufzuweisen; keine Fenster, kein Kamin, keine Bilder, keine Regale; bloß einförmige Dunkelheit, weicher Boden; eine sternenlose Nacht.

Was immer der Löwe vorhatte, er zeigte keine Eile. Er stand am Kopfende des Sarges, eine Hand in die Luft erhoben, und starrte Peroni mit hypnotischen Augen an. Im Kerzenschein wirkte sein schrumpeliges Affengesicht sonderbar beweglich.

Jetzt merkt er es, dachte Peroni, doch der Löwe winkte ganz bedächtig mit der Hand, und Peroni, der völlig in die Rolle von Rubio y Ors geschlüpft war, trat vor.

Mit gebieterischer Geste deutete der Löwe auf den offenen Sarg, und als Peroni hinabblickte, sah er zu seinem Entsetzen, daß ein Leichnam darin lag. Genauer gesagt, die schon weit verwesten Überreste eines Leichnams. Der Schädel war an einer Seite eingedrückt, und das noch verbliebene Auge stierte ihn unheilvoll an. Der Rest war kaum mehr als ein Haufen loser Knochen und Staub in annähernd menschlicher Form.

»Rosina Medebac.« Der Löwe sprach jetzt zum erstenmal, und seine Stimme klang wie ein feierlicher ritueller Gesang. »Im Jahre 1760 im Alter von fünfundzwanzig Jahren erstochen. Einst im Verzeichnis der venezianischen Kurtisanen eingeschrieben. Diese Frau werde ich heute nacht zu Ihrem Vergnügen zum Leben erwecken.«

Wahnsinnig, dachte Peroni als Rubio y Ors. Aber er berichtigte sich, noch während er das dachte. Casanova, so erinnerte er sich, und andere berühmte Abenteurer des 18. Jahrhunderts hatten immer scheinbar übernatürliche Spektakel für reiche Ausländer inszeniert, um sie zu schröpfen. Es war genauso eine venezianische Spezialität wie Fisch-Risotto.

Es war an der Zeit, daß der *Commissario* seine Rolle als spanischer Schauspieler ablegte, der makabren Farce ein Ende bereitete und den Löwen mit zur *Questura* nahm. Aber Peroni war neugierig, was als nächstes passieren würde, und so beschloß er, sich die Sache noch ein paar Minuten länger anzusehen.

Wieder trat Stille ein, bis auf das schaurige Spiel der Flöte, und er ertappte sich dabei, wie er sich die toten Gebeine in Fleisch und Blut vorstellte. Die venezianischen Kurtisanen des 18. Jahrhunderts waren wegen ihres Geschicks und ihrer Anmut weltberühmt, und Peroni versuchte sich auszumalen, wie diese Rosina Medebac ausgesehen haben mochte, so sie denn existiert hatte. Klein und schlank mit langen schwarzen Haaren und – ja, grünen Augen; ein verschmollt hübsches Gesicht mit einem Schönheitsfleck auf dem rechten Wangenknochen und langen Fingern, denen anzusehen war, daß sie genauso gut kratzen wie streicheln konnten.

Mit einem Mal wurde dem *Commissario* klar, was da vor sich ging, und zügelte diese Gedanken mit entsetzter Empörung. Doch gleichzeitig hatte Peroni den sonderbaren Eindruck, daß er telepathisch gezwungen wurde, die junge Frau so zu sehen, und gegen seinen Willen hielt sich das Bild und wurde klarer. Es wurde wirklich Zeit, dem Hokuspokus Einhalt zu gebieten.

»Haben Sie das Geld mitgebracht?«

Peroni nickte, erleichtert, daß nun sein Handeln erforderlich werden sollte. Kein Geld, keine Show. Aber dann verlangte der Löwe nicht, das Geld zu sehen, und der Augenblick verging irgendwie. Peroni beschloß, einfach abzuwarten und sich den Trick anzusehen.

Die Flöte wob weiter ihre hypnotischen Muster. Keine Schlangenbeschwörung, dachte Peroni, sondern Menschenbeschwörung, Trottelbeschwörung.

Und der Löwe hob ein Weihrauchfaß, das neben dem Sarg gestanden hatte, und fing an, es rhythmisch über dem makabren Inhalt zu schwenken, während dichte Weihrauchwolken herausquollen und den Raum mit einem schweren, bittersüßen Duft erfüllten.

Albern, dachte Peroni. Wie könnte jemand, der seine fünf Sinne beisammenhat, auf so einen grotesken Schwindel hereinfallen?

Während der Löwe das Rauchfaß schwenkte, murmelte er Zauberformeln, die weder auf italienisch noch in irgendeiner anderen, erkennbaren Sprache waren. Sie wogten wie die Musik, erhoben sich zu lauten Crescendos und sanken dann wieder zu einem Murmeln herab, geschmeidige Klänge und zischelnde Laute.

Und durch die Musik und den Weihrauch und die auf- und abwallenden Zaubersprüche, vor allem durch das Bild von Rosina Medebac, das ihm nicht aus dem Kopf ging, merkte Peroni, daß er, auch wenn er den Schwindel nicht gerade glaubte, dennoch mitspielte. La Medebac schien irgendwo außerhalb seines Verstandes eine objektive Existenz zu haben. Ja, sogar außerhalb des Verstandes des Löwen. In irgendeiner Welt hatte sie eine Daseinsform.

Peroni tastete nach der Wirklichkeit. Es war ein Zaubertrick. Einen Zaubertrick erkennt man eindeutig daran, daß man im entscheidenden Augenblick nicht sehen kann, was vor sich geht. Dafür war der Weihrauch da. Die Schwaden waren so dicht wie Nebelbänke auf der *autostrada*, und durch sie hindurch konnte man gerade noch die strenge Form des Sarges und den beschwörenden Gondoliere-Zauberer daneben ausmachen, dessen Zaubersprüche sich anhörten, als näherten sie sich irgendeinem magischen Scheidepunkt.

Der Sarg hatte bestimmt einen falschen Boden, und im Schutz von all dem Weihrauch, der Musik und den Zauberformeln würde eine venezianische Kurtisane aus dem 20. Jahrhundert im passenden Kostüm hindurchklettern, nachdem sie die makabren Überreste entfernt hatte.

Doch dann fiel Peroni ein, daß er, bevor der Weihrauch entzündet worden war, unter den Tisch gesehen hatte. Also woher würde sie kommen? Dafür war schließlich der Zaubertrick da, sagte er sich mit angespannter Geduld.

Und dennoch flüsterten in ihm die Stimmen neapolitanischer Ahnen, die alle mehr an das Übernatürliche als an das Natürliche geglaubt hatten, daß es doch viel interessanter wäre, wenn es wahr wäre. Wie banal doch ein Zaubertrick wäre! Um wieviel näher kommt doch das Übernatürliche der wahren Natur der Dinge! Was für eine strahlende Existenz Rosina Medebac doch jenseits der Grenze des Möglichen hatte!

Der Söldner aus Turin war vor einer Woche als Kunde zu ihr gekommen, die Taschen voller Geld, das er in irgendeinem fernen Krieg verdient hatte. Sein ungestümes, brutales Temperament hatte etwas Unvenezianisches und zog sie seltsamerweise an, und als er nach dem ersten Mal vorgeschlagen hatte, daß sie zu ihm zog, hatte sie sich gegen ihre Gewohnheit einverstanden erklärt. Zumindest – diesen Vorbehalt fügte sie stillschweigend hinzu – bis sie ihm geholfen hatte, das Geld aus – Polen? Rußland? England? – auszugeben. Außerhalb von Venedig waren alle Ortsnamen für sie ein und dasselbe.

Ein paar Tage lang lief alles gut. Sie schwammen auf den Wogen des venezianischen Karnevals, spielten im Ridotto, schlängelten sich maskiert durch ein Maskenmeer, tanzten und tranken. Doch sie kehrten stets in ihr Zimmer im Gasthof Zum Goldenen Hahn zurück, dem Schauplatz all ihrer stürmischen Ritte – mit einer Ausnahme hinten in einer Loge während der neuesten Komödie von Meister Goldoni, *Der Schauspieldirektor aus Smyrna*.

Und dann war das Geld alle, und sie wollte zurück in das Leben, das sie geführt hatte, seit sie zwölf war.

Das letzte, was sie erwartet hätte, war, daß er eifersüchtig sein könnte, aber er war es, unbändig und besitzergreifend eifersüchtig. Aber sie verstand es, mit eifersüchtigen Liebhabern fertig zu werden; das hatte sie häufiger bewiesen, als sie sich erinnern konnte. Und so kam es, daß sie erst in den letzten Sekunden, als es bereits zu spät war, begriff, daß er anders war als all die anderen.

Dort, in dem Zimmer im Goldenen Hahn, hatte er sie beschimpft, und sie hatte ihn mit ihrer Freiheit verspottet, das zu tun, was ihr beliebte, dort hatte er gedroht, sie umzubringen, und sie hatte ihm trotzig entgegnet, es doch zu tun. Sie hatte sogar ihr Kleid aufgerissen, ihn ausgelacht, ihre nackten Brüste seinem Angriff dargeboten.

Dann sah sie den Wahnsinn in seinen Augen aufblitzen und einen Dolch in seiner Hand. Er stieß in ihren Bauch, ließ eine eiskalte Flutwelle herein, die zu ihrem Herzen hinaufraste; und in diesem Augenblick erkannte Rosina Medebac, warum sie sich von Anfang an zu ihm hingezogen gefühlt hatte.

Er brachte ihr die einzige Gabe, nach der sie sich ihr ganzes Leben gesehnt hatte.

Sie näherten sich dem Höhepunkt. Die Zauberformeln des Löwen wurden wilder. Ein mystischer Weihrauchnebel wirbelte durch den Raum. Die Flötenmusik hatte aufgehört, Muster zu weben, und brandete einem schrillen Klangorgasmus entgegen.

Jetzt war die neuzeitliche venezianische Hure in ihr grausiges Bett geklettert, bereit hervorzukommen. Und dennoch bestand irgend etwas in Peronis Kopf nach wie vor darauf, ihm zu zeigen, wie die losen Knochen und der Staub sich zusammenfügten, Fleisch, Haut und Haare, Augäpfel, Nägel bekamen.

Dann hörte plötzlich alles auf. Die Musik brach jäh ab, der Löwe verstummte, stand reglos wie eine Statue, eine Hand gebieterisch zum Sarg gestreckt. Die Stille war so absolut, daß man fast das Wirbeln des Weihrauchs hören konnte.

In dem Sarg bewegte sich etwas.

In der geräuschlosen Stille tauchte ein Kopf auf, Schultern, Brüste, die aus einem tiefen Ausschnitt quollen. Das schummrige Licht und der Weihrauchnebel machten es schwierig, irgend etwas deutlich zu erkennen, aber Peroni sah erschreckt und gleichzeitig absurderweise erregt, daß sie tatsächlich klein und schlank war und langes schwarzes Haar hatte. Aber was war daran so überraschend? Für Venedig ein durchaus häufiger Frauentyp. Aber als sie aus ihrem Sarg gestiegen war, als sie auf Peroni zukam, als wäre sie aus einem jahrhundertelangen Schlaf noch nicht vollständig erwacht, sah er zu seinem Entsetzen, daß sie auch einen Schönheitsfleck auf dem rechten Wangenknochen hatte.

Und gleichzeitig wünschte er sich schon fast, er wäre tatsächlich Rubio y Ors. Ihre Reize weckten Lüsternheit, und sie hatte irgend etwas leicht Neapolitanisches an sich, was eine Frau für Peroni stets attraktiver machte.

Sie stand vor ihm, ihre Augen – waren sie grün? – im Schlaf sinnlich halb geschlossen. Jetzt war der Zeitpunkt gekommen, den erotischen Bann zu brechen. Jetzt war der Rand des Abgrunds erreicht.

Rosina Medebacs Arme schlangen sich um Peronis Hals, zogen seinen Mund auf ihren zu.

Jetzt! schrie der *Commissario* irgendwo in der Ferne. Und Peroni schien es, als wäre er Rubio y Ors geworden.

Rosina Medebacs Lippen preßten sich auf die des spanischen Schauspielers und umschlossen sie, während ihre Zunge schmeichelnd Einlaß verlangte und sich ihre langen Fingernägel in seinen Hals krallten, genauso, wie er es sich vorgestellt hatte.

De Benedetti wartete auf eine Funkmeldung.

De Benedetti würde weiter auf eine Funkmeldung warten.

»*Questura.*«

Peroni konnte nicht glauben, daß das seine eigene Stimme war. Aber Rubio y Ors war aus den Armen von Rosina Medebac gerissen worden, und an seiner Stelle stand – ein wenig keuchend, ein wenig aufgelöst – *Commissario* Peroni von der venezianischen *Questura.*

Und der *Commissario* drückte einen Knopf an seinem Mini-Walkie-talkie, um Funkkontakt mit de Benedetti herzustellen.

Kapitel 12

Als Rosina Medebac am Morgen nach ihrem Beinahtriumph über Peronis Tugend in sein Büro geführt wurde, sah sie hagerer aus als am Vorabend in dem duftenden Raum des Hauses unweit der Zattere. Aber sie war noch immer so begehrenswert, daß Peroni froh über die Anwesenheit von Polizistin Sofia Michelangelo war.

Das Ende der vorangegangenen Nacht hatte sich etwas chaotisch gestaltet und eine Weile hingezogen. Mit dem Auftauchen von de Benedetti war die Realität in den Raum geströmt wie Wasser in ein torpediertes Unterseeboot. Inmitten von Schreien, Protesten und Beleidigungen hatte sich herausgestellt, daß Rosina Medebac tatsächlich ein Callgirl aus Mestre war, denn de Benedetti hatte schon einmal beruflich mit ihr zu tun gehabt, sie allerdings nicht mit ihm.

Auch der Zaubertrick war enttäuschend banal. Wie Peroni sich gedacht hatte, war der Sarg mit einem falschen Boden ausgestattet, und der Eindruck, daß sich unter dem Tisch freier Raum befunden hatte, war mit einem schräg gestellten Spiegel zwischen Tisch und Fußboden erzeugt worden. Die erotische Flötenmusik war vom Tonband gekommen, und unter seinem Zaubergewand trug der Löwe die schwarze Hose und das gestreifte Hemd der Gondolieri.

Und jetzt war der Augenblick der Wahrheit gekommen.

»Ausweis«, sagte Peroni barsch in seinem gereizten Amtston, bemüht, nicht auf ihre Lippen zu schauen.

Sie nahm ihn aus einer riesigen, glänzenden, roten Handtasche, die nicht ganz zu dem 18.-Jahrhundert-Kostüm paßte, das sie noch immer trug, und reichte ihn Peroni mit der gekonnten schnellen Handbewegung eines Menschen, der es gewohnt ist, der Polizei seinen Ausweis zu zeigen.

Republica Italiana, stand vorne auf der Karte, TESSERA N. 2 873 319. Hieß das, daß es zum Zeitpunkt der Ausstellung nur 2 873 319 Ausweisinhaber in Italien gegeben hatte? Peroni beschloß, sich irgendwann einmal danach zu erkundigen, FORLANI Erica n. SMALTI, stand weiter auf der Karte, mit dem Zusatz, daß die Ausweisinhaberin verheiratet und *operaia* war.

»Wo haben Sie gearbeitet?« fragte Peroni.

»Bekleidungsfabrik Ferraldi.«

Er überlegte, ob er sie fragen sollte, wann sie zur Unbekleidungsfabrik übergewechselt hatte, fand aber, daß das geschmacklos wäre und Polizistin Michelangelo vielleicht schockieren würde. »Wann haben Sie im horizontalen Gewerbe angefangen?« fragte er statt dessen.

»Vor vier Jahren, als mein Mann mich verlassen hat«, sagte sie teilnahmslos.

»Und wie lange sind Sie schon bei dem Löwen?«

»Etwas über ein Jahr.«

»Und wie lange läuft die Sargnummer?«

»Drei Wochen. Er hat sie sich für das Goldoni-Festival ausgedacht.«

»Der Löwe?«

Sie nickte.

»Wie oft habt ihr das schon gemacht?«

»Achtmal. Mit Ihnen neunmal.«

»Nimmt er dafür noch andere Frauen?«

»Nein, ich bin die einzige.«

»Und wieviel kriegen Sie jedesmal dafür?«

»Fünfzigtausend.«

Vielleicht zehn Prozent von dem, was der Löwe einsteckte, vermutete Peroni, vielleicht weniger. Er kam zu dem Schluß, daß es sinnlos war, sie länger festzuhalten, und sagte, sie solle sich der Polizei zur Verfügung halten.

»Immer zu Ihren Diensten«, sagte sie mit einem überdeutlichen Augenzwinkern, das ihre Beziehung vom Vorabend in Erinnerung rief.

Peroni tat so, als hätte er es nicht gesehen.

Die italienische Werbung preist technische Produkte gern mit der Behauptung an, daß sie deutsche Effizienz und italienische Eleganz vereinen, gilt es doch als allgemein anerkannt, daß die beiden Länder jeweils an dem einen so reich sind wie an dem anderen arm. Doch wenn das Hotel Vivaldi in Venedig auf etwas so Ordinäres wie Werbung angewiesen wäre, könnte es noch sehr viel weiter gehen. Es könnte amerikanische Opulenz, französischen Stil, englische Zuvorkommenheit, schweizerische Diskretion und holländische Gediegenheit für sich in Anspruch nehmen.

All das schien den Plan von Zimmermädchen Marta um so empörender zu machen. Die Sicherheitsbestimmungen des Vivaldi setzten voraus, daß das Personal untadelig war, aber es gibt nun mal Dinge, die niemand vorhersehen kann.

Das Personalbüro, das für Martas Einstellung verantwortlich war, hatte festgestellt, daß sie aus einer guten Familie stammte, denn ihr Vater war Küster in einer von Venedigs unzähligen Kirchen und ihre Mutter eine selbständige Näherin. Nach der Schule hatte Marta zuerst in einer reichen Fabrikantenfamilie gearbeitet, wo sie die haushälterischen Fertigkeiten lernte, die im Zeitalter der Automatisierung und Demokratisierung kaum noch jemand verlangte oder sich überhaupt vorstellen konnte, die aber im Vivaldi nach wie vor vorausgesetzt wurden. Dort wurde Marta eingestellt, als die Fabrikantenfamilie in die Schweiz zog, nicht ohne ihr ein makelloses Zeugnis auszustellen.

Aber niemand konnte die Liebe voraussehen und ihre möglichen Folgen. Und so kam es, daß Marta einen Diebstahl bei einem der Hotelgäste plante, ein Unterfangen, das so entsetzlich war wie die Ermordung eines Patienten auf dem Operationstisch.

Der fragliche Gast hatte sein Zimmer nicht auf einer der Etagen, wo sie normalerweise arbeitete, was bedeutete, daß sie nach erfolgreich vollbrachter Tat nicht so leicht in Verdacht geraten würde. Aber es bedeutete auch, daß es um so schwieriger war, den Diebstahl auszuführen, ohne gesehen zu werden.

Und jetzt war der Augenblick gekommen, den Plan in die Tat umzusetzen. Marta bekreuzigte sich und machte sich auf den Weg.

Eine Fliege saß auf Peronis Schreibtisch. Es war eine verschlagen aussehende Fliege, und ihre Augen huschten zwischen dem *Commissario* und dem affengesichtigen Gondoliere, der eben zur Vernehmung hereingeführt worden war, hin und her, als wollte sie zwischen ihnen als Schiedsrichterin fungieren.

»Woher haben Sie den Schädel?«

»Trödelladen. So einer von den Schädeln, wie alte Mönche sie sich angucken, auf Bildern.«

»*Memento mori*.«

Peroni bemerkte zu seiner eigenen Verlegenheit, daß er das mit einem komplizenhaften Unterton gesagt hatte, als gäbe es zwischen ihm und dem Löwen ein heimliches Einverständnis. Und er erkannte auch den Grund dafür. Der ewige neapolitanische Hochstapler in ihm hatte in diesem venezianischen Hochstapler einen Gleichgesinnten erkannt und versuchte, es ihm zu verstehen zu geben.

»Und das Haus?«

»Gehört einem Freund von mir – der arbeitet jetzt in Turin. Er hat mir die Schlüssel gegeben, damit ich nach dem Rechten schaue. Sie wissen ja, wie das ist.«

Der venezianische Hochstapler winkte eindeutig zurück. Um sich bloß nicht anmerken zu lassen, daß er verstanden hatte, fuhr Peroni mit dem nebensächlichen Punkt – Haus und befreundeter Hausbesitzer – fort. Die Fliege schien das Interesse zu verlieren und flog weg, um das Kruzifix über Peronis Schulter zu erkunden.

Nach einigen Minuten Frage-und-Antwort-Spiel bezüglich des Hauses warf Peroni eine andere Frage ein, ohne den Rhythmus oder die Betonung zu verändern. »Irgendwann letzte Woche wurden Sie in der Nähe von Harry's Bar im Gespräch mit *Avv*. Bixi beobachtet. Worüber haben Sie gesprochen?«

Falls der Löwe verblüfft war, so ließ er es sich nicht anmerken. Die Fliege dagegen kam vom Kruzifix zurückgesaust und landete wieder auf dem Schreibtisch, genau zwischen den beiden Männern, völlig reglos, bis auf ein fast unmerkliches Zucken der beiden Vorderbeine. Keine Schiedsrichterin, dachte Peroni, sondern Anwältin – die Verteidigerin des Löwen.

»*Avv*. Bixi?« sagte der Löwe. »Der Anwalt, der ermordet wurde?«

Peroni bejahte mit ziemlich übertriebener neapolitanischer Höflichkeit.

»Kann mich nicht an ihn *speziell* erinnern«, sagte der Löwe, nachdem er offenbar tief nachgegrübelt hatte.

»Und das soll ich Ihnen abkaufen?«

»Kann sein, daß er eine Gondelfahrt bestellt hat.«

Die Fliege schlug mit den Flügeln, hob gleich darauf ab und flog auf den Löwen zu, den sie zweimal umrundete, als wollte sie seiner Raffinesse Anerkennung zollen.

Nicht so voreilig, Fliege, sagte Peroni innerlich und stand auf. »Letzten Montag«, sagte er laut, »wurde *Avv.* Bixi in der Calle dei Assassini ermordet. In seinem Terminkalender ist nur eine Woche vor seinem Tod Harry's Bar eingetragen – wo Sie an der Gondelstation arbeiten. Am selben Tag, oder vielleicht am Tag danach, wurden Sie gesehen, wie Sie mit ihm vor Harry's Bar sprachen. Wir wissen inzwischen, daß Sie sich auch als Zuhälter betätigt haben, und zwar mit der makabren, nekrophilen Spezialität, zur Belustigung von reichen Ausländern eine Kurtisane des 18. Jahrhundert von den Toten zu erwecken. Man braucht nun wirklich nicht viel Phantasie, um eins und eins zusammenzuzählen, oder? *Avv.* Bixi hat das mit Ihrem lukrativen Nebengeschäft herausgefunden, Ihre Gondelstation gewissenhaft in seinem Kalender notiert und ist zu Ihnen gegangen. Er hat gedroht, Sie anzuzeigen, wenn er nicht an den Einnahmen beteiligt würde. Sie haben versucht, Zeit zu gewinnen, sind vielleicht auf seine Forderungen eingegangen. Dann haben Sie ihm Montag abend auf seinem Nachhauseweg hinter einer Ecke aufgelauert, und als er vorbeiging –« Peroni ließ das Wort unausgesprochen und schnippte statt dessen bedeutungsvoll mit den Fingern.

Die Fliege summte wütend über Peronis Kopf, empört über diese unerhörte Beschuldigung ihres Mandanten. Der Löwe nahm es gelassener hin, doch die Argumentation schien trotzdem eine gewisse Wirkung auf ihn zu haben. Peroni wartete gespannt ab.

»Oh, so was würde ich niemals tun, *Commissario*«, sagte der Löwe nach einem Augenblick, und das venezianische Hochstaplergesicht wich so jäh einem Grinsen, als gäbe eine Nuß unter dem Nußknacker nach.

»Gegen Ihre Prinzipien?«

Prinzipien? schien die Miene des Löwen zu sagen. Unter uns, hören Sie doch auf, *Commissario*! Laut sagte er: »So einfach ist die Sache nicht.«

»Aha?«

Der Löwe blickte auf die Fliege, als wollte er ihren Rat einholen, dann wieder zu Peroni.

»*Avv*. Bixi hat die ganze Sache organisiert«, sagte er.

Einen Wäschesack mit Laken und Kissenbezügen schleppend, die nach den olympischen Vivaldi-Maßstäben als schmutzig galten, ging Marta über eine Hintertreppe vom vierten in den dritten Stock. Dann öffnete sie langsam eine Schwingtür und spähte nach links und rechts. Zimmer 127 lag gleich rechts auf dem Gang, mit Blick auf die Lagune, und der erste Teil ihres Plans bestand darin, ungesehen in Zimmer 125 zu gelangen, das gleich nebenan war und, wie sie wußte, am frühen Morgen geräumt worden war.

Es war niemand in der Nähe, und so lief sie lautlos auf Zehenspitzen den Gang hinunter, stellte fest, daß die Tür unverschlossen war, öffnete sie und trat ein. Als sie sie hinter sich geschlossen hatte, holte sie kurz tief Luft. Dann durchquerte sie das Zimmer und schaute vorsichtig durch die Balkonfenster auf den Balkon von 127. Es war kein Gast zu sehen, nur die Reste vom Frühstück und eine Ausgabe des *Gazzettino*. Sie vergewisserte sich, daß niemand sie beobachtete und trat so weit auf den Balkon, daß sie in Zimmer 127 hineinblicken konnte. Es war leer, und auf dem Stuhl waren Kleidungsstücke ausgebreitet. Sie hatte den Zeitpunkt gut gewählt.

Marta ging zurück ins Zimmer und öffnete die Tür zum Badezimmer, das an das Badezimmer von 127 grenzte. Zwischen beiden war ein kleines Gitter in der Wand, und sie kletterte auf die Wanne und legte das Ohr daran.

Zunächst konnte sie keine Geräusche vernehmen – kein laufendes Wasser, Gurgeln oder das Surren eines Rasierapparates. Doch dann hörte sie etwas, das sogar noch besser war – das sanfte, entspannte Plätschern von jemandem in der Wanne. Das bedeutete, daß sie mindestens drei Minuten hatte, wenn nicht mehr.

Als sie sich erneut auf dem Gang umsah, fuhr sie erschreckt zurück. Die berühmte Schauspielerin Maddalena Spinelli ging in Richtung Aufzug. Aber dann entspannte sich Marta. Maddalena Spinelli hatte sie nicht gesehen; jeder vom Personal wußte, daß Maddalena Spinelli, die eine Suite im vierten Stock hatte, niemanden sah, den sie nicht sehen wollte.

Als die Schauspielerin den Aufzug betreten hatte, war der Gang leer. Marta schlich zur Tür von 127 und drückte lautlos die Klinke. Es war durchaus möglich, daß er sich eingeschlossen hatte, während er ein Bad nahm. Aber nein, die Tür ging auf.

Jetzt befand sie sich im allertödlichsten Gefahrenkreis.

»*Avv*. Bixi hat die ganze Sache organisiert?« wiederholte Peroni.

Polizistin Sofia Michelangelo verfolgte die Vernehmung mit der Aufmerksamkeit von Moses auf dem Berge Sinai. Sie hatte in irgendeiner Zeitschrift gelesen, daß *Commissario* Peroni die chamäleonartige Fähigkeit besaß, seine Persönlichkeit zu ändern, je nachdem, wen er gerade vernahm. Sie hatte dem eigentlich keinen Glauben geschenkt, aber es stimmte. Er war jetzt irgendwie eher neapolitanisch und nahm gleichzeitig die Überredungskunst des Mannes im Fernsehen an, der immer wieder den Wunsch in ihr weckte, eine Waschmaschine zu kaufen.

Und schon wenige Minuten nach Beginn der Vernehmung hatte er dem Löwen das verblüffende Geständnis entlockt, daß der ermordete *Avv*. Bixi die ganze merkwürdige Geschichte mit der Frau im Sarg organisiert hatte. (Es erstaunte sie immer wieder, worauf manche Männer so standen.) *Dott*. Peroni war ein Genie, dachte sie, mit einem Kribbeln im Bauch.

»... ganze Sache organisiert«, stenographierte sie mit.

»Genau«, sagte der Gondoliere, der unter dem so unwahrscheinlichen Namen »der Löwe« bekannt war, »es war seine Idee.«

»Wann haben Sie Bixi kennengelernt?« fragte der *Commissario*.

»Letztes Jahr im Frühling. Er hatte irgendwie spitzgekriegt, daß ich *Signora* Forlani und die eine oder andere junge Dame aus meinem Bekanntenkreis gelegentlich einem Kunden vorgestellt habe, zum gegenseitigen Nutzen.«

»Zuhälterei«, sagte Peroni.

Der Löwe machte eine geschmeidige venezianische Geste, die soviel sagte wie, daß es einem Herrn aus Neapel, wenn er wollte, durchaus freistand, ein so unzulängliches Wort für einen wohltätigen Dienst an seinen Mitmenschen zu benutzen.

»Weiter.«

»Nun, der *Avvocato* kam zu mir und sagte, wenn ich ihn nicht – wie soll ich sagen ...«

»Einbezöge?« schlug der *Commissario* vor.

Der Ausdruck auf dem runzeligen, spöttischen Gesicht des Löwen schien zu sagen, daß nicht einmal venezianische Wortgewandtheit es netter hätte formulieren könnte.

»Wie Sie sagen, *Commissario*«, bestätigte er, »wenn ich ihn nicht einbezöge, würde er mich anzeigen.«

»Und Sie haben sich einverstanden erklärt? Sie haben sich nicht gewehrt?«

»Wie denn gewehrt, *Commissario*? Indem ich ihn ermordet habe? Aber Sie haben wohl recht – wenn ich ihn hätte ermorden wollen, dann hätte ich es zu dem Zeitpunkt getan.«

Die Fliege, die seit Beginn der Vernehmung im Büro herumgeschwirrt war, sauste nun aus irgendeinem Grunde dreimal sehr schnell um *Commissario* Peroni und den Löwen herum. Den *Commissario* schien es besonders zu ärgern, und Michelangelo fragte sich, ob sie Insektenspray holen sollte, wollte aber keine Unterbrechung verantworten.

Das in das Kopfende des Bettes eingelassene Radio spielte leise klassische Musik. Marta blickte sich wild um. Teure, neu gekaufte Kleidungsstücke, ein gläsernes Zebra, das ein kleines Vermögen gekostet haben mußte, eine Krokodillederbrieftasche, aus der mindestens ein 100.000-Lire-Schein lugte, und ein Plastiketui mit einem Reisescheckheft, aber Marta war keine Diebin. Sie suchte etwas ganz anderes, und das war nirgendwo zu sehen.

Unglück legte sich über ihre Furcht wie eine Nebeldecke über Eis. Hatte sie für nichts und wieder nichts soviel aufs Spiel gesetzt? Und die Zeit verstrich. Sie wollte möglichst schnell wieder raus.

Leise zog sie Schubladen auf, aber ohne Glück. Und dann fiel ihr der Schreibtisch ein. Es war ein teures Stück am Fenster mit einer Abdeckung über der Schreibfläche, auf der ein Löschpapierblock (täglich erneuert), Vivaldi-Briefpapier und Umschläge lagen.

Sie ging lautlos hinüber und klappte die Abdeckung hoch, und dort, auf dem Löschpapierblock, lag ohne jeden Zweifel das, was sie suchte. Sie steckte es rasch in den Wäschebeutel, eilte aus dem Zimmer und zog die Tür sacht hinter sich zu.

Ihr Glück hielt an, und sie schaffte es, ohne gesehen zu werden, aus dem Gang zu kommen. Sobald sie sicher durch die Schwingtür war, ging sie zum Personalaufzug, mit dem sie ins Erdgeschoß fuhr. Dann ging sie zu dem kleinen Raum im hinteren Teil des Hotels, wo die schmutzige Wäsche aufbewahrt wurde, bevor man sie auf einem Handwagen in die Wäscherei schaffte.

»*Ciao*, Marta!« ertönte hinter ihr eine Stimme. »Was guckst du denn so verstohlen?«

Wenn zwei Hochstapler einander auszuspielen versuchen, dachte Peroni, ist die Wahrheit so schwer zu finden wie eine Jungfrau bei einer Orgie. Daß der Löwe Bixi, wenn überhaupt, zu *Beginn* ihrer Zusammenarbeit ermordet hätte, war unbestreitbar. Doch daß Bixi schon frühzeitig bei der Zuhälterei seine Hände im Spiel gehabt haben sollte, klang für Peroni nicht ganz logisch. Falls er da schon mit dem Löwen gemeinsame Sache gemacht hatte, warum hätte er dann noch Harry's Bar in seinen Terminkalender eintragen sollen? Fürs erste jedoch würde diese Version vor Gericht akzeptiert werden müssen, und obwohl er wußte, daß die Vertraulichkeit zwischen zwei Trickbetrügern, die inzwischen die Vernehmung prägte, zwangsläufig noch zunehmen werden würde, blieb ihm nichts anderes übrig, als weiterzumachen.

»Und wie hoch war seine Beteiligung?«

»Fifty-fifty.«

»Sie müssen ihn ja ziemlich gut kennengelernt haben – wenn Sie über ein Jahr Partner waren?«

»Oh, das würde ich nicht unbedingt sagen. Nicht sonderlich gut. Es war eine reine Geschäftsbeziehung.«

»Sie müssen sich ein Bild von seinem Charakter gemacht haben. Was für ein Mensch war er?«

Der Löwe überlegte mit gespitzten Lippen. »Tja, verschlossen, würde ich sagen. Und clever. Kein Mensch, mit dem man sich gern angelegt hätte.«

Es entstand eine Pause. Die Fliege summte gereizt. Falls Sie keine weiteren Fragen an meinen Mandanten haben …?

»War er auch in andere Gondolieri-Geschäfte verwickelt?«

»Nicht, daß ich wüßte«, sagte der Löwe, wobei ein unendlich verschlagener Blick über sein Affengesicht huschte. »Er ließ sich nicht in die Karten gucken, wenn Sie wissen, was ich meine. Nur –«

»Nur?«

»Es ist bloß so ein Eindruck, *Commissario*, aber wenn er zu mir kam, hatte ich immer das Gefühl, daß er von jemand anders kam und anschließend zu jemand anders wollte. Daß er seine Runde machte.«

Unter welchem Hütchen steckt jetzt die Wahrheit? dachte Peroni.

Es war eine junge Frau aus Murano namens Cinzia, die zwar ganz sympathisch, aber etwas aufdringlich war.

»Verstohlen?« sagte Marta. »Ich? Das muß am Licht liegen.«

»Und wieso bringst du die Wäsche jetzt schon runter?«

Kümmer dich um deinen Kram! dachte Marta. Laut sagte sie: »Ich mach' es lieber in zwei Schüben – ist eine kleine Abwechslung. Was dagegen?«

»Nein, nein! Aber laß dich nicht dabei erwischen – es ist *ineffizient*!« Lächelnd betonte sie das Wort, das zu den etwas schärferen Ausdrücken zählte, mit denen die Hotelleitung gern einen Tadel formulierte. »*Ciao*!«

»*Ciao*, Cinzia!«

Marta ging in den kleinen Wäscheraum und schloß die Tür hinter sich. Das war ja gerade noch mal gut gegangen.

Die letzte Phase der Operation. Sie ging durch den Raum, legte den Wäschesack auf einen kleinen Tisch und öffnete das Fenster, das auf eine feuchte, gepflasterte *calle* hinter dem Hotel ging.

»Marta –«

Er war da, und schon bei seinem Anblick spürte Marta die Schmetterlinge in ihrem Bauch.

»Hast du's?«

»Ja.«

Sie nahm es aus dem Wäschesack und reichte es ihm durchs Fenster.

»Braves Mädchen! Wir sehen uns, wenn alles erledigt ist.«

Er warf ihr einen Kuß zu, und sie tat es ihm nach.

»Was haben Sie für einen Eindruck, Michelangelo?«

Wenn du dir diese Chance entgehen läßt, sagte sie sich, dann wirst du dir für den Rest deines Lebens selbst in den Hintern beißen. Sie ordnete ihre Gedanken gewissenhaft.

Die Vernehmung hatte zweierlei ergeben. Erstens, der Löwe war sehr wahrscheinlich nicht der Mörder. Auf *Dott.* Peronis Frage, was er am Montag abend gemacht hatte, hatte er erwidert, daß er zur fraglichen Zeit zwischen elf Uhr abends und ein Uhr morgens mit der Forlani und einem Kunden, den er als englischen Milord bezeichnet hatte, zusammengewesen war. Das kam der Wahrheit höchstwahrscheinlich ziemlich nahe, da es leicht zu überprüfen war.

Und zweitens war der Anwalt anscheinend nicht deshalb ermordet worden, weil er wußte, wer hinter den diversen kriminellen Machenschaften der Gondolieri steckte, sondern deshalb, weil er selbst es war, der dahinter steckte.

Sie wollte diese Gedanken gerade aussprechen, als der *Commissario* mit den Händen um sich schlug. Wieder diese Fliege.

»Soll ich Insektenspray holen, *Commissario*?«

»Bitte, Michelangelo.«

Sie stand auf und ging zur Tür, doch als sie einen Schritt auf den Flur getan hatte, rief er hinter ihr her: »Sie ist mit Ihnen zur Tür hinaus, Michelangelo!«

Er schien überraschend verstimmt darüber, als hätte die Fliege gehört, was sie vorhatten, und wäre absichtlich geflohen. Aber kein Wunder, daß seine Nerven blank lagen, dachte sie, als sie zurück ins Büro ging, nach seinem brillanten Einsatz am Vorabend.

»Was wollten Sie gerade sagen, Michelangelo?«

Seine dunklen südländischen Augen sahen nur sie. Sie setzte sich und machte sich erneut bereit, ihre klare, weibliche Logik unter Beweis zu stellen. Sie hatte bereits die Lippen geöffnet, um das erste Wort zu formen, als die Tür aufgerissen wurde und de Benedetti hereingestürmt kam wie ein Wildschwein in einen Gemüsegarten. Vor Zorn schloß sie einen Moment lang die Augen.

»Endlich habe ich was gegen den Leichenbestatter in der Hand, *Dottore*«, sagte er.

»Ah!« sagte Peroni, jetzt ganz auf de Benedetti konzentriert.

»Wieso gucken Sie so streng, Michelangelo?« sagte der schreckliche venezianische Polizist. »Habe ich was falsch gemacht? Also«, fuhr er fort, während er sich setzte, »der Leichenbestatter. Ich habe mich erkundigt, was Bixi in seiner Eigenschaft als Anwalt für die

Gondolieri getan hat. Nichts Besonderes – Kleinkram. Sie kriegen einen Bericht darüber. Aber gleichzeitig habe ich herausgefunden, was wirklich hinter dem Jobwechsel des Leichenbestatters steckt. Er hat jemanden erpreßt!«

Selbst Michelangelo mußte zugeben, daß das eine Entdeckung war.

»Ich habe erfahren, daß er mit einem Mann namens Cappelli, einem Venezianer, zu tun gehabt hatte. Ich bin also zu diesem Cappelli hin, und der hat mir erzählt, daß er eine Affäre mit einer Frau hatte – hören Sie weg, Michelangelo – und daß der Leichenbestatter versucht hat, ihn zu erpressen. Die Geschichte ist mittlerweile Schnee von gestern, sagte er, aber zu der Zeit wollte er sich scheiden lassen, und wenn die Affäre rausgekommen wäre, hätte er das Sorgerecht für seine Kinder verloren, was er auf keinen Fall riskieren wollte. Was hat er also gemacht? Er ist zu einem Anwalt, um ihn um Hilfe zu bitte. Und ich wette, Sie kommen nicht drauf, Michelangelo, zu welchem Anwalt er gegangen ist.«

Sie beschloß, daß die einzig mögliche Reaktion darauf würdiges Schweigen war.

»Genau!« fuhr de Benedetti fort. »Die Auszeichnung für die Polizistin des Jahres geht an Sofia Michelangelo! Er ist zu *Avv*. Bixi. Und für ein saftiges Honorar hat *Avv*. Bixi ihm den Leichenbestatter vom Hals geschafft. So fing das Ganze an. Der Leichenbestatter war gar nicht krank. Er war durch eine Anzeige wegen Erpressung bedroht, der er nur entging, wenn er sein Talent und sein Wissen in den Dienst von *Avv*. Bixi stellen würde.«

»Es wird Zeit, daß wir noch mal ein Wörtchen mit dem Leichenbestatter reden«, sagte Peroni.

In diesem Moment klingelte das Telefon, und Michelangelo nahm den Hörer ab. »*Pronto*?« sagte sie. »*Si*?«

Sie machte sich Notizen, während sie lauschte, und auf ihrem Gesicht zeichnete sich so ungläubige Verblüffung ab, daß die beiden Männer jeden Gedanken an den Leichenbestatter fallenließen und sie beobachteten. Schließlich legte sie den Hörer mit dem Blick einer Polizistin auf, die weiß, daß sie etwas Sensationelles zu verkünden hat.

»Lassen Sie mich raten«, sagte de Benedetti. »Unbekannte Hände haben einen in einem Sack verschnürten Gondoliere von der

Rialto-Brücke geworfen? Nicht minder geheimnisvolle Hände haben ein mit Maschinenteilen beladenes sowjetisches Schiff aus der Lagune verschwinden lassen? Oder die Madonna Nicopeia ist nachts aus der Markuskirche geklaut worden, obwohl alle Türen von innen verschlossen waren?«

Michelangelo wartete gelassen. Sie wußte, daß sie de Benedetti diesmal um eine Nasenlänge voraus war. Sie wartete, bis ihm die Ideen versiegten und rückte dann mit der Sprache heraus.

»Ein Originalmanuskript von Goldoni ist aus dem Zimmer eines Amerikaners im Hotel Vivaldi gestohlen worden.«

TEIL DREI

DER HAKER

»Dieser Mann, der überall hinkam,
allseits bekannt und allseits verachtet …«
Mémoires, Carlo Goldoni

Kapitel 13

Es ging um nationales Kulturerbe, und folglich sorgte die gestohlene Goldoni-Handschrift für beachtliches Aufsehen. Mehr als der Mord, dachte Peroni. Die widerstreitenden Meinungen im Hinblick auf die Echtheit der Handschrift hielten sich die Waage.

»Wenn auch nur eine einprozentige Chance besteht, daß sie echt ist«, so hatte *Dott.* Amabile befunden, als hinge die Ehre der gesamten Abteilung davon ab, »müssen wir die Sache überaus ernst nehmen. Es wäre die einzige erhaltene Goldoni-Handschrift, und als solche ein Denkmal italienischer Kultur von unermeßlichem Wert. Wie hat dieser Amerikaner das Manuskript überhaupt in seinen Besitz gebracht?«

Darauf wußte keiner eine Antwort.

»Tja, falls wir es wiederfinden, bekommt er es bestimmt nicht zurück. *Santo cielo*, da könnten wir ja auch da Vincis *Abendmahl* ins Ausland verschachern!«

Schließlich begab sich *Dott.* Muso ins Hotel Vivaldi, um den Amerikaner zu vernehmen, und die Mörderjagd, die nun irgendwie weniger wichtig zu sein schien, wurde wieder aufgenommen.

Als erstes, so beschloß Peroni, als er wieder in seinem Büro war, mußte der Leichenbestatter erneut vernommen und diesmal ordentlich in die Mangel genommen werden. Er wollte sich schon auf den Weg machen, doch irgend etwas hielt ihn zurück, eine diffuse Unzufriedenheit, die er zunächst nicht einordnen konnte.

Als ihm dann klar wurde, woher sie rührte, wollte er sie gleich wieder unter einen mentalen Teppich kehren, weil sie allzu beschämend war. Aber sie blieb nicht unter dem Teppich, und Peroni war gezwungen, sie genauer unter die Lupe zu nehmen.

Er hungerte nach Publicity.

Peroni war es gewohnt, im Rampenlicht der Öffentlichkeit zu stehen. Normalerweise wurden seine Ermittlungen begleitet von Fernsehkameras, Pressekonferenzen, Interviews. Doch der Mord an *Avv.* Bixi ließ das notwendige Interesse vermissen. Leider, so dachte er verbittert, hatten die Roten Brigaden den öffentlichen Hunger nach Gewalt so erschöpfend gestillt, daß es schon eines Völkermordes bedurft hätte, um ihn erneut zu wecken.

Oder natürlich die Ereignisse des Vorabends. Die besaßen nämlich alles, was erforderlich war, um Schlagzeilen zu machen. Bei der morgendlichen Konferenz hatte *Dott.* Amabile jedoch strikte Diskretion angeordnet. Für *Dott.* Amabile war strikte Diskretion das A und O; Peroni glaubte, daß das irgendwie mit dessen friaulischer Herkunft zusammenhing. Daher also keine Pressemitteilung über DIE KURTISANE IM SARG.

Doch falls jemand etwas durchsickern ließe? Amabile konnte die Geschichte schlecht abstreiten. Aber wer könnte sie durchsickern lassen? Peroni schielte zum Telefon hinüber. Der Gedanke war natürlich völlig ausgeschlossen.

Einen Moment später wurde eine Männerstimme, die mit deutlich toskanischem Akzent sprach, mit einem Reporter des *Gazzettino* verbunden.

»Gestern abend hat ein sensationeller Polizeieinsatz stattgefunden«, sagte die Stimme, »und zwar in der Nähe der Zattere …«

Dott. Muso gehörte zu den fünfzig Prozent, die das Manuskript für eine Fälschung hielten, und daher war er besonders erbost darüber, daß man ausgerechnet ihn dazu vergattert hatte, den spinnerten Amerikaner im Hotel Vivaldi zu vernehmen. Reine Schikane, so vermutete er.

»*Il Signor* Cornelius Ruskin?« sagte er, und aus seinem Munde klangen die fremdartigen Silben wie die Laute eines Menschen unter Folter.

Der Portier des Vivaldi, der so würdevoll wirkte wie ein päpstlicher Gesandter bei einem diplomatischen Abendempfang, hatte noch nicht einmal die Zeit, eine Augenbraue hochzuziehen, als sich auch schon ein völlig aufgelöster Amerikaner, der in der marmornen Empfangshalle auf und ab gegangen war, mit wildem Blick auf Muso stürzte.

»*Polizia*?« fragte der Amerikaner.
»*Si*«, sagte Muso.
»Ruskin«, sagte der Amerikaner und umklammerte Musos Hand wie ein Ertrinkender das rettende Seil. »Cornelius Ruskin. Wir können uns dort drüben unterhalten.«
Er zerrte Muso hinüber zu den tiefroten Ledersesseln, die das Hotel Vivaldi für die Behaglichkeit seiner Gäste um niedrige Glastische gruppiert hatte.
»Würden Sie mir bitte die ganze Geschichte erzählen, *Signore*«, sagte Muso, nachdem sie Platz genommen hatten.
»Vor ungefähr einer Stunde war ich im Bad«, sagte Ruskin in seinem Schulitalienisch, »und als ich wieder herauskam, war die Handschrift, die ich im Schreibtisch aufbewahrt hatte, verschwunden.«
»Um was für eine Handschrift handelt es sich genau?«
»Das Manuskript eines Schauspiels von Carlo Goldoni – ein untergegangenes Stück von Carlo Goldoni!« jammerte Ruskin den Tränen nahe.
»Echt?« sagte Muso skeptisch.
»Natürlich war es echt!«
»Wieso sind Sie sich da so sicher?«
»Ich bin – ich gelte als Autorität auf dem Gebiet. Goldoni und seine Zeit sind seit dem Studium mein Forschungsgebiet. Ich habe etliche Bücher darüber verfaßt.«
Musos Skepsis nahm ein wenig ab; tatsächlich waren die größten Experten für italienische Kultur fast immer Amerikaner. »Wie sind Sie an dieses Manuskript gekommen?« fragte er.
Zum erstenmal ließ die verzweifelte Dringlichkeit des Amerikaners nach. Er blickte peinlich berührt drein und spielte verlegen mit einer übergroßen Pfeife. »Tja, also das ist eine eigenartige Geschichte«, sagte er. Muso blickte ihn aus ausdruckslosen Augen an, wie sie für einige Polizisten typisch sind. »Vorgestern«, fuhr Ruskin beklommen fort, »bekam ich einen Telefonanruf von jemandem, der sich Rossi nannte. Er sagte, er sei in den Besitz einer Goldoni-Handschrift gelangt, die er mir für eine Millionen Lire verkaufen wollte.«
»Hat er gesagt, wie er sie bekommen hat?«
»Nein.«

Die Wahrscheinlichkeit, daß sie gestohlen worden war, stand drückend zwischen ihnen, und Muso tat nichts, um die Situation erträglicher zu machen. »Fahren Sie fort«, sagte er.

Ruskin schilderte die Instruktionen, die er erhalten hatte, und die Szene im Hauptpostamt.

»Wie konnten Sie denn die Echtheit des Manuskripts innerhalb von fünf Minuten feststellen?«

»Das war leicht. Zunächst einmal wußte ich von der Existenz des Stückes – Goldoni erwähnt es in seinen *Mémoires*, doch seit damals hat es niemand mehr zu Gesicht bekommen. Außerdem waren Tinte und Papier eindeutig aus dem 18. Jahrhundert. Es war Goldonis Handschrift und offensichtlich in fieberhafter Hast geschrieben – wie er es immer tat. Und der Stil, niemand könnte Goldonis Stil so imitiert haben! Es war einmalig, unverkennbar, sublim!«

»Was würden Sie sagen, wieviel es wert ist?« sagte Muso, unbeeindruckt von Ruskins gequälter Begeisterung.

»*Unbezahlbar*!« rief der Amerikaner, woraufhin der Portier des Vivaldi mit einem nahezu unmerklichen und sogleich wieder geglätteten Naserümpfen aufblickte. Im Vivaldi erhob niemand seine Stimme.

»Sie haben eine Million dafür bezahlt«, wandte Muso unfreundlich ein, »heutzutage nicht gerade eine Riesensumme.«

»Aber das kann man nicht nach finanziellen Gesichtspunkten sehen!« polterte Ruskin. »Eine Million, eine Milliarde, eintausend – das spielt doch in diesem Zusammenhang überhaupt keine Rolle! Der berechenbare Wert der Handschrift ist gleich Null. Aber als untergegangenes Drama aus Goldonis genialster Schaffensperiode ist der Gesamtbestand der Bank von Italien nichts dagegen!«

Wäre Peroni anwesend gewesen, so hätte er sich vermutlich gedacht, daß der Gesamtbestand der Bank von Italien ohnehin kaum der Rede wert war. Muso hatte jedoch eine unterwürfigere Haltung dem Establishment gegenüber und kalkulierte nur, daß er entgegen allen Erwartungen vielleicht doch endlich einen richtig großen Fall hatte.

»Wenn es Ihnen nichts ausmacht, *Signore*«, sagte er und wuchtete sich aus dem tiefroten Ledersessel, »würde ich mir gerne mal Ihr Zimmer ansehen. Und anschließend unterhalte ich mich mit der Hotelleitung.« Dann fiel ihm etwas ein. »Wie hieß das Stück?«

»*Die Dienerin von Stand*«, sagte Cornelius Ruskin.

Peroni war einigermaßen zuversichtlich, daß seine Taten nicht länger ignoriert werden würden, und eigentlich hätte er sich nun dem Leichenbestatter widmen können. Doch aus unerfindlichen Gründen trödelte er herum, spielte mit dem Bleistift, rauchte eine seiner englischen Schwarzmarktzigaretten, räumte seinen Schreibtisch auf.

Das interne Telefon läutete, und Peroni nahm den Hörer ab.

»*Pronto*?«

»*Dottore*?« Er erkannte *Dott.* Amabiles höflich belehrenden Tonfall. »Ich wurde soeben davon in Kenntnis gesetzt, daß im Corte Balbi eine weitere Leiche gefunden wurde. An genau derselben Stelle wie *Avv*. Bixi.«

Die Meldung war durch einen ziemlich zusammenhanglosen Telefonanruf eingegangen, und Amabile hatte keine weiteren Informationen. Peroni verständigte de Benedetti, und sie liefen nach unten zu dem schon wartenden Polizeiboot.

Ihre Fahrt wirkte wie eine seltsame Wiederholung der Fahrt, die sie drei Tage zuvor unternommen hatten. Sie begegneten sogar wieder einer Gondel, als sie aus dem Canal Grande abbogen, und Peroni glaubte schon fast, sich selbst fragen zu hören, wie sie mit so langen Booten derart enge Kurven nehmen konnten, und de Benedettis Antwort, daß es große Geschicklichkeit verlange, *Dottore*.

Aber als sie in der Nähe des Fenice ausstiegen, verflüchtigte sich dieser Déjà-vu-Eindruck, denn die Menschenmenge, die vor drei Tagen gerade erst im Begriff gewesen war, sich durch den Bogengang in den Hof zu schieben, war jetzt bereits da und drängte sensationslüstern in Richtung Tod.

Peroni, de Benedetti und die Männer, die sie begleiteten, brauchten zehn Minuten, um sich bis zum Mittelpunkt vorzuarbeiten, so dicht gedrängt standen die Menschen. Während sie sich durch die Menge schoben, überlegte Peroni, daß von nun an keine Notwendigkeit mehr bestehen würde, das Medieninteresse künstlich zu wecken.

Als sie die Leiche endlich erreicht hatten, stellte sich heraus, daß es sich bei dem ehemaligen Besitzer des Körpers so ziemlich um den letzten Menschen handelte, mit dem Peroni gerechnet hätte.

Der Manager des Hotel Vivaldi wirkte wie ein Großadmiral in Zivil, im Augenblick jedoch wie ein Großadmiral, dessen Flaggschiff torpediert worden ist.

»Wollen Sie andeuten«, sagte er zu Muso, »daß ein Mitarbeiter dieses Hotels für den Diebstahl verantwortlich ist?«

»Oder einer der Gäste«, sagte Muso, der, wie man in Italien sagt, keine Haare auf der Zunge hatte.

Der Miene des Managers war schwer zu entnehmen, ob diese Möglichkeit besser oder schlimmer war als die erste. Er seufzte leise und erhob sich aus seinem Bürosessel. Er und Muso waren körperlich krasse Gegensätze, der eine klein, dick, verschwitzt und zerknautscht, der andere groß, gut gebaut, kühl und makellos.

»Dieses Büro«, sagte der Manager,» steht zu Ihrer Verfügung. Ich werde dafür sorgen, daß sämtliche Mitarbeiter nacheinander zu Ihnen geschickt werden. Ich muß Sie lediglich bitten, größtmögliche Diskretion zu wahren.«

»Selbstverständlich«, sagte Muso, der dem Gesichtsausdruck des Managers entnahm, daß dieser mit Angehörigen in den höchsten Stellen der Polizeihierarchie Umgang pflegte, die entsprechend reagieren würden, wenn auch nur das kleinste Gerücht über Unkorrektheiten im Vivaldi an die Öffentlichkeit drang.

Nachdem der Manager sich zurückgezogen hatte, nahm Muso erleichtert Platz. Drei Minuten später klopfte es an der Tür, die sich gleich darauf öffnete, um ein Zimmermädchen namens Elena Turriddu einzulassen, das ausgesprochen verängstigt dreinblickte.

Noch im Tode war der durchdringende und charakteristische Körpergeruch des Hakers wahrnehmbar, der ihm gleichsam als vorläufige Ehrenwache gedient hatte, um die Menge in respektvollem Abstand zu halten, bis die Polizei eintraf.

»Wer hat ihn gefunden?«

Diesmal war es eine Gruppe von Kindern gewesen, die in dem Hof hatten spielen wollen. Die Leiche war völlig unter dem gleichen Stück Segeltuch versteckt gewesen, mit dem schon Bixis Leiche zugedeckt gewesen war, und der Grund, warum sie so relativ spät am Vormittag gefunden worden war – nach elf Uhr – war der, daß am Morgen noch niemand den Hof betreten hatte, bis die Kinder gekommen waren und ein vorwitziger kleiner Junge, dessen

Neugier durch den Geruch geweckt worden war, unter das Segeltuch geschaut hatte.

»Dieselbe Stelle, aber nicht dieselbe Todesursache«, sagte Peroni, nachdem er sich vergewissert hatte, daß der Hinterkopf unversehrt war.

»Keine sichtbare Verletzung«, sagte de Benedetti.

»Knapp unterhalb des Kiefers ist ein Bluterguß«, sagte Peroni. »Schlecht zu sehen, wegen der Stoppeln, aber da ist einer.«

»Warum gerade er?« sagte de Benedetti und lehnte sich in der Hocke ein wenig zurück, weg von dem Geruch.

»Wenn wir das wüßten«, erwiderte Peroni, »wären wir schon ein Riesenstück weiter.« Insgeheim dachte er, daß der Tod des Hakers seit der Entdeckung von Bixis Leiche der größte Glücksfall war – für die Polizei, wenn auch nicht für den Haker selbst. Was für ein Motiv auch hinter dem Mord stecken mochte, er brachte Bewegung in die Sache, und wenn sich etwas bewegte, bot sich ihnen die Gelegenheit, einen Blick auf die darunter liegende Wahrheit zu erhaschen. Immer vorausgesetzt natürlich, daß sie nicht nur Schlamm aufwirbelten.

Der Polizeiarzt traf ein und machte sich an die Arbeit, nachdem er allen die Hand geschüttelt und ein paar medizinische Witzeleien über den Geruch vom Stapel gelassen hatte.

»*Mirabile dictu*, fürwahr!« Von der Polizei unbemerkt hatte *Dott.* Tron seinen hohen grauen Wipfel durch die Menge geschoben und streckte nun seine Äste aus, um Hände zu schütteln.

»*Pallida mors aequo pulsat pede*,« fuhr er fort, nachdem er die Identität des Verstorbenen erfahren hatte. »Der bleiche Tod macht wahrlich alles gleich. Zuerst ein Anwalt, dann der Haker. Aber was für eine Verbindung kann zwischen den beiden bestehen?«

»Die Gondel«, sagte Peroni. »Sie hatten beide mit der Welt der Gondolieri zu tun.« Seine Überlegungen schwankten wie Greifarme und umklammerten schließlich eine Hypothese. »Und vielleicht noch etwas anderes. Was wissen wir mit Sicherheit über den Haker? Daß man ihm überall in Venedig begegnen konnte. Wie dem Wasser. Er konnte jederzeit egal wo auftauchen, und niemand hätte sich gewundert. Ein Mensch, der das kann, hatte die besten Voraussetzungen, um Geheimnisse aufzuschnappen. Und damit hätten wir eine weitere mögliche Verbindung zu Bixi – auch er war ein Sammler von Geheimnissen.«

»Aber der Haker war geistig zurückgeblieben«, gab de Benedetti zu bedenken.

»Woher wissen wir das?« sagte Peroni. »Ein solches Gerücht läßt sich leicht verbreiten. Und gerade die Tatsache, daß alle *meinten*, er wäre zurückgeblieben, hätte es ihm um so leichter gemacht, Dinge zu sehen und zu hören, die vor jedem anderen versteckt worden wären.«

»Und sein Stummsein?« wandte de Benedetti ein.

»Hat ihn nicht gehindert zu hören. Oder zufällig etwas aufzuschnappen. Und was die Verständigung angeht, so hätte er schreiben oder Zeichensprache benutzen können.«

»Wohin führt uns das, *Dottore*?«

»Vielleicht nirgendwohin. Es ist bloß so eine Idee. Aber falls der Haker ein Spezialist für Geheimnisse war, dann hat er vielleicht eins zuviel in Erfahrung gebracht. Möglicherweise sogar das Geheimnis, wer *Avv.* Bixi getötet hat.«

Der Doktor trat zu ihnen und zündete sich eine krumme toskanische Zigarre an. »Ich muß ihn mir genauer ansehen«, sagte er, »aber ich kann Ihnen schon jetzt mit ziemlicher Sicherheit sagen, daß er einen heftigen Schlag auf den Kiefer bekommen hat und einen zweiten auf den Hinterkopf. Und er wurde nach dem Tod hierhergeschafft.«

»Wie Bixi ...«

»*Si-i.*« Der Doktor ließ die Bejahung langsam aus dem Mund gleiten, vermischt mit Rauch. »Wenn ich ihn gründlich untersucht habe, werde ich Ihnen mehr sagen können.«

»Und was schlagen Sie jetzt vor, *Dottore*?« fragte Tron Peroni.

»Ich empfehle«, sagte Peroni geschmeichelt, weil die Initiative eigentlich von dem Richter hätte ausgehen müssen, »daß wir uns darauf konzentrieren, alles über den Haker herauszufinden. Seinen Hintergrund und seine Aktivitäten.«

»*Optimum*!« sagte Tron, und seine höchsten Blätter wiegten sich zustimmend. »Und vielleicht wäre es von Vorteil, wenn wir irgendwann heute nachmittag eine Besprechung abhalten würden? Bis dahin müßten wir alle mehr wissen.«

Man beschloß, daß diese Besprechung um vier Uhr im Büro von *Dott.* Amabile stattfinden sollte.

Als kurz darauf der Polizeifotograf die obligatorischen Fotos gemacht hatte, ordnete *Dott.* Tron an, daß die Leiche des Hakers abtransportiert wurde, und entwurzelte sich zwecks vorübergehender Einpflanzung an anderer Stelle.

Nachdem er gegangen war, gab es eine kleine Unterbrechung, während Peroni nachdenklich die sterblichen Überreste betrachtete, die auf eine Trage gelegt wurden, um zum wartenden Ambulanzboot gebracht zu werden.

»Don Amos und der Löwe«, sagte er schließlich.

»Wie bitte?« sagte de Benedetti verwundert.

»Über die beiden möchte ich auch mehr wissen. Nicht bloß über den Haker. Oberste Priorität für alle drei, *Dottore*. Irgendwo, irgendwie gibt es etwas in ihrem Leben, aus dem sich die Antwort zusammensetzen läßt. Ein Priester, ein Zuhälter und der letzte Haker von Venedig.«

Kapitel 14

Muso erfuhr so einiges über die Arbeitsabläufe in einem großen Hotel, aber nichts über den Diebstahl einer Goldoni-Handschrift. Ein Dutzend höflicher und respektvoller junger Frauen waren vor ihm erschienen, aber trotz seines von Natur aus übellaunigen Wesens glaubte Muso nicht, daß eine von ihnen den Diebstahl begangen hatte oder etwas darüber wußte.

Ein dreizehntes Mal klopfte es. Barbara Melanzi aus Padua. Seit einem Jahr im Vivaldi. Arbeitete im fünften Stock, zwei über dem von Cornelius Ruskin. Meistens zusammen mit Elisabetta Ferrari, deren Vernehmung ebenfalls nichts erbracht hatte.

»Ist Ihnen heute morgen irgend etwas Ungewöhnliches aufgefallen?«

Zum erstenmal schien Muso Erfolg beschieden zu sein. Statt des höflichen Blickes, der jede Möglichkeit bestritt, daß im Vivaldi etwas Ungewöhnliches geschehen könnte, wechselte Barbara Melanzi die Gesichtsfarbe und machte einen halbherzigen Versuch, verneinend den Kopf zu schütteln.

Muso ging auf sie los wie ein verhungerter Hund auf eine verletzte Maus. »Hören Sie doch auf«, fuhr er sie an. »Mir machen Sie nichts vor! Was war los?«

»Aber es ist nichts –«

»Ich entscheide, was es ist und was es nicht ist! Heraus mit der Sprache!«

»Na ja«, begann sie, verängstigt zögernd, »ich bin im fünften Stock in die Toiletten gegangen« – im Vivaldi sagte man unter allen Umständen ›Toiletten‹ – »und ich hab' eine von den Türen aufgestoßen, um die – Rolle zu wechseln. Ich hab' zu spät gemerkt, daß jemand drin war. Es war –«

»Ja?«

»Susanna Bosi.«

Eines von den bereits vernommenen Zimmermädchen. »Und was hat sie gemacht?« fragte er, so vom Jagdfieber gepackt, daß er gar nicht merkte, wie albern die Frage klang.

»Sie hat – eine Zigarette geraucht«, stammelte Barbara Melanzi.

Peroni hatte sich verlaufen. Was zwar in Venedig nicht selten passierte, aber immer ärgerlich war. De Benedetti war etwas essen gewesen und dann zurückgekommen, um Peroni abzulösen, damit auch er etwas essen gehen konnte. Da eine Pizza die schnellstmögliche Variante war, hatte er sich auf den Weg zu einer Pizzeria gemacht, in die er öfters ging. Und dabei irgendwie eine Abzweigung verpaßt. Oder eine zuviel genommen. Wie auch immer, jedenfalls war ihm dieser Teil Venedigs völlig unbekannt.

Er bog um eine Ecke und sah vor sich einen Zeitungskiosk, dessen Insassen er gerade nach dem Weg fragen wollte, als sein Blick auf eine Ausgabe von *La Notte* fiel, deren Schlagzeile verkündete: GONDOLIERE ERWECKT KURTISANE AUS DEM 18. JAHRHUNDERT VON DEN TOTEN! Und darunter stand etwas kleiner: *Dreister Schwindel aufgedeckt durch vorbildlichen Einsatz von Achille Peroni, dem neapolitanischen Genie.*

Für einen Augenblick alles vergessend und nur den Erfolg seines verwerflichen Schachzuges vor Augen, kaufte er eine Zeitung und las sie im Weitergehen. Die Stunden vor der Veröffentlichung waren ereignislos gewesen (der Mord am Haker war bis dahin noch nicht bekannt geworden), und die Geschichte war zu einem knallbunten Fesselballon aufgeblasen worden, um die Träume der Leser in eine Glitzerwelt voller Intrigen, Hexerei und verbotener Gelüste zu befördern. Auf der ersten Seite war sogar ein Kasten, in dem die Karriere des neapolitanischen Genies dargestellt wurde. PERONI, DER UNFEHLBARE! stand darüber, und dann waren einige seiner publicitywirksameren Erfolge aufgeführt.

Erfreut über das Ergebnis, auch wenn er die Mittel bedauerte, mit denen es erzielt worden war, blickte er von der Zeitung auf und sah, daß die Gegend ihm bekannt vorkam, obwohl er noch immer nicht genau wußte, wo er war. Und dann hörte er eine Stimme.

»Sind Sie hier auf Mörderjagd, *Commissario*? Kommen Sie

doch lieber hoch und essen mit zu Mittag. Ich habe gerade ein lekkeres Fischrisotto fertig.«

Die Stimme kam von oben und war eindeutig die von Estrella Partecipazio.

Cinzia Murari wünschte, sie hätte die Vernehmung bereits hinter sich. Keiner wußte, warum die Polizei überhaupt gerufen worden war, obwohl in den Gängen des Vivaldi die wildesten Gerüchte kursierten. Und die Fragen, die der Polizist stellte, machten die Sache auch nicht klarer; er wollte bloß wissen, wo alle an dem Morgen gewesen waren. Und sie sagten, daß er noch nicht mal besonders freundlich wäre. Aber immerhin waren die anderen lebend wieder rausgekommen, und sie mußte es nun mal durchstehen. Sie hob die Hand und klopfte an die Bürotür.

»*Avanti!*«

Sie ging hinein. Der Polizist tupfte sich gerade den Hals mit einem Taschentuch ab, und er sah wütend aus.

»Setzen Sie sich!«

Sie setzte sich und wartete ergeben ab, daß er anfing. Name, Geburtsdatum, Adresse, Familienstand. Wo war sie heute morgen gewesen? Mit wem? Waren sie die ganze Zeit dort geblieben? Wo war sie hingegangen? Hatte sie auf dem Weg dorthin oder wieder zurück irgend jemanden gesehen?

Plötzlich stockte der Rhythmus der Fragen, und beiden wurde klar, daß sie einen entscheidenden Punkt erreicht hatten.

»Wer?«

Marta hatte wirklich verstohlen dreingeblickt, und zu der Zeit hätte sie gar nicht unten im Wäschcraum sein sollen. Aber wahrscheinlich war das alles ganz harmlos, und überhaupt, wieso sollte sie eine Freundin an diesen unfreundlichen Polizisten verraten?

»Wer?« Der dicke Mann spuckte ihr die Silbe entgegen wie einen Giftbrocken.

»Niemand!«

»Also schön. Dann werde ich dem Manager sagen, daß Sie Informationen zurückhalten.«

Das war's. Das gesamte Personal des Vivaldi lebte in ständiger Furcht vor dem Manager, einem beinahe übermenschlichen Wesen, das Macht über Leben und Tod zu haben schien. Und Muso sah sofort, daß er gewonnen hatte.

»Wer?« Diesmal ein Flüstern.

»Marta.«

»Ich kann nicht, *Signorina*. Es ist noch jemand getötet worden und –«

»Wer?«

»Der Haker.«

»Oh, nein! Wieso denn ausgerechnet er?«

»Deshalb kann ich ja nicht hochkommen, *Signorina* – ich muß es herausfinden.«

»Aber haben Sie denn schon zu Mittag gegessen?«

Sie lehnte aus einem Fenster im ersten Stock, ihr Aprilgesicht umrahmt von Geranien. Peroni mußte zugeben, daß er noch nicht gegessen hatte.

»Na, dann können Sie doch genausogut hier essen«, sagte sie. »Kein Essen geht schneller als das, was bereits gekocht ist.«

»Gegen das Argument bin ich machtlos.«

»Die Haustür ist offen. Sie kennen ja den Weg.«

Als er um das Haus zur Vorderseite des Palazzos ging, redete Peroni sich ein, daß es sich um ein schwimmendes Gebäude handeln mußte, das durch Venedig trieb und nach Lust und Laune irgendwo zur Ruhe kam, doch in Wahrheit, und das wußte er ganz genau, hatte der innere Peroni mit der etwas anrüchigen Moral, der mit der labyrinthischen venezianischen Geographie unter einer Decke steckte, ihn absichtlich hierhergeführt, und zwar in der Hoffnung, daß es zu ebendieser Begegnung kommen würde.

Als er erneut die runde Treppe des Partecipazio-Palastes hinaufging, kam ihm Estrellas Vater entgegengepurzelt wie eine menschliche Kanonenkugel. Und die Kanonenkugel war das Opfer zweier gegensätzlicher Emotionen, die ihn abwechselnd übermannten und sich gegenseitig verdrängten.

»Mein lieber *Commissario*! So eine Ehre! So eine Freude! Aber was für Neuigkeiten bringen Sie uns da! Nie hätte ich gedacht, als ich heute morgen aufwachte, daß der große *Commissario* Peroni wieder unter meinem Dach sein würde! Ausgerechnet der Haker! Der arme, arme Kerl! Aber warum haben Sie nicht angerufen,

Commissario? Ich hätte Sie doch mit der Gondel abgeholt! Wir hätten etwas vorbereitet, das einem so ehrenwerten Gast ein wenig würdiger gewesen wäre! Was für eine Tragödie! Ermordet, sagen Sie, *Commissario*? Das darf doch nicht wahr sein!«

Wieder betrat Peroni den Raum mit der hohen Decke und dem Ausblick auf den Kanal. Diesmal stand Estrella am Tisch und legte ein weiteres Gedeck auf.

»Alles schön heiß und tischfertig«, sagte sie, »wie versprochen. Setzen Sie sich, und ich hole das Essen.«

Peroni und Partecipazio setzten sich, und Partecipazio goß den Wein ein.

»Auf Ihr Wohl, mein lieber *Commissario*!« sagte er.

»Auf das Ihre«, sagte Peroni. »Sie kannten den Haker natürlich?«

»Der arme Kerl, ja, ich kannte ihn.«

»Wie haben Sie sich mit ihm verständigt?«

»Ich kann nicht behaupten, daß ich mich so häufig mit ihm verständigt hätte, aber wenn, dann durch Zeichensprache, wie man sie in einem fremden Land benutzen würde, um sich verständlich zu machen.«

»Als wir das letzte Mal über ihn sprachen, deuteten Sie an, daß er recht einfältig war. Sind Sie sicher, daß das stimmte?«

»Das hat jeder von ihm angenommen.«

»Aber das ist doch nicht notwendigerweise dasselbe, oder? Hätten Sie ihn als Idioten bezeichnet?«

»Nein, nein, als Idioten wahrscheinlich nicht ...«

»Erheblich unter normal?«

»Möglicherweise ...«

»Leicht unter normal?«

»Es ist schwer, die Intelligenz eines Menschen einzuschätzen, wenn er stumm ist, *Commissario*.«

»Genau das denke ich auch«, sagte Peroni.

Dann kam Estrella mit dem Risotto, und sie aßen. Wieder unterhielt Partecipazio Peroni mit Geschichten aus dem venezianischen Adel, die jedoch gegen Ende der Mahlzeit zusehends sprunghafter wurden, als könne er sich nicht mehr ganz konzentrieren. Dann versiegten sie gänzlich, und seine Augen huschten immer häufiger zu der Uhr über dem Kamin. Er zog seine alte Schnupftabakdose aus der Tasche, nicht um eine Prise zu nehmen, sondern um ruhelos den Deckel zu öffnen und zu schließen und mit dem Daumen darüberzustreichen. Dann, als Estrella verkündete, sie würde den Kaffee holen, stand er auf, als könnte er es auf seinem Platz nicht länger aushalten.

»Für mich nicht«, sagte er, »für mich nicht. Leider muß ich Sie jetzt verlassen, *Commissario*«, fuhr er, an Peroni gewandt, fort. »Ich muß einen alten Freund besuchen, der krank daniederliegt und jeden Nachmittag meinen Besuch erwartet. Ich bedauere es sehr, mich Ihrer Gesellschaft entziehen zu müssen, die ich über alles schätze, aber Freundschaft verlangt auch Opfer. Wir werden Sie jedoch wiedersehen, *Commissario* – betrachten Sie dieses Haus unbedingt als das Ihre.«

Sich verbeugend und unablässig redend, ging er rückwärts zur Tür und verschwand dann, mit einer letzten schwungvollen Gebärde der Bewunderung und Hingabe. Ohne ihn wirkte der Raum seltsam still.

»Sie müssen ja auch gehen. Ich hole noch rasch den Kaffee«, sagte Estrella und ging mit einem Ausdruck, den Peroni nicht deuten konnte, aus dem Zimmer.

»Nehmen Sie sich einen Cognac«, rief sie aus der Küche. »Im Eckschrank ist eine Flasche Courvoisier – Papa sagt immer, italienischer Brandy ist ekelhaft. Im Schrank sind auch Gläser.«

Es war nicht der richtige Moment für einen Cognac, und das wußte Peroni auch, aber es ist immer schwierig, aus der Entfernung etwas abzulehnen, und so bediente er sich.

»Ihr Vater ist ja ein richtiger Wohltäter«, sagte er, als sie mit dem Kaffee zurückkam. »Gondolieri in Schwierigkeiten, und jetzt macht er auch noch Krankenbesuche.«

»Es ist niemand krank!« sagte sie angewidert. »Oder falls doch, besucht Papa ihn nicht. Er ist zum Glücksspiel gegangen. Er muß heute morgen irgendwie Geld in die Finger bekommen haben, und jetzt ist er losgezogen, um es zu verspielen.«

»Aber um diese Zeit ist das Casino doch nicht auf.«

»Papa braucht genausowenig ein Casino zum Spielen, wie ein Alkoholiker eine Bar zum Trinken braucht. Und da es in Venedig noch jede Menge Leute wie ihn gibt, ruinieren sie sich sozusagen in gegenseitigem Einverständnis. Glücksspiele sind das große venezianische Laster, *Commissario*, und Papa ist vor allem durch und durch Venezianer. Außerdem liegt es ihm im Blut. Glücksspiele sind, so könnte man sagen, der Niedergang des Hauses Partecipazio.«

Sie sagte es als Scherz, aber Peroni konnte den fernen Sirenenruf der Melancholie vernehmen, der im Gespräch mit Estrella nie lange still blieb. »Und Sie?« fragte er.

Sie spitzte die Lippen. »Ob ich spiele? Nein. Zumindest nicht mit Karten.«

»Womit dann?« Noch während er die Frage aussprach, wußte er, daß sie unklug war und dazu angetan – wenn nicht sogar dazu angelegt –, das Gespräch in gefährliches Gewässer zu steuern.

»Ach, mit dem Leben im allgemeinen«, sagte sie. »Wie Sie, *Commissario*. Oder wie der neapolitanische Gassenjunge in Ihnen.«

Aus Erfahrung wußte Peroni, daß, wenn eine Frau erst einmal von der Existenz des neapolitanischen Gassenjungen erfahren hatte, der *Commissario* in ernsten Schwierigkeiten steckte. Es war Zeit zu gehen, bevor ihm die Situation völlig entglitt.

»Nehmen Sie doch noch einen Cognac«, sagte Estrella.

Es war, als würde die Flasche Courvoisier durch die Hand eines alten Feindes angehoben. Während er trank, ging sie zu einem der hohen Fenster über dem Kanal und schaute hinaus.

»*Commissario*«, sagte sie nach einem Moment.

»Ja, *Signorina*?«

»Kommen Sie doch mal her.«

Er tat wie geheißen und fragte sich verwundert, was sie wohl gesehen haben mochte; daher war er um so überraschter, als sie sein Gesicht in beide Hände nahm und ihn küßte. Der Ruf der Pflicht wurde zuvorkommend leiser. Doch plötzlich machte sich etwas anderes störend in seinem Kopf bemerkbar, so daß er den Kuß, der seinen Mund so köstlich ausfüllte, nicht richtig genießen konnte.

Und dann wußte er, was es war. Es ärgerte ihn, daß sie die Initiative ergriffen hatte, und noch dazu so gekonnt. All die Jahre, die er inzwischen aus Neapel fort war, all die Erfahrungen, die er mit Frauen aus anderen Gegenden gemacht hatte, hatten ihn nicht von dem fürchterlichen Stolz des neapolitanischen Mannes heilen können, der das Recht auf den ersten Schritt für sich reklamiert.

Vergiß es, sagte er sich, genieße einfach dieses Geschenk.

Doch es war, als würde seine engstirnige und ungewollte Reaktion heimtückisch mit dem Kuß in ihre Gedanken übergehen, und er spürte, wie sie in seinen Armen erstarrte und sich einen Augenblick später von ihm löste.

»Nicht ich hätte anfangen sollen, stimmt's?« sagte sie, und der Zorn in ihrer Stimme wurde von Traurigkeit verschleiert.

»Das ist nicht wahr, *Signorina* –«

»Sie finden es schockierend, wenn eine Frau einem Mann zeigt, daß sie ihn will, bevor er sie fragt, nicht wahr, *Commissario*?«

»Nein, *Signorina* –«

»Sie müssen es nicht abstreiten, *Commissario*. Sie sind ein Mann. Und aus dem Süden. Daran ist nichts auszusetzen. Es macht Sie zu dem, was Sie sind – und es macht Sie begehrenswert. Aber es läßt Sie auch so denken, wie Sie denken.«

»*Signorina*«, sagte Peroni, »können wir das alles nicht einfach vergessen, und noch einmal von vorne anfangen.«

Sie schüttelte langsam bedauernd den Kopf. »Sie werden mich für scheinheilig halten«, sagte sie, »oder Schlimmeres. Vielleicht halte ich mich ja sogar selbst dafür. Aber der Augenblick, der eben noch da war, ist vorüber, und ich glaube, daß es falsch wäre, wenn es nicht der richtige Augenblick ist.«

»Wird er wiederkommen, *Signorina*?« Peroni klang ungewohnt demütig.

»Ich hoffe es, *Commissario*.« Sie hielt inne und sprach dann mit einem Lächeln weiter, in dem keine Heiterkeit lag. »Gehen Sie«, sagte sie. »Sie müssen herausfinden, wer den Haker ermordet hat.«

Erst als er unten am Kai des Kanals stand, wurde Peroni klar, daß die unbekannte Welt mit den schwebenden Grenzen, die er erstmals auf der Insel wahrgenommen hatte, wieder an sie herangetrieben war und sie gelockt hatte einzutreten.

Und er hatte diese Welt erneut dem Spiel der Gezeiten ausgesetzt.

Kapitel 15

Ein Besuch im Wäscheraum genügte Muso, um das herauszufinden, was *Dott.* Tron den *Modus operandi* genannt hätte. Marta hätte das Manuskript in einem Wäschesack verstecken und es dann durch das Fenster an einen Komplizen weiterreichen können.

Diese Schlußfolgerung war leicht. Aber die junge Frau zu einem Geständnis zu bringen war etwas anderes. Als sie vor ihm erschien, musterte Muso sie mit einem feindseligen Gesichtsausdruck, der nur teilweise kalkuliert war. Sie war dunkelhaarig, ungefähr zwanzig, und sie besaß jene besondere venezianische Attraktivität, die selbst die strenge Uniform der Zimmermädchen des Vivaldi nicht verdecken konnte. Muso ließ sie eine volle Minute an der Tür stehen, während derer seine Schweinsäuglein sie ausdruckslos fixierten.

»Setz dich«, sagte er schließlich und benutzte die zweite Person, als wäre sie bereits eine überführte Diebin. Sie setzte sich, und Muso nahm sich Zeit, um mit seinem kriminalistischen Geschoß genau zu zielen. »Was weißt du«, fragte er schließlich, »über Goldoni?«

Die Frage sollte sie überrumpeln, denn außer dem Manager war niemand über den Gegenstand der Befragungen in Kenntnis gesetzt worden, doch soweit er sehen konnte, zeichnete sich in ihrem Gesicht nichts anderes ab als Verblüffung über die unerwartete Frage.

»Luca Goldoni, *Signore*?«

Ohne genau zu wissen, warum, hatte Muso das Gefühl, daß er sein Trumpfas falsch ausgespielt hatte, und die finstere Zorneswelle, die sich in ihm aufgebaut hatte, seit er ins Vivaldi geschickt worden war, brandete jetzt auf sie zu. »Laß die Mätzchen!«

»Welche Mätzchen, *Signore*?« Sie sprach mit der beherrschten Höflichkeit eines Vivaldi-Zimmermädchens gegenüber einem erzürnten, ungehobelten Touristen, der sich unwiderruflich ins Unrecht gesetzt hat.

»Sie wollen mir doch wohl nicht erzählen, daß eine junge Frau wie Sie bei dem Namen Goldoni zuerst an den Journalisten Luca Goldoni denkt, und nicht an den Dramatiker Carlo Goldoni!«

»Da haben Sie absolut recht, *Signore*«, sagte sie. »Es lag nur daran, daß Luca Goldoni letzte Woche Gast hier im Hotel war.«

Muso spürte, wie die Vernehmung seiner Kontrolle entglitt, woraufhin kleine Hämmerchen in seinem Magen anfingen, schmerzlich zu pochen. »Schilder mir deine Aktivitäten heute morgen«, schnarrte er, bemüht, die Beherrschung mit gesteigerter Verdrießlichkeit zurückzuerlangen.

»Meine was, *Signore*?«

Er konnte nicht sagen, ob sie die Frage tatsächlich nicht verstanden hatte oder ob sie nur so tat.

»Wo du heute morgen warst«, sagte er, »was du alles gemacht hast.«

»Ja, *Signore*.«

Sie runzelte vor angestrengter Konzentration die Stirn und fing dann an, ihren Morgen detailliert zu beschreiben, ohne den heimlichen Abstecher in den Wäscheraum zu unterschlagen.

»Warum hast du die Wäsche schon so früh runtergebracht?« unterbrach Muso sie. »Hättest du das nicht erst eine halbe Stunde später tun sollen?«

Seine letze Hoffnung, sie aus der Fassung zu bringen, wurde enttäuscht. »Ganz genau, *Signore*«, sagte sie. »Die Wäsche aus meinem Stockwerk wird normalerweise um halb elf runtergebracht. Aber wissen Sie, heute morgen hatte ich soviel, und dann mache ich das schon mal so – zweimal gehen, meine ich. Außerdem verstößt es eigentlich nicht gegen die Vorschrift.«

Wieder war ihm nicht klar, ob sie wirklich so naiv war, wie sie tat. Er befragte sie weiter, erfuhr aber nicht viel. Es war, als hätte er einen kurzen Blick auf die Wahrheit erhascht, sich darauf gestürzt und danach gefaßt, nur um jetzt mit leeren Händen dazustehen. Peroni hätte ihm sagen können, daß man nie versuchen sollte, die Wahrheit zu fassen zu bekommen.

Enttäuscht ließ er sie gehen. Erst als sie den Raum bereits verlassen hatte, fiel ihm der Titel der gestohlenen Komödie erneut ein.

Eine Dienerin von Stand.

Auf dem Rückweg zur *Questura* holte Peroni sein Motorboot ab, das fertig war und für ihn bereit stand. Er bezahlte die Reparatur, stieg ein und fuhr los. Doch schon nach wenigen Minuten wurde ihm in der Kabine unangenehm warm, und er öffnete das Dach und genoß die vom Kanal gekühlte Luft.

Sein Verstand machte bewußt einen Bogen um die peinliche Szene mit Estrella und beschäftigte sich statt dessen mit den Bixi-Haker-Morden. Die Situation erinnerte ihn an diese Doppelfotos, bei denen man zwei unterschiedliche Bilder sieht, je nachdem, welche Position man einnimmt. In dem einen Bild war *Avv.* Bixi das, was Peronis Nichte Anna Maria vermutlich als den »Big Boss« bezeichnet hätte, der hinter den verschiedensten Missetaten der Gondolieri steckte. In dem anderen versuchte er lediglich, selbst herauszufinden, wer der Big Boss war. In beiden Bildern war er am Ende tot.

Er bog in einen sehr engen Kanal ab und sah vor sich eine der unglaublich kleinen Brücken, die aussehen, als wären sie extra für Zwerge erbaut worden, wie die Kapelle im Gonzaga-Palast in Mantua.

Im zweiten Bild wurde Bixi vom Big Boss getötet. Und im ersten vermutlich von einem rivalisierenden, venezianischen Mafioso. Und in beiden Fällen hatte der Haker vermutlich die Identität des Täters herausgefunden. Alles gut und schön; das einzige Problem war nur, herauszufinden, welches der beiden Bilder mit der Realität übereinstimmte.

Die Brücke war ihm zu niedrig für sein Boot erschienen, aber es schlüpfte so glatt hindurch wie eine Maus ins Mauseloch und glitt langsam auf der anderen Seite wieder heraus. Und dann, genau in dem Augenblick, als es aus der kurzen, grabähnlichen Dunkelheit auftauchte, spürte Peroni plötzlich eine drohende akute Gefahr, und irgendein Instinkt, den er in den Gassen Neapels geschärft hatte, brachte ihn dazu, sich nach links zu werfen.

Nicht den Bruchteil einer Sekunde zu spät. Noch während er fiel, krachte etwas von dem Gewicht des Campanile auf dem Markusplatz an seiner rechten Schulter vorbei, da, wo sein Kopf hätte sein sollen, und als er auf dem Boden des Bootes landete, schlug ein großer Felsbrocken neben ihm auf.

Obwohl es ihm gelang, noch im Aufstehen herumzuwirbeln und seine Pistole zu ziehen, sah er niemanden mehr auf der Brücke. Kein Wunder. Wer auch immer es war, er hatte reichlich Zeit gehabt, sich hinter dem Geländer zu ducken oder in eines der Gebäude zu beiden Seiten der Brücke zu fliehen.

Nackte Wände auf beiden Seiten des Kanals ließen es nicht zu, irgendwo anzulegen. Die schnellste Möglichkeit wäre gewesen, wieder zurück unter die Brücke zu fahren und sich hinaufzuziehen. Doch da er keine dritte Hand hatte, um die Waffe zu halten, wäre er beim Klettern diesem Wer-auch-immer-es-war völlig ausgeliefert gewesen. Er hielt es für klüger weiterzufahren, bis eine der Seitenwände einem befestigten Uferweg Platz machte.

Doch bis er dort war, angelegt hatte und zurück zur Brücke gelaufen war, war Wer-auch-immer-es-war verschwunden. In der Nähe war nur ein Pärchen zu sehen, doch die beiden waren so miteinander beschäftigt, daß sie noch nicht einmal bemerkt hätten, wenn King Kong vorbeigekommen wäre, obgleich die junge Frau sagte, sie habe rasche Schritte gehört.

Wieder zurück im Boot, mußte Peroni feststellen, daß ein kleiner, aber ungemein aktiver Dämon des Schreckens sich in seinem Bauch eingenistet hatte. Irgend jemandem, der bereits zwei Menschen ermordet hatte, wäre es soeben beinahe gelungen, auch ihn zu eliminieren.

Und, so signalisierte der Dämon, Wer-auch-immer-es-war würde es vermutlich wieder versuchen.

Polizistin Sofia Michelangelo machte sich Sorgen um *Dott.* Peroni. Er war seit Mittag fort, und die Besprechung mit *Dott.* Tron, *Dott.* Amabile und allen anderen, die die Bixi-Haker-Morde bearbeiteten, hatte vor fünf Minuten angefangen. Er war nicht gerade überpünktlich, zugegeben, aber zu einer solchen Besprechung würde er nicht zu spät kommen. *Dott.* de Benedetti, der sich neben sie gesetzt hatte, um sie zu ärgern, während sie mitschrieb, hatte sogar schon angedeutet, daß *Dott.* Peroni sich vielleicht irgendwo amüsierte, sie jedoch hatte Sorge, daß ihm etwas zugestoßen sein könnte. Schließlich trieb ein Mörder in Venedig sein Unwesen, und *Dott.* Peroni war ihm auf der Spur. Man vergaß manchmal, daß dergleichen gefährlich sein konnte.

Dann kam er, zu ihrer großen Erleichterung.

»Entschuldigen Sie meine Verspätung«, sagte er, »aber jemand hat einen schweren Stein nach mir geworfen, als ich gerade unter der Brücke des neuen Weines hindurchfuhr.«

Michelangelo erbebte. Sie hatte also recht gehabt. Aber wie tapfer *Dott.* Peroni doch war, dachte sie. Jeder andere wäre völlig aufgelöst gewesen, nicht jedoch er. Er erwähnt den Zwischenfall mit einer Beiläufigkeit, wie – ja, wie ein Dandy des 18. Jahrhunderts ein Stäubchen von seiner Spitzenmanschette geschnippt hätte. Unwillkürlich warf sie *Dott.* de Benedetti einen Blick zu, der besagte: *Hab' ich's mir doch gedacht!* Sich amüsieren, von wegen. Sein Leben aufs Spiel gesetzt, das hat er gemacht! Fasziniert und entsetzt zugleich lauschte sie Peronis Erzählung.

»Ich habe sofort Nachforschungen angestellt«, schloß er, »leider ohne Erfolg. Zur Zeit lasse ich die Anwohner in Brückennähe von zwei Leuten befragen. Daher meine Verspätung.«

»Vielleicht wäre es ratsam«, schlug *Dott.* Amabile vor, »Ihnen Polizeischutz zu geben – nur bis diese Sache geklärt ist.«

Erneut hatte Michelangelo Grund zur Bewunderung. Ein Ausdruck glitt über Peronis Gesicht, den sie nur als Empörung über den Vorschlag deuten konnte. Einen Moment lang schien er Mühe zu haben, dieses Gefühl zu unterdrücken, dann sagte er: »Danke sehr, *Dottore*, aber nein. Ein Polizist, der den Schutz von anderen Polizisten braucht, ist kein Polizist, wie mein Vorgesetzter in Neapel zu sagen pflegte. Außerdem war ich schon immer der Auffassung, daß für jeden seine Stunde kommt, wenn sie kommt, und aller Polizeischutz der Welt kann daran nichts ändern.«

Sie konnte ein beifälliges Gemurmel nicht unterdrücken, und sie freute sich zu hören, daß es ihr nicht alleine so ging.

Der Dämon des Schreckens war eingeschlummert, als Peroni die relative Sicherheit der *Questura* erreicht hatte, regte sich jedoch heftig im Schlaf, als Peroni, nach einem stummen inneren Kampf, sich sozusagen mit vorgehaltener mentaler Waffe gezwungen hatte, den Polizeischutz abzulehnen. Nichts wäre tröstlicher als die Vorstellung, bewaffneten Schutz zu genießen, aber das paßte nun mal nicht zu seinem Image.

Nachdem dies geklärt war, ertönte ein Geräusch wie das Rascheln von Blättern und von Wind, der mit Zweigen spielt. Es war das Räuspern von *Dott.* Tron, während er etwas in seiner Aktentasche suchte. »Ich möchte noch einen Punkt ansprechen, *Dottore*, bevor wir fortfahren«, sagte er zu *Dott.* Amabile.

Peroni sah zu seinem Entsetzen, wie der astähnliche Arm eine Ausgabe von *La Notte* mit der Kurtisanen-Geschichte hochhielt.

»Das hier verwundert mich«, sagte Tron. »Sie haben mir versichert, daß von seiten der *Questura* keine Presseerklärung erfolgen würde, und auch mein Büro hat keine solche Erklärung herausgegeben. Ich frage mich, wie sie an die Informationen gelangt sind.«

»Dieselbe Frage habe ich auch schon gestellt«, sagte *Dott.* Amabile, »als sie mich anriefen, um die Geschichte bestätigt zu bekommen – die ich ja schlecht abstreiten konnte. Aber natürlich haben sie gesagt, ihre Quelle sei anonym.«

Peroni spürte, wie sich ihm fragende Köpfe zuwandten. »Wahrscheinlich ein Gondoliere«, sagte er. »Die wissen immer alles.«

»Ich erwähne das nur«, sagte *Dott.* Tron, »weil ich glaube, daß damit zumindest teilweise der Angriff gegen *Dott.* Peroni erklärt werden könnte.« Peroni sah ihn mit verhohlener, aber echter Bestürzung an. »Erstens«, sprach Tron weiter, »falls der Mörder für diese unterschiedlichen illegalen Aktivitäten verantwortlich ist, wird höchstwahrscheinlich eine gewisse Feindseligkeit gegen *Dott.* Peroni in ihm geweckt worden sein, weil der für die Festnahme des Löwen verantwortlich war. Und zweitens wird die fragliche Person durch diese durchaus gerechtfertigte Lobeshymne auf *Dott.* Peronis Unfehlbarkeit zutiefst beunruhigt sein. Wie dem auch sei, *nescit vox missa reverti*, wie Horaz gesagt hat. Ein einmal gesagtes Wort kann nicht zurückgenommen werden.«

Daran hatte Peroni nicht gedacht; es war beängstigend, aber, wie Horaz schon viele Jahre zuvor gewußt hatte, nicht mehr zu ändern. Er hätte klassische Philologie studieren sollen.

»Der Haker«, verkündete *Dott.* Amabile, als handele es sich um das Thema für eine Schulstunde. »Der abschließende medizinische Bericht liegt mir noch nicht vor, aber vor einer halben Stunde habe ich mit dem Doktor telefoniert, und er teilte mir mit, daß der Mann einen schweren Schlag gegen den Kiefer bekommen hat und im Fallen mit dem Hinterkopf auf etwas anderes geprallt ist. Daran ist er gestorben, nicht an dem Schlag gegen den Kiefer. Der Tod trat ungefähr vierzehn oder fünfzehn Stunden vor Auffindung der Leiche ein, die in den Corte Balbi geschafft worden ist.

»Eine Kopie des Bixi-Mordes«, sagte de Benedetti.

»Nicht ganz«, korrigierte Amabile. »Es gibt zwei Abweichungen. Erstens, der Schlag erfolgte von vorn und nicht von hinten, und er war nicht die unmittelbare Todesursache, was darauf hindeuten könnte, daß keine Tötungsabsicht bestand. Zweitens, der Mord fand früher statt, gegen acht oder neun Uhr abends. Und das läßt vermuten, daß er wahrscheinlich in einem Haus geschah, denn eine solche Szene auf offener Straße hätte Aufsehen erregen müssen.«

»Und doch bleibt eine Ähnlichkeit«, sagte Tron, »noch verstärkt durch den Umstand, daß im Zeitalter der technisierten Gewalt zwei Morde *mit bloßen Händen* begangen wurden, und«, sein Blick wanderte zu Peroni hinüber, »ein dritter versucht wurde.«

Dott. Amabile sprach aus, was alle dachten: »Und die Gondolieri sind allesamt Männer mit ungemein kräftigen Händen, auf die sie sich traditionsgemäß in allen Lebenslagen verlassen.«

De Benedetti räusperte sich, um zu testen, ob *Dott.* Amabile fertig war. »Ich habe Erkundigungen über den Haker eingezogen«, sagte er. »Er hat in einer Art Kellerwohnung hinter der Frari-Kirche gelebt. Seine Vermieterin, eine alte Frau, schien nicht viel über ihn zu wissen und ist ihm offenbar so weit wie möglich aus dem Weg gegangen, wie alle anderen Hausbewohner auch. Sie hat allerdings ausgesagt, daß die Wohnung für ihn von einem reichen venezianischen Herrn angemietet wurde.«

»Das weiß ich«, sagte Peroni. »Ein Mann namens Partecipazio – so eine Art Wohltäter der Gondolieri. Er hat es mir selbst erzählt. Aber er ist nicht reich – er redet nur so, als wäre er es.«

»Ah«, sagte de Benedetti enttäuscht. »Aber da ist noch etwas. Ich habe nach der Miete gefragt. Fünfundsiebzigtausend Lire im Monat. Regelmäßig von einem Gondoliere bezahlt, bei dem es sich der Beschreibung nach um niemand anderes handeln konnte als den Löwen. Also bin ich zu ihm gegangen, und er hat bestätigt, daß dem so war. Er hat gesagt, daß er die Miete im Auftrag von *Avv.* Bixi bezahlt hat.«

»Aha«, sagte *Dott.* Amabile. »Es hat also immer mehr den Anschein, als wäre *Avv.* Bixi der Mann hinter den illegalen Aktivitäten der Gondolieri gewesen.«

»Falls der Löwe tatsächlich in seinem Auftrag gehandelt hat«, warf Peroni ein, der an die schlauen, verschlagenen Augen des venezianischen Betrügers denken mußte.

»Haben Sie Grund zu der Annahme, daß er lügt, *Dottore*?« fragte Amabile.

»Ich halte ihn für einen Menschen, der vom Charakter her unfähig ist, irgend etwas anderes zu tun.«

»*Falsus in uno, falsus in omnibus.*«

»Aber warum sollte er in diesem Fall lügen? Warum so tun, als wäre *Avv.* Bixi darin verwickelt gewesen, wenn er es gar nicht war? Damit wird ja schließlich seine eigene Schuld nicht verringert.«

»Ich weiß es nicht«, sagte Peroni. »Ich weiß es nicht.«

»Wußte er, warum Bixi die Miete für den Haker bezahlt hat?« erkundigte sich Amabile bei de Benedetti.

»Er sagt, er habe keine Ahnung.«

»Ha!« sagte Peroni.

»Ein Mann zahlt für einen anderen die Miete«, sagte Tron, »und beide sterben sie innerhalb einer Woche eines gewaltsamen Todes.«

»Die Dinge lägen einfacher«, meinte *Dott.* Amabile, »wenn wir unabhängig von der Aussage des Löwen irgendeine Verbindung zwischen *Avv.* Bixi und dem Haker feststellen könnten.« Er wandte sich an Michelangelo. »Notieren Sie bitte, daß Nachforschungen in diese Richtung angestellt werden sollen, *Signorina*.«

»Noch etwas«, sagte de Benedetti. »Ich habe versucht, die Aufenthaltsorte des Hakers festzustellen, was nicht leicht ist, weil er ständig überall war, ohne erkennbares System. Aber zumindest hat sich herausgestellt, daß er in letzter Zeit oft mit dem Stier zusammen war.«

Vor seinem geistigen Auge sah Peroni die gewaltige Gestalt, die sich scharf gegen die Lagune abhob, und den unerwarteten, scharlachrot gekleideten Kirchenmann, der seinen Segen erteilte.

»Es schien fast, als hätte er den Stier beobachtet«, sagte de Benedetti.

»Der Anfang des ganzen war gewissermaßen«, sagte *Dott.* Tron nachdenklich, »als *Dott.* Peroni einen Spielerring für die Historische Regatta aufgedeckt hat. *Primus. Avv.* Bixi hat versucht, Tonino zu erpressen, der an der Regatta teilnimmt. *Secundus*. Und jetzt – *tertius* – scheint sich eine weitere Hauptfigur dieser verwirrenden Geschehnisse für die Regatta interessiert zu haben. *Errare humanum est*, und es könnte alles reiner Zufall sein, aber in Venedig kann die Regatta mehr Leidenschaften wecken als alles andere. Könnte sie irgendeinen Einfluß auf diese Ereignisse gehabt haben – oder noch immer ausüben?«

Peroni war sich nicht sicher, ob dieser Gedankengang nicht allzu weit hergeholt war oder ob es sich dabei um einen genialen Einfall handelte, den er selbst gern gehabt hätte. So oder so, er wurde wie alles andere von Michelangelo notiert, und nachdem das geschehen war, bat *Dott.* Amabile sie, die *Trattoria alla Conchiglia* anzurufen und Kaffee zu bestellen. Die Besprechung löste sich allmählich in kleine Gesprächsgrüppchen auf.

»Noch ein letztes«, erhob *Dott.* Amabile seine Stimme über das Wirrwarr, als müßte er eine Schulklasse zur Ordnung rufen. »Sage und schreibe zwei Minister haben mich wegen des gestohlenen Goldoni-Manuskriptes unter Druck gesetzt. Sie nehmen die Sache überaus ernst, und ich habe Anweisung, alle Hebel in Bewegung zu setzen, um es wiederzufinden. Wie sind Sie heute im Vivaldi vorangekommen, *Dottore*?« fragte er Muso.

Sie lauschten Musos Abenteuern mit den Dienstmädchen. Als er fertig war, trat Stille ein. Obwohl Muso die Geschichte auf seine Art erzählt hatte, war klar, daß diese Marta entweder unschuldig war oder ihn nach Strich und Faden ausgetrickst hatte.

»Eines muß jedenfalls sofort geschehen«, sagte Amabile. »Dem Amerikaner müssen Fotos von allen Personen vorgelegt werden, die mit der Bixi-Haker-Sache zu tun haben. Könnte doch sein, daß er jemanden wiedererkennt, den er in der Post gesehen hat. So finden wir vielleicht heraus, wo das Manuskript überhaupt herkam und ob möglicherweise irgendein Zusammenhang zwischen Goldoni und Gondeln besteht, um es mal so auszudrücken.« Er unterstrich seinen kleinen Gelehrtenscherz mit zwei rasch gepafften Pfeifenrauchwölkchen.

An dieser Stelle war eine Art entschuldigendes Husten von der einzigen anwesenden Person zu hören, die bislang noch kein Wort gesagt hatte. Alle Augen richteten sich auf Polizistin Sofia Michelangelo, und sie lief dogenscharlachrot an.

»*Si, Signorina*?« sagte *Dott.* Amabile höflich.

»Mit ist nur eben der Gedanke gekommen«, sagte sie, »falls diese Marta das Manuskript tatsächlich gestohlen hat, dann hat sie das bestimmt nicht für sich allein getan. Zimmermädchen stehlen keine kostbaren Handschriften. Sie muß es für jemand anderen getan haben. Jemand, in den sie verliebt ist.«

Alle Männer im Raum blickten sie bewundernd an.

»Ich habe ja schon immer gesagt«, raunte de Benedetti ihr zu, »daß uns die weibliche Intuition fehlt.«

»Ein ausgezeichneter Gedanke, *Signorina*«, sagte *Dott.* Amabile. »Aber wenn sie es für einen Mann gestohlen hat, wird sie diese Beziehung angesichts ihrer ehrbaren Familie und ihrer Position im Vivaldi wohl geheimhalten. Und wenn sie außerdem weiß, daß sie jetzt unter Verdacht steht, werden die beiden einander eine ganze Weile nicht sehen. Wie sollen wir also herausfinden, wer er ist?«

In diesem Augenblick klingelte eines der Telefone auf *Dott.* Amabiles Schreibtisch, und er hob den Hörer ab. Während des Gesprächs machte er sich Notizen, und nachdem er wieder aufgelegt hatte, blickte er wie ein Schuldirektor in die Runde, der einige besonders hervorragende Prüfungsergebnisse bekanntgeben kann.

»Das war das Labor«, erklärte er. »Sie haben die Kleidung des Hakers untersucht und Lackspuren an seinen Schuhen gefunden. Diese Lacksorte wird ausschließlich in den Gondelwerkstätten zusammengemischt. Wir können also mit ziemlicher Sicherheit davon ausgehen, daß die Leiche des Hakers in einer Gondel transportiert worden ist.«

Kapitel 16

Marta hatte länger gearbeitet, bis lange nach dem Abendessen, daher war es bereits dunkel, als sie aus dem Personaleingang trat, der auf ebendie *calle* ging, in der sie am Morgen … Sie schauderte innerlich, bewahrte aber den Gesichtsausdruck bescheidener Unschuld, zu dem sie sich den ganzen Tag über gezwungen hatte. Die Gefahr war groß gewesen, dank dieser aufdringlichen Wichtigtuerin Cinzia, aber sie war ziemlich sicher, daß sie das Schlimmste überstanden hatte.

Fast wäre die Sache ins Auge gegangen, als dieser dicke Polizist sie schlankweg gefragt hatte, was sie über Goldoni wußte. Doch zum Glück war es ihr gelungen, sich nicht zu verraten, und danach war es nur noch darauf angekommen, den Polizisten hinters Licht zu führen, ohne es ihn merken zu lassen, und aufgrund ihrer Erfahrung mit den Gästen des Vivaldi konnte sie dabei aus einem kaum wahrnehmbaren, aber reichhaltigen Fundus schöpfen. Er mochte sie ja verdächtigen, aber jetzt würde ihr keiner je etwas nachweisen können.

Den nächsten Tag hatte sie frei, Gott sei Dank, was ihr genügend Zeit gab, sich wieder zu sammeln. Sie freute sich darauf, erst einmal lange auszuschlafen, und dann -? *Er* hatte gesagt, daß sie sich am besten erst dann wieder sahen, wenn es ihm gelungen war, in die Schweiz zu reisen und es zu verkaufen, was einiger Vorbereitungen bedurfte. Vielleicht würde sie zum Lido gehen. Oder ins Kino …

Vom Vivaldi bis zu ihr nach Hause brauchte man zwanzig Minuten, aber sie ging am liebsten zu Fuß. Die *vaporetti* waren überfüllt, und häufig mußte man so lange auf sie warten, daß man zu Fuß schneller war.

Sie schlängelte sich durch das Labyrinth von *calli*, und die von Menschen wimmelnden Straßen wurden immer leerer, je näher sie der *Fondamenta Nuova* kam, immer leerer und leerer, bis sie schließlich nur noch den Klang ihrer eigenen Schritte hörte.

Nein, nicht nur die. Irgendwo hinter ihr ertönten andere Schritte, schwerer und ein wenig schneller als ihre. Sie widerstand der Versuchung, sich umzuschauen, und beschleunigte gleichzeitig ihr Tempo.

Aber als sie das tat, wurden auch die anderen Schritte schneller.

Plötzlich bekam sie Angst. Sie befand sich in einer verlassenen Gegend, wo Hilfeschreie vermutlich ungehört blieben. Oder ignoriert wurden.

Sie beschwor sich, ruhig zu bleiben. Wer auch immer da hinter ihr war, wahrscheinlich hatte er es nur eilig. Sein Tempo hatte nichts mit ihr zu tun. Wenn sie nur langsamer werden könnte, würde er sie in wenigen Sekunden überholen. Geh langsamer, sagte sie sich.

Aber ihr Körper wollte ihr nicht gehorchen; entgegen dem Befehl fielen ihre Beine in Laufschritt. Und im selben Augenblick fingen die Schritte hinter ihr an zu rennen.

Und während sie rannte, blitzte plötzlich der Gedanke an die Morde wie ein rotes Alarmsignal durch ihren Kopf. Angeblich hatte es in der letzten Nacht einen weiteren Mord gegeben. Und der Mörder trieb sich noch immer aufs Venedigs Straßen herum.

Verfolgte sie.

Und in blinder Panik wußte sie plötzlich, daß er sie kriegen würde. Sie war es nicht gewohnt zu laufen, und seine Schritte hämmerten laut, dicht hinter ihr. Sie öffnete den Mund, um zu schreien, doch noch ehe sie einen Laut hervorbrachte, hatte er sich gegen ihre Schulter geworfen und sie zu Boden gestoßen.

Sie wehrte sich verzweifelt, aber es war ein hoffnungsloser Kampf. Er war ein großer Mann und ungefähr zehnmal so stark wie sie. Wieder wollte sie schreien, doch seine Hand, heiß, behaart und riesengroß, preßte sich auf ihren Mund, quetschte ihr schmerzhaft die Lippen. Mit der anderen Hand fing er an, an ihrer Kleidung zu zerren, und Marta, wissend, daß sie keine Chance und keine Verteidigungsmöglichkeit hatte, erschlaffte unter der Attacke, schloß die Augen.

Doch im selben Moment spürte sie, wie der Körper des Mannes von ihr hochschnellte, als wäre er von einem Tornado aufgesaugt worden. Sie öffnete die Augen und sah, wie er anscheinend durch die Luft flog und dann gegen eine Hauswand krachte.

Und dann sah sie den Tornado. Eine junge Frau, ungefähr so alt wie sie, in Hose und Bluse, und anscheinend nicht kräftiger gebaut als sie selbst. In der heillosen Verwirrung konnte Marta nicht mehr erkennen.

Denn jetzt ging der Mann wutschnaubend gegen den weiblichen Tornado zum Angriff über. Sie hatte keine Chance, dachte Marta, er war doppelt so groß wie sie.

Und dann, gerade als er seine gewaltige Faust in ihr Gesicht schmettern wollte, ließ sie ein Bein und einen Arm so blitzschnell vorschießen wie ein Ameisenbär seine Zunge, und wieder flog der Mann durch die Luft, segelte diesmal zur anderen Seite der *calle*.

Als sich der Mann erneut aufrichtete, wirkte er weniger aggressiv, und nun tänzelte die junge Frau auf ihn zu. Wieder schnellten ihre Arme vor, und der Rücken des Mannes bog sich nach hinten wie ein Ast, der gleich bricht, als er aufs Pflaster schlug.

Mit aller ihm noch verbliebener Kraft rollte er sich herum, kam auf die Knie, wuchtete sich mit den Händen hoch und lief taumelnd davon, in die Richtung, aus der er gekommen war.

Die junge Frau kniete sich neben Marta. »Verletzt?«

»N-nein«, sagte Marta und tastete sich unsicher ab. »Und vielen Dank – das war großartig. Wenn du nicht gekommen wärst –« Der Gedanke war unerträglich. »Aber wie hast du das gemacht?« Sie sah die junge Frau ehrfürchtig an.

»Ganz einfach. Meine Hobbys sind Judo und Karate. Ein schöner Ausgleich, wenn man den ganzen Tag im Büro sitzt, und mitunter sehr nützlich. Du brauchst was zu trinken. Komm, wir gehen in eine Bar.«

Während sie gingen, nahm Marta das »Supergirl« etwas genauer wahr. Es hatte ein freundliches, offenes Gesicht, ein paar Sommersprossen um die Nase, braunes, schulterlanges Haar und ein verschmitztes Lächeln. Sie sah gut aus, ohne das zu sein, was in Illustrierten als sexy bezeichnet wurde. Die Sorte Mensch, der man vertrauen konnte.

»Cognac?« sagte sie, als sie die Bar betraten.

»Oh, nein«, sagte Marta, die keinen Alkohol trank.

»Der wird dir guttun«, sagte die junge Frau. »Wir nehmen beide einen.« Als sie sich setzten, fragte sie: »Hast du irgendeine Ahnung, wer der Mann war?«

»Nicht die geringste.«

»Heutzutage gibt es zu viele von diesen Kerlen. Machst du hier Urlaub?«

»Nein, ich wohne hier. Du denn?«

Die junge Frau ließ ihr Lächeln aufblitzen. »Nein, ich *arbeite* hier. Ich bin aus Vicenza.«

»Bist du alleinstehend?«

»Ja.«

»Das muß doch schrecklich einsam sein!«

»Manchmal. Aber der Job ist es wert – ich arbeite für die Cattolica-Versicherung.«

»Was machst du an den Wochenenden?«

»Manchmal fahre ich heim nach Vicenza, manchmal hänge ich einfach so hier rum.«

»Und morgen?«

»Hänge ich einfach so hier rum.«

»Du hättest nicht vielleicht Lust, mit mir ins Kino zu gehen, oder so was in der Art?« schlug Marta schüchtern vor und hatte schon Angst, aufdringlich zu sein.

»Das wäre schön«, sagte die Frau, was bei Marta eine kleine Freudenwelle auslöste. »Trink deinen Cognac aus«, fügte sie hinzu, »und dann bringe ich dich nach Hause. Nach einem solchen Erlebnis gehörst du ins Bett.«

Michelangelo machte es keinen Spaß, andere zu täuschen, und diese Notwendigkeit war das einzige, was sie an der Polizeiarbeit störte. Aber sie konnte nicht leugnen, daß *Dott.* Peronis Idee einfach genial war. Falls Marta das Goldoni-Manuskript für einen Mann gestohlen hatte, würde sie über diesen Mann eine Zeitlang strengste Verschwiegenheit bewahren. Aber eine Freundin, von der sie so dramatisch gerettet worden war, würde vielleicht doch etwas über ihn erfahren.

Als sie den Arm hob, um auf die Uhr zu sehen, spürte sie eine leichte Schürfwunde, den ihr der junge *Carabiniere* bei ihrem simulierten Zweikampf zugefügt hatte. Es war nach elf; *Dott.* Peroni wartete in der Rialto-Bar, wo sie ihm Bericht erstatten sollte.

Sie entdeckte ihn an einem der Tische draußen, vor ihm ein Glas Chivas Regal. Er hatte sie noch nicht bemerkt, und während er über das Wasser des Canal Grande starrte, dachte sie, daß er, wenn er allein war, etwas Tragisches an sich hatte. Was für eine Kindheit hatte er gehabt? Irgendwo hatte sie gelesen, daß er eines der Gassenkinder von Neapel gewesen war, was vermuten ließ, daß er Waise war, und das wiederum konnte sich auf den Charakter eines Menschen fürchterlich auswirken.

Plötzlich spürte Michelangelo, wie sie von überschwenglicher Weiblichkeit erfüllt wurde. Die Mutter, die Schwester, die Ehefrau und die Geliebte in ihr stritten sich darum, diesen tragischen neapolitanischen Waisenjungen in die Arme zu schließen und ihn mit ihren unterschiedlichen Funktionen zu umsorgen.

Und dann empfand sie die atemberaubende Gewißheit, daß diese Nacht die Nacht sein würde, in der sie jene Junggesellenwohnung betreten würde, die nur wenige Minuten Fußweg entfernt auf der anderen Seite der Rialto-Brücke lag. Die Geschäfte hatten zwar bereits geschlossen, aber sie würde die Zutaten für ein intimes Abendessen zu zweit beschaffen, und wenn sie sie sich aus den Rippen schneiden müßte.

»*Buona sera, Dottore*.«

Er zuckte heftig zusammen und hob den Blick von Venedigs großem Durchgangswasserweg. Was für dunkle Gedanken sie wohl gestört haben mochte, fragte sie sich.

»*Buona sera*, Michelangelo«, sagte er und stand auf. »Setzen Sie sich. Was möchten Sie trinken?«

Der Cognac mit Marta hatte ihr durchaus gereicht, aber sie fürchtete, er könnte sie kindisch finden, wenn sie ablehnte, also bestellte sie einen weiteren Cognac.

Sie schilderte ihm, wie die Sache gelaufen war, und überlegte dabei fieberhaft, wie sie der ersehnten Einladung auf die Sprünge helfen könnte, natürlich ohne daß er es merkte. Vielleicht war er schüchtern, aber er war ein einsamer Mann mit einem gierigen Hunger, körperlich und seelisch, den ihr überfließendes Füllhorn der Weiblichkeit nur zu gern stillen würde.

»Also«, so schloß sie, »treffe ich mich morgen mit ihr.«

»Wer weiß, wie viele Minister Ihnen dankbar sein werden, Michelangelo.«

Er war unruhig. Offensichtlich suchte er nach einer Einleitung, um sie zu sich einzuladen, fand aber keine. Es liegt also an dir, Michelangelo, sagte sie sich. Und dann war der Gedanke plötzlich da, ausgereift, strahlend, unfehlbar.

»Ich werde Sie nach Hause begleiten, *Dottore*«, sagte sie. »Ich habe Sie heute nachmittag sehr bewundert, als Sie den Polizeischutz ablehnten, aber es ist schon spät, und die *calli* auf der andere Seite der Rialto-Brücke sind jetzt dunkel und verlassen. Es wäre mir ein Vergnügen, mit Ihnen zu kommen.«

Es würde klappen! Sie sah, wie die Leidenschaft in ihm wogte wie ein unruhiges Meer. Noch zwanzig Minuten, und das intime Abendessen würde Wirklichkeit.

»Nein, vielen Dank, Michelangelo«, sagte er. »Das ist sehr nett von Ihnen, aber wie ich schon heute nachmittag sagte, die Stunde eines Mannes kommt, wenn sie kommt. Trotzdem vielen Dank für das Angebot«, fuhr er fort und reichte ihr die Hand. »Gute Nacht, Michelangelo.«

»Gute Nacht, *Dottore*.«

Mit gebrochenem Herzen und leicht betrunken, stolperte die Polizistin Sofia Michelangelo in die Dunkelheit.

Der kleine Dämon des Schreckens, der bei Peronis Ankunft in der *Questura* eingeschlafen war, war nach der Besprechung wieder erwacht und hatte sich, wie der Dämon im Evangelium, noch sieben seiner Freunde dazugeholt, die jetzt allesamt in Peronis Innerem ein Fest feierten. Nichts hätte Peroni mehr entzückt als die Begleitung von Sofia Michelangelo, zumindest bis zu seiner Haustür, aber seine eigene Legende ließ nichts dergleichen zu.

Es gab Zeiten, und dies war so eine, in denen Peroni diese Legende liebend gern erwürgt hätte, aber zu seinem Unmut wußte er, daß sie stärker war als er.

Er kippte seinen Chivas Regal hinunter, zahlte und ging Richtung Rialto-Brücke. Sie war beleuchtet und voller Menschen. Doch sobald er die andere Seite erreicht hatte, waren die *calli* tatsächlich dunkel und menschenleer.

Er mußte sich zwingen, die Brücke zu verlassen. Die Dämonenfeier geriet außer Rand und Band. Natürlich hatte er eine Waffe, aber damit konnte er wohl schlecht herumfuchteln, und sie würde ihm ohnehin nicht viel nützen, wenn er im Dunkeln von einem hühnenhaften Gondoliere überfallen würde. Oder von mehreren.

Und er mußte an die vielen riesigen, kraftvollen Hände denken, die er in den letzten Tagen gesehen hatte. Hände, die einen Mann mit der gleichen Leichtigkeit erschlagen oder erdrosseln könnten, wie andere Menschen ein Stück Papier zerknüllten. Ihm fiel Trons Ausspruch ein, daß »zwei Morde *mit bloßen Händen* begangen wurden und ein dritter versucht wurde.«

Er bog in die schmale *calle* ab, an deren Ende sein Palazzo lag. Es war fast völlig dunkel, und die Dämonen hatten inzwischen angefangen, das Mobiliar zu zertrümmern. Er mußte sich zwingen, nicht zu rennen. Fünfzig Schritte, bis er in Sicherheit war. Vierzig. Dreißig. Zwanzig. Zehn.

Dann war er durch die Haustür und die Treppe hinauf bis zu seiner Wohnung. Er hatte sie nie sonderlich gemocht, aber zumindest war sie sicher.

Die Dämonen stürzten in einen bodenlosen, trunkenen Schlaf.

Kapitel 17

Auf Peronis Schreibtisch lagen drei Papierstapel, die, je mehr Informationen bei der *Questura* eingingen, um so größer wurden, und zwar mit der seltsam anarchischen Unregelmäßigkeit, die manche Kakteen an den Tag legen, wenn sie nicht gestutzt werden. Der Stapel direkt am Fenster bezog sich auf Don Amos, als gebühre ihm, dem Botschafter spirituellen Lichtes, dieses Fleckchen, das dem irdischen Licht am nächsten war. Der Stapel, der der Tür am nächsten war, bezog sich auf den Löwen, anscheinend stets bereit für einen überhasteten Abgang, falls die Sache brenzlig wurde. Zwischen diesen beiden befand sich, stumm und ungeordnet wie zu seinen Lebzeiten, der Haker.

Und Peroni, dessen Dämonen mit Anbruch des neuen Tages vorübergehend vertrieben worden waren, fing an, sich durch die Stapel hindurchzuarbeiten. Er erfuhr einiges Interessantes über den Priester, den Zuhälter und den Haker. Er erfuhr, daß Don Amos früher einmal zum Umkreis von Papst Johannes XXIII. gehört hatte, als dieser noch Erzbischof von Venedig gewesen war, daß er Tauben züchtete, mehr trank, als ihm guttat, und er einen Küster hatte, der einmal wegen Hehlerei im Gefängnis gesessen hatte, nun jedoch als bekehrt galt.

Er erfuhr, daß der Löwe mit richtigem Namen Enzo Scandolo hieß, daß er der uneheliche Sohn einer Spitzenklöpplerin aus Burano und eines heimatlosen Gauklers war, der ein Lebenselixir verkaufte (was einiges erklärte, aber keine unmittelbare Hilfe war), daß er selbst eine Zeitlang durch Europa gezogen war, bevor er die Zulassung als Gondoliere bekommen hatte, daß er lebende Krebse aß, wenn er einen über den Durst getrunken hatte, und daß er trotz seiner mannigfaltigen Einkünfte auf dem Gebiet der schnellebigen

Erotik einst eine ziemlich lange Beziehung zu einer Frau gehabt hatte, deren Identität noch nicht hatte ermittelt werden können.

Er erfuhr, daß die von Partecipazio geschilderten wichtigsten Fakten aus dem Leben des Hakers korrekt waren und daß noch eine ganze Reihe anderer wohltätiger Menschen mit Partecipazio zusammen dem Haker geholfen hatten, als er mutterseelenallein war. Er war immer bereit gewesen, für ein hochprozentiges Getränk alles hinzugeben, daher war es vor allem darauf angekommen, ihm niemals Hilfe in Form von Geld zuteil werden zu lassen – ein Umstand, um den *Avv.* Bixi offensichtlich gewußt hatte (wenn es tatsächlich *Avv.* Bixi gewesen war, in dessen Auftrag der Löwe die Miete für den Haker bezahlt hatte).

Es gab noch etwas im Leben des Hakers, das Peroni aus den trockenen Informationen vor sich weniger entnehmen als vielmehr erahnen konnte. Auf die Frage nach dem Charakter des Hakers hatte Partecipazio zögerlich reagiert. Ein solches Zögern war jedoch bei den Meinungen über die früheren Lebensjahre des Hakers nicht festzustellen; er war von allen unbestritten als Idiot betrachtet worden. Und dennoch schien seinen Aktivitäten in den letzten paar Jahren eine gewisse Logik innezuwohnen. Als wäre sein Intelligenzquotient gegen Ende seines Lebens unmerklich gestiegen.

All das entnahm Peroni den drei Stapeln. Doch das entscheidende Faktum oder die entscheidenden Fakten, die er zu finden gehofft hatte, waren nicht dabei. Oder sie waren vielleicht dabei, und ihm fehlte lediglich der Code, um sie zu entschlüsseln.

Es klopfte an der Tür, und de Benedetti trat ein. »Glück gehabt, *Dottore*«, sagte er. »Ich bin im Vivaldi gewesen, um dem Amerikaner Fotos von den verschiedenen Figuren des Bixi-Haker-Falles zu zeigen, und er hat ein Gesicht wiedererkannt, das er angeblich im Postamt gesehen hat, als er das Goldoni-Manuskript abgeholt hat.«

»Wen?«

»Den Leichenbestatter.«

»Es wird Zeit«, sagte Peroni, »daß der mal den Mund aufmacht. Wir hätten ihn uns gestern schon vornehmen sollen, aber der Mord an dem Haker ist dazwischengekommen. Lassen Sie ihn holen, *Dottore*.«

»Sofort, *Dottore*.«

Eines von Peronis Telefonen klingelte. »*Pronto*?« Er lauschte mit wachsender Aufmerksamkeit, sagte schließlich: »*Grazie*« und legte wieder auf.

»Eine Entdeckung jagt die nächste«, sagte er zu de Benedetti, der noch immer in der Tür stand. »Gerade hat sich die Dame aus der Bar gegenüber von Bixis Büro gemeldet, mit der Sie sich unterhalten haben. Sie hat das Bild des Hakers im *Gazzettino* gesehen und behauptet, er sei am letzten Sonntag morgens in Bixis Büro gewesen.«

»Woher weiß sie das?«

»Bixi hat telefonisch bei ihr eine Flasche Whisky mit zwei Gläsern bestellt. Sie hat die Bestellung hochgebracht und den Haker dort gesehen.«

»Vanille, Erdbeer, Zitrone, Ananas, Banane, Schokolade, Pistazie, Malaga, Stracciatella?« sagte der Kellner.

»Was nimmst du?« fragte Michelangelo Marta.

»Erdbeer, bitte«, sagte Marta.

»Einmal Erdbeer und einmal Malaga«, sagte Michelangelo und fuhr dann damit fort, ihren imaginären Freund in Vicenza zu beschreiben, den sie *Dott.* Peroni so unähnlich machte, wie sie nur konnte. »Er arbeitet für die *Municipio*«, improvisierte sie. »Geburten und Todesfälle, weißt du, er ist für die Geburts- und Sterbeurkunden zuständig.«

»Hat er irgendwelche Hobbys?« fragte Marta, die ganz wild auf weitere Informationen über ihn zu sein schien.

»Züge«, sagte Michelangelo, beinahe auf dem falschen Fuß erwischt. »Als er ein kleiner Junge war, hat er Zugnummern gesammelt. Er kann den gesamten Zugfahrplan Italiens auswendig. Und er baut auch Züge – Modelle, weißt du.«

»Lebt er allein?«

»Oh, nein – bei seinen Eltern. Er kann sich einfach nicht von seiner Mutter und seinem Vater lösen.«

Mit so einem Mann könnte ich keine fünf Minuten allein verbringen, dachte Michelangelo, geschweige denn ein ganzes Leben.

»Du kannst von Glück sagen, daß du einen Freund mit einem festen Arbeitsplatz hast«, sagte Marta neidisch.

»Warum?« fragte Michelangelo.

»Weil meiner keinen festen Job hat – und das kann einem ganz schön viel Kummer bereiten.«

»Was macht deiner denn?«

»Er ist Gondoliere.«

»Nach und nach ist Italien der wesentlichen Vorteile beraubt worden, die andere Länder mehr oder weniger im Überfluß besitzen.« Peronis Tonfall war höflich, liebenswürdig, distanziert; er war ein neapolitanischer Universitätsdozent, der vor höheren Semestern eine Vorlesung hielt. »Die italienische Wirtschaft«, so fuhr er fort, »ist ein Witz, die Streitkräfte wären im Falle eines atomaren Konfliktes so wirksam wie ein Blasrohr, das parlamentarische System ist, gelinde ausgedrückt, ein chaotisches Tutti frutti. Aber eines besitzen wir noch immer, und zwar ein in der Welt einmaliges künstlerisches Erbe, das wiederum die treibende Kraft hinter dem wichtigsten Industriezweig des Landes ist, nämlich dem Tourismus. Aus diesem Grunde werden, besser spät als nie, Gesetze erlassen, um dieses Erbe zu schützen. Der einzige Grund, warum Ihnen für den Verkauf einer Originalhandschrift Goldonis gewissermaßen an eine fremde Macht nicht die Todesstrafe droht, ist der, daß die Todesstrafe noch nicht wieder eingeführt worden ist, aber Sie müssen zweifelsohne mit einer lebenslänglichen Freiheitsstrafe rechnen, wenn Sie nicht vorbehaltlos mit mir zusammenarbeiten.«

Der Leichenbestatter hatte ihm nicht ganz folgen können, aber immerhin weit genug, um seine Lage einzuschätzen.

»Zunächst mal«, sagte Peroni, »wofür hat *Avv.* Bixi Sie eingestellt?«

»Für Botengänge in juristischen Angelegenheiten und –«

»Was noch?« sagte Peroni, wobei das Lebenslänglich in jeder Silbe mitschwang.

»Mein verstorbener Arbeitgeber«, fuhr der Leichenbestatter hastig fort, »war sehr darauf erpicht, gewisse Informationen zu erhalten, die in Gondolierikreisen zirkulierten.«

»Zu erpresserischen Zwecken?«

Der Leichenbestatter faltete die Hände wie zum Gebet und senkte den Kopf, was Peroni als Zustimmung auffaßte.

»Und Sie haben ihm von der Zuhälterei des Löwen erzählt?«

Der Kopf hob und senkte sich, als gäbe er seinen Untergebenen stumm die Erlaubnis, einen Sarg vom Leichenwagen zu heben.

»Und von den Wetten zur Historischen Regatta?«

Eine weitere nekrologische Bejahung.

»Wußten Sie, wer hinter dem Wettring steckte?«

»Ich war gerade bemüht, das herauszufinden, als mein verstorbener Arbeitgeber zur letzten Ruhe gerufen wurde.«

Der neapolitanische Dozent ersann eine komplizierte Frage für einen Examenskandidaten. »Mir wurde zu verstehen gegeben, daß *Avv.* Bixi sowohl hinter den Zuhältergeschäften des Löwen als auch hinter verschiedenen anderen Aktivitäten der Gondolieri steckte. Ist das korrekt?«

Der Leichenbestatter schüttelte jammervoll, aber unmißverständlich verneinend den Kopf.

Peroni seufzte befriedigt. Mit einem Schlag hatte diese stumme Verneinung einen ganzen Berg von ungeordnetem Plunder und Schrott aus dem Weg geschafft. Jetzt lag die entscheidende Frage klar und deutlich auf der Hand.

»Wer steckte hinter all dem?«

»Ich weiß es nicht.«

Zum erstenmal hatte Peroni einen unkomplizierten, lapidaren Satz aus dem Munde des Leichenbestatters gehört; und es war leicht zu merken, warum er eine derart unübliche Schlichtheit an den Tag legte.

Er hatte Angst.

Der Auftrag erwies sich als unerwartet schwierig. Nachdem Marta offenbart hatte, daß ihr Freund ein Gondoliere war, zeigte sie sich in bezug auf ihn längst nicht so redselig wie bei anderen Themen. Tatsächlich war sie so verschlossen wie eine Auster.

Und dann hatte Michelangelo einfach Glück. Sie waren auf dem Rückweg vom Kino Richtung Markusplatz und kamen an der *Fondamenta Orseolo* vorbei, wo Dutzende von Gondeln in langen Reihen aneinander vertäut dümpelten, als sie spürte, wie Marta sich kaum merklich verkrampfte. Sie schaute aufs Wasser hinaus, und als Michelangelo Martas Blickrichtung folgte, sah sie dort einen Gondoliere, der sein Boot an Land steuerte, und obwohl sie sicher war, daß zwischen ihm und Marta Erkennen aufblitzte, machten die beiden keinerlei Anstalten, sich zu grüßen.

»War er das?« fragte Michelangelo, als sie in die kleine Gasse hineingingen, die auf den Markusplatz führte.

»Wer?« sagte Marta, offensichtlich nervös.

»Dieser Gondoliere – ist das dein Freund, von dem du erzählt hast?«

»Mir ist kein bestimmter Gondoliere aufgefallen«, sagte Marta.

Sie lügt, dachte Michelangelo. Und jetzt rasch das Thema wechseln, sagte sie sich. »Sollen wir noch ein Eis essen?« fragte sie.

Als sie den größten Salon Europas betraten, flatterte plötzlich ein Schwarm Tauben auf und flog mit einem Schwenk auf die schimmernde Mosaikfassade der Basilika zu.

Unter dem Trauerflor, mit dem der Leichenbestatter sie verhüllte, war die Wahrheit – wenngleich noch nicht die ganze Wahrheit – völlig eindeutig. Der Leichenbestatter wußte nicht, wer der große Unbekannte hinter den Geschäften der Gondolieri war, aber *Avv.* Bixi mußte es gewußt haben, obwohl ihm nie auch nur der kleinste Hinweis darauf entschlüpft war.

»Mein verstorbener Arbeitgeber bediente sich nicht ausschließlich meiner Dienste«, sagte er. »Er stellte auch eigenhändig gewisse Nachforschungen an, über deren Ergebnisse er mich nicht unterrichtete.« Wieder verdrehte er die Augen Richtung Lampe. »Möge Gott seiner Seele gnädig sein, er war ein verschlossener Mensch!«

»Letzten Sonntag«, sagte Peroni, »wurde der Haker morgens im Büro von *Avv.* Bixi gesehen.« Ein Hauch echter Verblüffung huschte über das Gesicht des Leichenbestatters, als wäre ein Springteufel aus einem Sarg gehüpft.

»Wußten Sie von irgendwelchen Kontakten zwischen den beiden?«

»Nein«, flüsterte der Leichenbestatter.

»Die beiden sind sich Ihres Wissens nie begegnet?«

»Niemals.«

Wenn das stimmte, und Peroni sah keinen Grund, daran zu zweifeln, zeichneten sich deutlich zwei Fragen ab. Erstens: Warum hatte der Löwe ausgesagt, daß er im Auftrag von Bixi die Miete des Hakers bezahlt hatte? Zweitens: Was hatte der Haker am Sonntag morgen bei Bixi zu suchen?

Auf die erste Frage glaubte Peroni die Antwort bereits zu kennen. Der Löwe hatte Bixis Namen aus demselben Grund erwähnt, aus dem er zuvor versucht hatte, ihn als Beteiligten an der Zuhälterei darzustellen – um Peronis Aufmerksamkeit von dem eigentlichen Organisator abzulenken.

Bei der zweiten Frage konnte Peroni nach wie vor nur Vermutungen anstellen, aber er hatte das Gefühl, daß seine Vermutung ziemlich scharfsinnig war.

»Und jetzt«, sagte er, »kommen wir zu Ihrem Handel mit nationalem Kulturerbe.« Der Leichenbestatter stieß einen vielsagend gehauchten Seufzer aus und setzte eine langmütige Duldermiene auf. »Wo hatten Sie es her?«

»Mein verstorbener Arbeitgeber«, sagte er, »benutzte einen wasserdichten Metallcontainer, um Dokumente und Wertgegenstände aufzubewahren, wenn die Banken bereits geschlossen hatten. Diesen Container versenkte er mit Hilfe einer Kette in den Kanal hinter seinem Büro. Als er seine letzte Ruhe fand, war ich der Auffassung, daß er gern gesehen hätte, wenn ich dessen Inhalt an mich nähme, denn während ich bei ihm angestellt war, entlohnte er mich denkbar spärlich für meine Dienste, möge Gott ihm vergeben. Daher brachte ich mich in Besitz des besagten Containers, mußte jedoch feststellen, daß er lediglich ein Manuskript von Goldoni enthielt. Ich hielt es für wertlos, doch meine M –«, er bremste sich gerade noch rechtzeitig, »eine nahe Verwandte empfahl mir, es zu verkaufen. Da ich dem *Gazzettino* entnommen hatte, daß sich ein berühmter amerikanischer Experte für den verstorbenen Carlo Goldoni in der Stadt aufhielt, war ich so frei, ihm das Manuskript anzubieten, und er war so freundlich, es anzunehmen.«

»Für eine Million Lire«, erinnerte Peroni ihn.

Der Leichenbestatter rieb sich die Hände und lächelte. Es war das erste Mal, daß Peroni ihn lächeln sah, und der Anblick war fürchterlich: der Mann bleckte die großen gelben Zähne, die an Grabsteine erinnerten, in einer gruseligen Parodie von Heiterkeit. »Ich habe das Geld aus religiösen Motiven angenommen«, sagte der Leichenbestatter. »Ich hatte das Gefühl, daß eine kleine postume Anerkennung meiner Dienste den Aufenthalt meines verstorbenen Arbeitgebers im Fegefeuer verkürzen würde.«

»Wußte diese Verwandte, die Ihnen empfahl, das Manuskript zu verkaufen«, sagte Peroni, »daß Sie es an den Amerikaner verkauften?«

»Sie ist seit vielen Jahren bettlägerig und nicht immer ganz klar im Kopf. Mit solchen Details habe ich sie nicht belästigt.«

»Wer wußte davon?«

»Niemand.«

»Sie haben es niemandem gegenüber erwähnt?«

Der Leichenbestatter hielt inne, und dann zeichnete sich ein gebrochener Ausdruck auf seinem Gesicht ab. »Einer einzigen Person.«

»Und wer ist das?«

»Ein Gondoliere«, ließ er unheilschwanger verlauten, »Ein Gondoliere, den man den Lächler nennt.«

»Beschreibung?«

»Ungefähr 1,75, fünfundsechzig Kilo. Lange, kräftige Arme und große Hände. Mitte Zwanzig, würde ich sagen. Hellbraunes Haar, dunkle Augen. Und ein Lächeln.«

Peroni musterte sie streng. »Wir alle haben ein Lächeln, Michelangelo«, sagte er.

»Nicht so eins, *Dottore*. Er hat so ein Lächeln, das wie fest eingeprägt ist – ein ewiges Lächeln.«

»Tja, in dem Fall – *Pronto*?« sprach er ins Telefon, das genau in diesem Augenblick geläutet hatte. »*Si, Dottore? Si. Si. Si* ... « Er machte sich eine Notiz. »*Si, Dottore*«, schloß er. »*Buon giorno, Dottore*.«

»Das war *Dott.* Amabile«, sagte er. »*Dott.* Tron liegt ihm wegen der Regatta morgen in den Ohren – er möchte, daß wir die Vorbereitungen ein wenig verfolgen. Anscheinend ist drüben in Burano eine riesige Menschenmenge, weil dort der Stier trainiert. Ich kann mir wirklich nicht vorstellen«, fügte er gereizt hinzu, »daß sich jemand wegen eines Bootrennens zu zwei Morden hinreißen läßt, aber er besteht darauf. Ich werde mal rüberfahren und mich umschauen.«

Michelangelos Gesicht, so bemerkte er, verdunkelte sich vor Sorge. »Machen Sie sich um mich keine Gedanken«, sagte er, ihren Ausdruck richtig deutend. »Wenn ich noch nicht mal mehr an einem Samstag morgen nach Burano fahren kann, sollte ich mir gleich einen Job als Kindergärtner suchen.«

Und tatsächlich, jetzt, wo die Sonne durch die Fenster der *Questura* drang, war sogar er zuversichtlich. Die Dämonen waren nicht zu Hause.

Michelangelo dagegen kam sich albern vor, weil sie sich ihre Besorgnis hatte anmerken lassen, und noch alberner, weil diese einfach nicht weggehen wollte, sondern in ihr immer weiterwuchs, ein unerwünschter, aber nicht abtreibbarer Fötus der Angst.

»Was ich noch sagen wollte«, sprach Peroni weiter, »Ihr lächelnder Gondoliere ist das letzte Teilchen zu dem Puzzle. Im Rausch gesteht der Leichenbestatter den Diebstahl des Manuskriptes gegenüber einem Gondoliere, der Lächler genannt wird, weil er ein permanentes, unfreiwilliges Grinsen im Gesicht hat. Das ist das eine. Aber da ist noch etwas. Der Leichenbestatter hat die *Dienerin von Stand* aus Bixis Unterwassersafe gestohlen. Damit können wir mit großer Wahrscheinlicheit davon ausgehen, daß derjenige, der Bixis Büro durchsucht hat – derjenige, der ihn ermordet hat –, auf der Suche nach dem Manuskript war.«

Zwei Gondolieri lehnten rauchend an einem Geländer und warteten auf Kundschaft. Sie sahen Muso an und dann schnell wieder weg, weil er offensichtlich als potentieller Kunde nicht in Frage kam. Das besserte seine Laune nicht gerade.

»Lächler«, sagte er barsch zu ihnen, »der Gondoliere, der Lächler genannt wird.«

»Lächler!« rief einer von ihnen, ohne Muso auch nur eines Blikkes zu würdigen.

»*Si*?«

Die Stimme kam von irgendwo unterhalb ihrer Füße, und als Muso nach unten schaute, sah er, daß ein dritter Gondoliere damit beschäftigt war, das Holz einer Gondel zu polieren, die dort vertäut lag.

»Ein Herr will dich sprechen.« Das »Herr« hatte einen ironischen Beiklang; Muso hörte ihn genauso durchdringend wie eine Geige, die mitten in der Canal-Grande-Serenade plötzlich die Tonart wechselt.

Der Gondoliere unten in dem Boot blickte zu Muso hoch. Falls er ihm den Polizisten an der Nasenspitze ansah, so zeigte er es jedenfalls nicht, und das freundliche Lächeln wurde keinen Deut schwächer. Er kletterte auf den Kai hinauf und wischte sich die Hände an der Hose ab.

»Kann ich Ihnen helfen?«

»*Questura*.«

Vielleicht jagte ihm das einen Schrecken ein, aber wegen des Lächelns konnte man es nicht feststellen.

»Wir haben Grund zu der Annahme«, sagte Muso, während er mit dem Gondoliere den Kai entlangging, bis sie außer Hörweite der anderen waren, »daß Sie mit einer jungen Frau namens Garzoni, Marta, befreundet sind.«

Eine Pause. Kurz, aber wahrnehmbar. »Das ist richtig.«

»Wir haben außerdem Grund zu der Annahme, daß Sie gestern irgendwann nach zehn Uhr vormittags in der Nähe des Hotels Vivaldi ein Päckchen von ihr in Empfang genommen haben.«

Lächler schien ein wenig belustigt darüber nachzudenken. »Nein«, sagte er und schüttelte den Kopf, »nein, da müssen Sie falsch informiert worden sein.«

»In diesem Fall«, sagte Muso, »muß ich Sie bitten, mich zwecks Verifizierung zu Ihrer Wohnung zu begleiten.«

Was dann geschah, kam völlig unerwartet. Die kraftvollen Hände des Lächlers stießen plötzlich gegen Musos Brust. Zu spät bemerkte der Polizist, daß er am Rande des Kais stand. Hilflos fiel er nach hinten. Das Letzte, das er sah, bevor das trübe Wasser über seinem Kopf zusammenschlug, war das strahlende, gutmütige Lächeln des Gondoliere.

Das Päckchen unter dem Arm, entfernte er sich fast im Laufschritt von der Piazzale Roma, bis er zu dem Fiat 1800 kam, den er während des Sommers immer in der Nähe parkte, um gelegentlich Ausflüge aufs Festland zu unternehmen. Er schloß ihn auf, schob das Päckchen unter den Fahrersitz, stieg ein und fuhr los.

Als er gerade auf den Fahrdamm fuhr, hörte er hinter sich Sirenengeheul, und seine Handflächen am Steuer prickelten vor Schweiß. Er blickte in den Rückspiegel und sah, daß es ein Polizeiauto war. Wenn sie ihn entdeckt hatten, waren seine Chancen gleich Null, denn sein 1800 hätte mit einem Streifenwagen ebensowenig ein Rennen veranstalten können wie eine Gondel mit einem Schnellboot. Alle seine Pläne wären mit einem Schlag zunichte.

Dann blieb der Polizeiwagen stehen. Zwei uniformierte Männer stiegen aus. Einer von ihnen zog eine Kelle aus dem Stiefel und trat in den fließenden Verkehr, um ein Auto anzuhalten. Ein 1800, wie seiner. Eine Straßenkontrolle wegen ihm und seinem Päckchen, und er war noch so gerade eben durchgeschlüpft.

Lächler wischte sich die Hände nacheinander an der Hose ab und fuhr weiter Richtung Mestre.

TEIL VIER

DER STIER

»Oh Himmel, welch ein Leben!
Wie viele Schicksalsschläge!
Wie viele Niederlagen!«
Mémoires, Carlo Goldoni

Kapitel 18

Der Kirchturm von Burano ist mindestens genauso geneigt wie der schiefe Turm von Pisa, was der Insel ein seltsam schräges Aussehen verleiht. Während Peroni zwischen den bunten Häusern hindurchging, schien dieser Turm mit ihm Verstecken zu spielen. Immer wieder verschwand er aus den Augen, aber stets tauchte er verspielt nach wenigen Sekunden wieder auf, beunruhigend schräg über einer neuen Aussicht.

Überall saßen Frauen vor den Häusern, die Köpfe über die Spitzenstickereien geneigt, die nicht nur ihre wichtigste Einnahmequelle waren, sondern auch die der gesamten Insel.

Peroni mochte Burano, vielleicht weil die überall hängende Wäsche, die offenstehenden Haustüren, die den Blick in Wohnküchen freigaben, und die Frauen, die auf der Straße kochten, ihn an Neapel erinnerten. Vielleicht mochte er es auch, weil er dort keine Angst hatte; die Insel schien zu gutmütig für einen Mord. Er wünschte bloß, Estrella wäre bei ihm.

Er brauchte nicht lange, um herauszufinden, wo der Stier trainierte, denn die Menschenmenge aus einheimischen Anhängern und Touristen war wahrlich beeindruckend.

Der Stier war ein gutes Stück draußen auf der Lagune, umgeben von anderen Booten, und wie schon einmal zuvor erfüllte allein die Größe des Mannes und seine vermeintlich übermenschliche Kraft Peroni mit Ehrfurcht. Es war, als wäre der griechische Olymp zu neuem Leben erwacht und Jupiter aus Liebe zu einer menschlichen Frau auf die Erde herabgestiegen, halb Stier, halb Mensch. Aber pflegten die Göttinnen bei solchen Gelegenheiten nicht ein gräßliches Durcheinander unter den Menschen anzurichten? Peroni fragte sich, was *Dott.* Amabile wohl zu dieser Erklärung des Doppelmordes sagen würde.

Dann fing er an, Ausschau nach allem zu halten, was *Dott.* Tron für wichtig halten könnte. Aber alle Zuschauer wirkten wie gebannt von dem zeitlosen Anblick des gewaltigen Mannes, der am Horizont in einem Boot dahinjagte, das von unsichtbaren Flügeln angetrieben zu werden schien.

Und in diesem Augenblick sah er die Frau. Sie saß am Rande des Wassers, trug ein langes weißes Kleid und einen großen Hut, dessen Krempe die Ausmaße eines Reifrockes hatte und ihr Gesicht vollkommen vor ihm verbarg. Er hätte selbst nicht sagen können, wieso er es wußte, aber er war sich absolut sicher, daß sie Engländerin war. Und irgend etwas an ihr verriet den Adel. Eine englische Aristokratin.

Sehr behutsam, so daß sie es nicht merkte, schob er sich näher.

Der Stier fühlte sich auf dem Höhepunkt seiner Kraft, während die Sonne und die Augen der bewundernden Menge seine massige Herrlichkeit bestrahlten. Keine Macht auf Erden konnte ihn daran hindern, die Historische Regatta zum zehntenmal in Folge zu gewinnnen.

»Du bist der Größte aller Zeiten!« sagte er sich. »So steht es in allen Zeitungen.« Nicht, daß er wirklich selbst die Zeitungen gelesen hätte. Natürlich konnte er so gut lesen wie jeder andere; es war bloß so, daß manche Wörter, die diese Journalisten benutzten, einfach keinen Sinn ergaben. Aber er ließ sie sich vorlesen, und die Zeitungsausschnitte hingen eingerahmt in dem Restaurant in Burano, wo seine Trophäen aufbewahrt wurden. Man hatte es sogar nach ihm benannt, und es war eine Art Altar für seine Regatta-Erfolge.

Der Stier lebte ausschließlich für die Regatta-Saison. Wenn sie vorüber war, ging er seinen normalen Beschäftigungen nach, arbeitete als Gondoliere, aß, trank und schlief, aber bis auf diese Funktionen verfiel alles in Winterschlaf, bis es wieder an der Zeit war, mit dem Training für die nächste Saison zu beginnen.

Was ihn anging, so zählte auf der ganzen Welt nur noch eine andere Sache.

Ihr Gesicht wurde noch immer von der gewaltigen Hutkrempe verborgen, aber Peroni konnte die herrlichen hellblonden Haare sehen, die ihr über den Rücken fielen, und während sie über die Lagune blickte, spielte sie mit einem kleinen Sonnenschirm.

So, wie sie jetzt saß, hätte er ins Wasser springen müssen, um ihr Gesicht sehen zu können. Seine verstohlenen Blicke, die er wie Pfeile gegen die Brustwehr einer Burg abschoß, wurden auf der einen Seite von dem Hut abgeblockt und auf der anderen Seite von einer Ziegelwand, denn sie saß am äußersten Ende des Kais.

Er hatte versucht, sie kraft seines Willens dazu zu bewegen, sich umzuschauen, eine Übung, in der er ein Meister war, aber diesmal blieb er erfolglos. Er erwog einen direkten Versuch. Guten Tag. Sie sind bestimmt Engländerin. Aber an diesem Punkt schaltete sich der *Commissario* ein. Er war nicht hergekommen, um mit ausländischen Touristinnen anzubändeln; *Dott.* Tron erwartete einen Bericht. Widerwillig konzentrierte sich Peroni erneut darauf, die Menschenmenge zu beobachten. Noch immer schienen alle völlig friedlich und waren ganz vom Anblick des kraftvollen Stiers in Anspruch genommen.

Er wechselte seine Position, um aus einem anderen Blickwinkel beobachten zu können, und dabei stieß er zufällig mit einem Bein gegen die Frau.

»Oh, verzeihen Sie bitte«, entschuldigte er sich unwillkürlich, und fügte dann hinzu: »Guten Tag. Sie sind bestimmt Engländerin.«

Der Stier lenkte seine Gondel Richtung Kai, und gehorsam wendeten alle Begleitboote den Bug aufs Ufer zu. Er hatte für heute morgen genug trainiert; jetzt brauchte die Kraftmaschine Futter.

Er schob noch einen letzten Spurt ein, ungefähr so, wie ein Pianist lässig eine unglaubliche Zugabe hinlegt, und dann stieg er unter dem jubelnden Applaus der Menschen aus dem Boot, die sich um ihn drängten, seine immensen Schultern tätschelten, um ihn herumwieselten wie Kaulquappen um einen Wal. Jemand hielt ihm ein Autogrammbuch vor die Nase, doch er schob es mit einer Hand beiseite, die das Format eines übergroßen Boxhandschuhs hatte. Nicht, daß er nicht hätte schreiben können, aber er hatte nie einen Stift dabei.

Er hob die verschränkten Hände über den Kopf, wie er es bei Boxchampions im Fernsehen gesehen hatte, und ließ sein breites, gemächliches Lächeln erstrahlen. Die Menge tobte.

»Sie lieben dich«, sagte er sich. »Sie lieben dich, weil du ein großer Champion bist. Du bist für sie wie ein Gott. Der Gott-Stier.«

In Begleitung seiner engsten Entourage ging er los, und die Menge folgte ihm. Über den Corte Novello, über die Brücke zur Fondamenta Pescheria und dann die Calle della Provvidenza hinauf. Ein unbeteiligter Beobachter hätte meinen können, es handele sich um eine heidnische Prozession.

Giulio, der Besitzer der Trattoria zum Stier, ließ einen raschen, alles erfassenden Blick über seine Kellner gleiten, wie ein Dirigent prüfend das gesamte Orchester in Augenschein nimmt, bevor er den Taktstock hebt. Alle waren da, Servietten über den Unterarm gelegt, strategisch verteilt wie Feldspieler kurz vor dem Anpfiff, denn jeden Augenblick würde der Stier mit seinem Gefolge eintreffen, und dann wären alle Tische bis auf den letzten Platz besetzt.

Das Restaurant war von seinem Großvater gegründet und nach ihm *da Gigi* benannt worden, weil es den Stier damals noch nicht gab. Aber schon immer hatte die Regatta hier eine wichtige Rolle gespielt, und Giulio hatte seiner Trattoria schließlich den Namen des größten Regattahelden aller Zeiten gegeben, der dafür ausschließlich bei ihm essen ging, wenn er sich in Burano aufhielt. Ein kluger Schachzug, denn seitdem war das Restaurant eine Goldgrube. Giulio, der sich mehr für Fußball interessierte, konnte diese Regattabegeisterung zwar nicht ganz nachvollziehen, aber er war dankbar dafür.

Die Tür wurde aufgestoßen, und die riesige Gestalt des Stiers schob sich ins Restaurant. Giulio und drei Kellner waren sofort zur Stelle, geleiteten ihn zum Ehrentisch, dem Altar des Stier-Gottes. Und hier zelebrierte Giulio selbst das Ritual; er servierte rohe Eier, die der Stier verschlang wie ein Orang-Utan Erdnüsse, und goß unablässig Rotwein nach, von dem der Stier Mengen vertragen konnte, die selbst unter den Gondolieri legendär waren.

Nachdem die Eier verspeist und nur noch ein Berg leerer Eierschalen zurückgeblieben war, kümmerte Giulio sich um die Zubereitung und das Servieren eines Florentiner T-Bone-Steaks, fast roh und so groß, daß man Tischtennis darauf hätte spielen können. Damit war der Stier eine Weile beschäftigt, und Giulio hatte Zeit für einen Kontrollgang durch sein Restaurant.

Währenddessen überschlug er im Kopf rasch die Einnahmen. Mit diesen Berechnungen lag er immer richtig, bis auf ein paar Tausend Lire Abweichung nach oben oder nach unten.

Und dann entdeckte er das Paar in der Ecke. Ein ungemein attraktives Paar, sie der nordische Typ, vielleicht Engländerin, er Südländer. Das waren Leute, die für gewöhnlich in teuren Restaurants speisten, Leute, die Giulio sich ausgesucht hätte, wenn Restaurantbesitzer es sich leisten könnten, ihre Gäste auszusuchen – kultiviert, intellektuell, elegant, geistreich.

Er ging unauffällig näher heran, um vielleicht etwas von ihrem Gespräch aufzuschnappen. Zunächst bekam er nur mit, daß sie Englisch sprach, das er einigermaßen gut verstand.

Er schob sich noch etwas näher heran und konnte schließlich einen Satz aus dem Munde der Frau hören, aber sie merkte, daß er lauschte, und bedachte ihn mit einem derart eisig schneidenden Blick, daß er sich rasch und verlegen zurückzog.

Doch so verlegen er auch war, weil sie ihn ertappt hatte, seine Verwunderung über den Satz, den sie ausgesprochen hatte, war nicht weniger groß.

»Muß ich«, hatte sie ihren südländischen Begleiter in herzzerreißend melancholischem Tonfall gefragt, »muß ich sterben?«

»Das bin ich tatsächlich.«

Das Gesicht, noch immer teilweise von dem riesigen Hut und dem hellblonden Haar verdeckt, bot sich endlich Peronis Blicken dar. Es erfüllte seine kühnsten Erwartungen. Kühl, mit der berühmten rosigen Schönheit der Engländerinnen und dem beherrschten Gesichtsausdruck aristokratischer Überheblichkeit. Auch die Stimme war makellos englisch, so, wie Peroni sich die Stimme der Queen vorstellte. Sie machte ihn, was ganz untypisch für ihn war, völlig sprachlos.

Aber nur für einen Augenblick, und dann hatte der neapolitanische Zauberkünstler zur Entrüstung des *Commissario* die Situation voll im Griff. Er intonierte sein unwahrscheinliches Englisch wie eine Zauberformel, sprach innerhalb von genau zwei Minuten eine Einladung zum Essen aus und war nicht im geringsten erstaunt, als diese angenommen wurde.

Er hätte sie lieber in ein intimeres Restaurant als die Trattoria zum Stier geführt, aber sie bestand darauf, und da er sein Hauptziel ja erreicht hatte, nährte er ihren touristischen Appetit.

»Sind Sie nach Burano gekommen«, sagte er, als sie sich zu Wodka-Campari-Aperitifs niedergelassen hatten, »um den Stier zu sehen?«

»Den Stier?« sagte sie in einem Tonfall, als habe die Königin von England beiläufig »Spaghetti?« gefragt.

Von ihrem Sitzplatz aus war der Stier nicht zu sehen, daher blähte Peroni sich auf wie eine Kröte und machte Ruderbewegungen. »Der Gondoliere«, sagte er.

Ihr Lachen plätscherte wie eine Quelle in einem englischen Garten. »Nein, nein«, sagte sie (wie schafften die Engländer es nur, jedes Wort wie ein Glöckchen erklingen zu lassen?)– »ich bin hier, um Baldassare Galuppi meine Reverenz zu erweisen.«

Peroni war verblüfft. Er hatte den Namen schon einmal gehört, war sich aber nicht sicher, ob es sich dabei um einen unbedeutenden Erfinder oder einen Gefolgsmann Garibaldis handelte. »Baldassare Galuppi?« echote er.

»Haben Sie noch nie von ihm gehört?« fragte die Milady, wie Peroni sie insgeheim ansprach.

»Ja und nein«, antwortete er wahrheitsgemäß.

»Die Straße draußen und der Platz an ihrem Ende sind nach ihm benannt. Baldassare Galuppi ist der berühmteste Sohn Buranos.«

»Berühmt weswegen?« fragte Peroni.

»Wegen seiner Musik. Er war ein Musiker des 18. Jahrhunderts – ein hervorragender Musiker und Zeitgenosse Goldonis. Oh, Galuppi Baldassare«, proklamierte sie unerwartet, nachdem sie ihren Wodka-Campari ganz und gar nicht wie eine Milady in einem Zug geleert hatte, »dergleichen ich nur selten find'! Wie könnt' ich dich mißverstehen; bin ich doch nicht taub und blind; doch obgleich den Sinn ich fasse, die Gedanken unfroh sind!«

»Könnten Sie das bitte etwas langsamer wiederholen?« sagte Peroni und hatte damit einen der ersten vollständigen englischen Sätze aus dem Gedächtnis gekramt, die er je gelernt hatte.

»Das ist ein Gedicht«, sagte sie.

Sie bestellten Fisch als Vorspeise, und Peroni registrierte, daß sich ihnen unauffällig ein Mann näherte, der in seinem tadellosen blauen Anzug aussah, als gehörte ihm das Restaurant.

Dann fuhr seine Begleiterin in musikalisch wehmütigem Tonfall fort, der auch von dem Mundvoll Garnelen unbeeinträchtigt blieb: »Dieser Sorgenklang der Terzen, dieser Sexten arglos Werben; diese Spannung, diese Lösung, fragt nicht alles ›Muß ich sterben?‹«

Sie hielt inne, um zu dem Besitzer hochzublicken, der sich daraufhin sehr schnell entfernte.

»Und Septimen voller Mitleid«, schloß sie, »künden drohend von Verderben!«

Am Ehrentisch hatte sich der Stier mittlerweile eine Unzahl roher Eier, das T-Bone-Steak, einen gemischten Salat, der die Ausmaße eines mittleren Gartens hatte, einen felsgroßen Klumpen Parmesankäse und fünf Liter Rotwein einverleibt. Sein Gefolge, das erheblich weniger konsumiert hatte, war inzwischen komatös, hemmungslos oder lallend ausgelassen, doch der Stier, dessen Fassungsvermögen für Nahrung und Getränke keine Grenzen kannte, befand sich noch immer im vollen Besitz seiner kraftvollen Fähigkeiten.

Er schielte angestrengt auf seine Uhr. Er konnte gut die Zeit ablesen, und nur gelegentlich kostete es ihn etwas Mühe, den großen und den kleinen Zeiger zu unterscheiden; gerade jetzt war er in dieser Hinsicht ein wenig verwirrt, aber in weniger als fünfzehn Sekunden hatte er das Problem gelöst und die exakte Uhrzeit festgestellt. Nachdem diese Information dem entsprechenden Knotenpunkt in seinem Hirn übermittelt worden war, stieß er eine Reihe von Grunzern aus, die diejenigen seiner Anhänger, die noch in der Lage waren, dem Geschehen zu folgen, als die Ankündigung deuten konnten, daß er gleich zurück sein werde.

Dann wuchtete er sich auf die Beine und ging aus dem Restaurant, wobei er vereinzelt Applaus von Fans erntete, den er mit einem geistesabwesenden Winken seiner Pranke honorierte.

Draußen lag die Via Baldassare Galuppi fast menschenleer in der frühen Nachmittagssonne. Er ging bis zum Ende der Straße, bog in die Rio Terrà Pizzo ein und schaute sich um, ob ihm auch niemand folgte.

Nachdem er sich dessen vergewissert hatte, stapfte er weiter, bis er zu einem hübschen, zweistöckigen, rosafarbenen Haus kam, dessen Fenster von Geranien überquollen. Erneut blickte er sich um, ob er auch wirklich nicht beobachtet wurde, und klopfte dann an die Tür, zweimal langsam und zweimal schneller.

Die Schnelligkeit, mit der die Tür geöffnet wurde, ließ vermuten, daß drinnen schon jemand gewartet hatte. Das Innere war stockfinster, doch der Stier machte unbeirrt einen Siebenmeilenstiefelschritt hinein und schloß die Tür hinter sich.

Peroni hatte eine Theorie darüber, wie lange Frauen in der Damentoilette verweilten, wenn sie mit einem Mann ein Restaurant besuchten. Weniger als fünf Minuten deuteten darauf hin, daß etwas nicht stimmte. Fünf bis zehn Minuten ließen darauf schließen, daß sie in ihren Partner verliebt war, die notwendige Minimalzeit damit verbrachte, sich hübsch zu machen, aber so schnell wie möglich wieder zu ihm zurückwollte. Blieb sie länger als zehn Minuten, aber weniger als eine Viertelstunde fort, interessierte sie sich mehr für sich selbst als für den Mann in ihrer Begleitung. Wenn sie jedoch länger als eine Viertelstunde verschwunden blieb, dann wurde die Sache kompliziert: sie versuchte, ihn nervös zu machen, seine Gefühle zu reizen.

Die englische Milady war inzwischen fünfundzwanzig Minuten weg.

Peroni bestellte noch einen Grappa.

Dreißig Minuten.

Ein Mörder, möglicherweise ein Wahnsinniger, schlich durch die Straßen Venedigs, tötete Menschen und ließ ihre Leichen in dem kleinen Hof unweit der Mördergasse liegen. Doch Peroni saß in einem Restaurant auf Burano und wartete darauf, seinen Flirt mit einer englischen Milady fortsetzen zu können.

Fünfundvierzig Minuten, und das Restaurant leerte sich allmählich. Er ging zu der Toilette, die sowohl für Damen als auch für Herren war, und über die eine der wenigen Frauen Buranos wachte, die nicht damit beschäftigt war, Spitzen herzustellen. Abgesehen von ihr war sonst niemand da.

Peroni nahm sie intensiv ins Verhör, aber sie blieb hart. Niemand, der auch nur entfernt der englischen Milady geähnelt hatte, war je in dieser Toilette gewesen.

Innerhalb von zwanzig Minuten hatte Peroni ganz Burano durchkämmt, ohne eine Spur von ihr zu entdecken. So unerwartet, wie sie aufgetaucht war, war sie auch wieder verschwunden.

Kapitel 19

Lucino, der im Hotel Mont Blanc knapp außerhalb von Aosta arbeitete, gehörte zu den Kellnern, denen die Welt offensteht. Was auch immer ein Gast verlangte, beispielsweise ein Taxi während des Taxifahrerstreiks oder andere weniger offen eingestandene Objekte der Begierde, er konnte alles beschaffen. Gegen einen gewissen Obulus.

Er stammte aus einer Gondoliere-Familie, hatte sich aber nicht auf diesen traditionellen Broterwerb eingelassen, der seiner Meinung nach nichts einbrachte. In der Gastronomie lagen die Dinge dagegen völlig anders. Und das beste war, daß es so viele Kellner gab, die nicht in der Lage waren, Spaghetti zu essen und sich gleichzeitig am Ohr zu kratzen, was bedeutete, daß der Weg frei war für Leute wie Lucino, der seiner Arbeit mit der Unabhängigkeit eines Bergführers, der Überredungskunst eines erfolgreichen Vertreters, dem Charme einer Zahnarzthelferin in einer teuren Privatpraxis und der Gerissenheit eines – na schön – eines Gondolieres nachging.

Er kam gerade aus dem Zimmer einer australischen Dosenfabrikantenwitwe, die erst seit wenigen Stunden in Aosta weilte und bereits festgestellt hatte, daß viele ihrer Probleme durch Lucino gelöst worden waren, der vermutlich auch fähig sein würde, noch etliche weitere zu lösen, bevor sie am nächsten Morgen nach Capri abreiste.

Als er die Treppe in die Eingangshalle hinunterging, sah er verblüfft, daß sein Bruder in einem der Plüschsessel saß.

»*Ciao*«, sagte er. »Was machst du denn hier?«

»*Ciao*«, sagte sein Bruder. »Ich habe etwas, das in die Schweiz muß und das genug Geld einbringen könnte, um ein Dutzend Hotels wie dieses hier zu kaufen, aber ich brauche deine Hilfe.«

»Erzähl mir alles«, sagte Lucino fasziniert.

Nachdem er sich umgeblickt hatte, um sicherzugehen, daß niemand mithören konnte, fing der Lächler an, leise zu reden.

Die englische Milady war zwar ungewöhnlich gewesen, aber nicht das, was *Dott.* Tron im Sinne gehabt hatte. Ein glücklicher Zufall bescherte Peroni noch etwas für ihn. Es wurden, so fand er heraus, unvermindert Wetten auf die Regatta abgeschlossen, und trotz der niedrigen Quoten wurde viel Geld auf den Stier gesetzt. Als er am Nachmittag wieder in Venedig war, hatte er festgestellt, daß die Organisation ganz einfach von Don Amos auf dessen Küster übertragen worden war, denjenigen, der wegen Hehlerei im Gefängnis gesessen und sich anschließend bekehrt hatte.

In dieser Phase neuerliche Schritte zu unternehmen schien sinnlos, also faßte Peroni einen vorsichtig formulierten Bericht für *Dott.* Tron ab und ging dann ein weiteres Mal die Stapel mit Informationen auf seinem Schreibtisch durch. An neuen Erkenntnissen war nur hinzugekommen, daß der Löwe einmal in einem Film mitgespielt und Don Amos angeblich die Mutter eines Gondolieres per Wunderheilung vom Heuschnupfen befreit hatte. Er dachte einen Moment darüber nach und beschloß dann, daß ihn das nicht weiterbrachte.

Goldoni. Der Name drängte sich unaufgefordert in seine Gedanken. Dieser Name, der so ähnlich wie *gondola* klang, war immer wieder aufgetaucht, wie ein exzentrisch gekleideter Fremder, der einem ständig über den Weg läuft. Und jetzt sah es langsam so aus, als habe das Goldoni-Manuskript etwas mit Bixis Tod zu tun.

Peroni verspürte eine prickelnde Neugier auf diesen venezianischen Dramatiker des 18. Jahrhunderts und ging, einer Eingebung folgend, um die Ecke in einen Buchladen, der noch geöffnet hatte, wo er sich eine Ausgabe von Goldonis *Mémoires* kaufte, die er mit in sein Büro nahm und sogleich anfing zu lesen.

Schon bald stellte er fest, daß er den vielfältigen und häufig glücklosen Abenteuern mit viel Sympathie folgte: Die Flucht des Vierzehnjährigen aus einem Jesuitenkolleg auf einem Schiff voller *Schauspieler und Schauspielerinnen, ein Souffleur, ein Bühnenmeister, ein Garderobenaufseher, acht Diener, vier Zofen, zwei Ammen, Kinder jeden Alters, Hunde, Katzen, Affen, Papageien, Geflügel,*

Tauben, ein Lamm und auf ebendiesem Schiff die Begegnung mit der jungen Frau, die die Dienerinnen spielte und die ein ganz einzigartiges Gefühl in ihm weckte, als er sie aufmerksam beobachtete.

Das Thema dieser Dienerinnen zog sich durch sein gesamtes Leben, tauchte immer wieder in seinen Stücken und in seinem Leben auf – zwei Welten, die ständig miteinander verschmolzen und sich gegenseitig imitierten. *Von jeher hatte ich*, so schrieb er, *eine gewisse Vorliebe für die Schauspielerinnen, die diese Rollen spielten.* Und Peroni mit der vorwitzigen rechten Hand spürte über die Jahrhunderte hinweg eine Verbundenheit mit dem rundlichen und lüsternen venezianischen Stückeschreiber.

Über diese Schauspielerinnen schrieb Goldoni mit dem gleichen Entzücken, wie Peroni über sie las. Antonia Ferramonti, die so tragisch im Kindbett starb; Elisabetta Passalacqua mit den grünen Augen, dem Dolch und der Moral einer streunenden venezianischen Katze; Teodora Veronese, für die er, wie er behauptete, die *Dienerin von Stand* geschrieben hatte, um sie zurück ins Theater zu locken, nachdem sie ihm (für ein paar Tage) das Herz gebrochen hatte, indem sie in den venezianischen Adel hineingeheiratet hatte; Anna Baccherini, eine *hübsche und fröhliche Florentinerin, überaus lebhaft, von stämmiger kleiner Gestalt, mit reinem Teint und schwarzen Augen*, die plötzlich mit dreiundzwanzig Jahren starb, noch bevor sie in *Die brave Frau* auftreten konnte, das er für sie schrieb; Maddalena Marliani, wegen ihrer Schlagfertigkeit von allen anderen Schauspielerinnen gefürchtet, die die Hauptdarstellerin des Theaters im wahrsten Sinne des Wortes vor Eifersucht in den Wahnsinn trieb und die *La Locandiera* inspirierte und darstellte … Die Liste war endlos und faszinierend.

Und dann, im Anschluß an eine Flut gehässiger Nachstellungen, seine Übersiedlung nach Frankreich, wo er schließlich ebenso zufrieden starb, wie er gelebt hatte. Peroni gefiel es, daß Goldoni, in für ihn typisch allegorischer Manier, über seine Abreise aus Venedig ein Stück verfaßte, in dem er die Erlebnisse des wirklichen Lebens in theatralischer Verkleidung darstellte. *Una delle ultime sere die carnovale* hieß das Werk, und darin stellte Goldoni sich selbst als Modeschöpfer dar, der durch ein Angebot aus Moskau in die Ferne gelockt wird.

Das Buch war lang, aber Peroni vertiefte sich in die Lektüre, und als er es ausgelesen hatte, stellte er erstaunt fest, daß es bereits nach Mitternacht war. Er nahm ein Polizeiboot zum Rialto, und vielleicht weil ihn seine Reise durch Goldonis bewegtes Leben eingelullt hatte, schaffte er es, ohne sich dauernd umzuschauen, zu seiner Wohnung zu gehen.

Im ursprünglichen Plan des Lächlers war Lucino nicht vorgesehen gewesen, aber aufgrund der Hast, mit der er Venedig hatte verlassen müssen, war die Hilfe seines Bruders unerläßlich geworden. Daher saßen die beiden jetzt schweigend da und starrten die Ursache des Ganzen an.

Das Papier war zerknittert und vergilbt, aber gut erhalten und ohne Risse. Die Seiten waren in braunes Leder gebunden und mit einem dick gerippten Rücken versehen, so daß das Manuskript von außen eher aussah wie ein Buch. Doch sobald man es aufschlug, bestand kein Zweifel mehr. Die Seiten waren mit einer wilden Handschrift bedeckt, die schwungvoll, hakig, hochfliegend und vorwärtsdrängend war, als wäre der Schreiber besessen gewesen.

»Wie bist du da rangekommen?« fragte Lucino endlich.

Der Lächler erzählte ihm die ganze Geschichte, angefangen mit der prallen Brieftasche des Leichenbestatters, über das unfreiwillige Bad des dicken Polizisten bis hin zu der noch soeben geglückten Flucht aus Venedig.

»Aber wieso bist du dir sicher, daß du dafür so einen Haufen Geld kriegst?«

»Ich habe mal jemanden gekannt«, sagte der Lächler mit verträumtem Blick, »der sehr schnell sehr reich geworden ist. Er hatte sich irgendwie eine Sammlung mit seltenen Briefmarken unter den Nagel gerissen – ich meine wirklich seltene Stücke – und sie an einen Mann in der Schweiz verkauft. Ich habe zum Teil gesehen, was er sich alles von dem Erlös gekauft hat, und ich schwöre dir, Lucino, er muß mehr Geld damit gemacht haben, als sich die meisten Lottospieler auch nur träumen lassen. Damals hat er mir gesagt, wenn ich je etwas Ähnliches in die Finger bekäme, würde er mich mit einem der Agenten dieses Mannes in Verbindung bringen.«

»Warum bist du dann nicht zu ihm gegangen?«

»Bin ich ja. Er ist tot.«

»Oh. Tja, wenn das so ist, was willst du dann machen?«

»Er hat mir was verraten. Er hat gesagt, daß der Briefmarkendeal in Genf abgewickelt worden ist. Also fahre ich nach Genf und deponiere das hier in einem Safe – schließlich will ich nicht, daß es mir irgend jemand wieder abjagt – und dann lasse ich ein entsprechendes Gerücht in Umlauf bringen, und zwar mit Hilfe der Italiener, die da arbeiten – in Hotels, Kasinos, den teuren Nachtclubs und Restaurants –, daß ich etwas ganz Besonderes zu verkaufen habe. Dieser Mann hat überall seine Leute. Innerhalb einer Woche müßte die Sache über die Bühne sein.«

»Es könnte klappen ...«

»Es muß klappen, Lucino!«

»Okay, also wie gehen wir vor?«

»Ich habe mir alles genau überlegt. Schwierig wird nur, über die Grenze zu kommen, wo sie schon auf mich warten. Ich muß also mein Aussehen ein bißchen verändern, und ich brauche einen gefälschten Ausweis. Und neue Nummernschilder.«

»Morgen mittag.«

»So schnell?«

»Wir sind hier ganz nahe an der Schweiz, deshalb müssen wir schnell und gründlich arbeiten. Wahrscheinlich kann ich dir Nummernschilder aus Mailand oder aus Florenz besorgen – welche sind dir lieber?«

»Florenz«, sagte der Lächler, und das nur aus dem Grund, weil er mal einen Schulausflug dorthin gemacht hatte.

Hätte sich die Lehrerin des Lächlers damals vor zwölf Jahren anstatt für Florenz beispielsweise für Mantua entschieden, wäre das Leben ihres Schülers vielleicht völlig anders verlaufen.

Peroni war es nicht gewohnt, mitten in der Nacht aufzuwachen. Wenn er es tat, dann war die Ursache meist schlechte Verdauung, und als er jetzt erwachte, versuchte er sich schläfrig zu erinnern, was er am Vorabend gegessen hatte. Ein Sandwich und ein Bier. Davon bekäme noch nicht mal ein Spatz Verdauungsstörungen. Er überlegte, welche anderen möglichen Ursachen es geben könnte, und rutschte auf die Seite, um die Nachttischlampe einzuschalten.

Doch bevor er den Schalter erreicht hatte, krachte ein Schlag wie von einem gigantischen Hammer genau dort ins Kissen, wo Sekundenbruchteile zuvor noch sein Kopf gewesen war.

Sämtliche Ängste, die in ihm auf- und abgestiegen waren, verdichteten sich jetzt zu einer einzigen Flutwelle des Schreckens, die die letzten Reste des Schlafes davonfegte und ihn mit beinahe physischer Wucht aus dem Bett auf den schmalen Streifen Boden neben der Wand schleuderte. Was würde der tödliche Andere jetzt tun?

Darauf konnte es nur eine Antwort geben, und in seinem Pyjama, flach auf dem Boden und ohne Waffe (niemals hatte er an einen Angriff in seiner Wohnung gedacht, und die Pistole war im Wohnzimmer – *cretino*!), war Peroni nicht in der Verfassung, eine weitere Attacke zu überstehen.

Instinktiv rollte er sich unters Bett, und erst als er dort lag und die Sprungfedern unter der Matratze gegen sein Gesicht drückten, wurde ihm klar, daß dies die klügste Reaktion gewesen war. So war er vorübergehend geschützt und hatte ein paar Sekunden Aufschub.

Er hatte jetzt auch die Chance, so begriff er, wenn er sich leise genug bewegte, den Knöchel des Anderen zu packen und ihn umzureißen, was den Kampf zumindest ein bißchen ausgewogener machen würde. Er manövrierte sich zum anderen Rand des schützenden Bettes und tastete in der Dunkelheit herum, wo, wie er meinte, die Knöchel des Anderen sein müßten. Falls der Andere sich nicht bewegt hatte.

Doch das hatte er. Vielleicht hatte er Peronis Absicht erraten, vielleicht hatte er ihn in dieser neuen, halbwegs sicheren Position gefürchtet. Aber ein kaum wahrnehmbares Flüstern von Schritten verriet, daß er sich bewegte. Wohin? Wie es schien, Richtung Wohnzimmer.

Aber warum? Das war nicht so leicht zu beantworten. Wollte er zur Wohnungstür, weil er seinen mörderischen Plan aufgegeben hatte? Mit aller Kraft seiner neapolitanischen Seele hoffte Peroni, daß dem so wäre. Er wartete mit angehaltenem Atem auf das Geräusch der Wohnungstür. Aber es kam nicht.

Statt dessen klingelte erschreckend und unerwartet das Telefon im Nebenzimmer. Kurzfristig schöpfte Peroni daraus Hoffnung. Das Klingeln bedeutete Hilfe. Aber die Hoffnung wurde gleich im

Keim erstickt. Jede Bewegung Richtung Telefon würde dem Anderen seine Position verraten.

Zweimal erklang das langgezogene Drrring in der Finsternis. Dreimal. Peroni und sein Möchtegernmörder lauschten still, beide reglos. Es klingelte zehnmal. Ein anonymer Außenseiter verschaffte zwei Spielern in einer Tragödie eine kurze Pause. Fünfzehnmal. Dieser jemand war hartnäckig. Klingel weiter, flehte Peroni lautlos. Siebzehnmal. Und dann hörte es auf. Das Drama konnte weitergehen.

Nach dem lärmenden Schrillen des Telefons war die Stille entsetzlich absolut. Und die gesamte Wohnung lag in tiefster Finsternis – schon bei Tage war sie ziemlich dunkel aufgrund der schrankbreiten *calli* vor den Fenstern, doch nachts war sie erbarmungslos schwarz, wie die Soutane eines Priesters im Keller.

Peroni lauschte auf ein tappendes Geräusch und rechnete sich aus, daß er, sobald der Andere die Wohnungstür gefunden hatte und hinausgegangen war, genug Zeit haben würde, die Pistole aus dem Wohnzimmer zu holen und die Treppe hinunterzueilen, bevor der Andere das Ende der *calle* draußen erreicht hatte.

PERONI ÜBERWÄLTIGT DOPPELMÖRDER. Aber das Licht, das die Schlagzeile in seinem Kopf bestrahlte, erlosch so schnell wie ein Kerze ohne Sauerstoff. Der Andere versuchte nämlich nicht, die Wohnungstür zu finden. Er tappte nicht in der Dunkelheit herum. Er stand ganz still. Und wartete.

»*Pronto*?«

»*Dott.* de Benedetti?«

»Michelangelo! Das ist aber eine Überraschung!«

»*Dottore*, Sie werden mich für verrückt halten –«

»Nie und nimmer!«

»–aber ich werde einfach den Gedanken nicht los, daß *Dott.* Peroni in Gefahr ist. Jetzt!«

»Übertreiben Sie da Ihre weiblichen Instinkte nicht ein wenig?«

»Ich weiß, daß es sich so anhört, aber ich bin mir ganz sicher, daß –«

»Dann rufen Sie ihn doch einfach an.«

»Das ist es ja – ich habe es versucht, aber er geht nicht ran.«

»Na ja, Sie kennen doch *Dott.* Peroni – vielleicht ist er nicht allein.«

»Er hat mir schon vor Stunden gesagt, daß er müde war und schlafen wollte!«

»Dann übernachtet er vielleicht in der *Questura.*«
»Da habe ich es auch schon probiert. Er ist nicht da.«
»Und was soll ich jetzt Ihrer Meinung nach tun?«
»Zu seiner Wohnung gehen. Ich komme auch. Wir werden nachsehen.«
»Nein. Ich habe Hochachtung vor Ihrem Instinkt, Michelangelo, aber er ist wie Grappa – in kleinen Mengen tut er gut, zuviel ist gefährlich. Hören Sie, kochen Sie sich einen Kamillentee, nehmen Sie ein gutes Buch und lesen Sie, bis Sie einschlafen können. Hallo, Michelangelo, sind Sie noch da?«
»Ja, ich bin noch da. Ich habe nur nachgedacht. Vielleicht haben Sie recht. Ich werde es versuchen. Entschuldigen Sie die Störung, *Dottore.*«
»Keine Ursache, Michelangelo. Gute Nacht.«

Peroni überlegte, ob er die Nachttischlampe einschalten sollte, entschied sich aber dagegen. Das Licht würde ihn nur verraten, und der Andere in der Dunkelheit des Wohnzimmers wäre im Vorteil.

Worauf wartete er? Peroni versuchte, die Motive hinter dem Positionswechsel und der völligen Stille nebenan einzuschätzen. Wartete er darauf, daß Peroni ihm ins Wohnzimmer folgte? Wollte er ihn aus dem Hinterhalt überwältigen?

Aber wenn dem so war, lagen alle Vorteile bei Peroni, denn er wußte, wo der Lichtschalter gleich links neben der Wohnzimmertür war. Barfuß konnte er ihn erreichen, ohne daß der Andere seine Bewegung mitbekam, das Licht einschalten und versuchen, an seine Pistole zu gelangen, die in der Schreibtischschublade auf der anderen Seite des Raumes war.

Er wand sich lautlos unter dem Bett hervor und stand auf. Die Stille war wie ein undurchdringlicher Lautnebel, der einen wichtigen Vorteil des Anderen verbarg, den Peroni noch zu entdecken hatte. Die Situation entbehrte einfach jeder Logik, aber die Umstände waren logischem Denken auch nicht gerade zuträglich.

Er bewegte sich behutsam über den Schlafzimmerboden. Stille kämpfte gegen Stille, seine bewegte war ebenso total wie die reglose des anderen.

Einen halben Schritt von dem Durchgang zwischen Schlafzimmer und Wohnzimmer entfernt blieb Peroni stehen. Seine Hand berührte die verputzte Seite des Durchgangs, glitt dann herum zum Lichtschalter. Sein Zeigefinger schob sich nach unten, dahin, wo der Schalter aus dem Rahmen ragte. Der halbe Zentimeter, den er ihn nach innen drücken mußte, um den Raum in Licht zu tauchen, war wie ein Abgrund zwischen Leben und Tod.

Er betätigte ihn. In dem Nebel der Stille zwischen ihm und dem anderen klang das Klicken wie ein Donnerschlag.

Aber das Licht ging nicht an.

»Ich bin auch tot.«

»Tot? Was machst du denn dann da am Fenster?«

»Ich warte auf den Sarg, der mich abholen kommt.«

Polizistin Sofia Michelangelo war eine treue Leserin von Pinocchio. Das Buch mit den Originalillustrationen von Mussino hatte sie seit ihrer Kindheit begleitet. Noch immer besaß es ein wenig von der Macht eines alten Teddybären oder einer weichen Decke, zu trösten und zu beruhigen. Aber diesmal schien es nicht zu funktionieren.

»Er spürte, wie er an der Gurgel gepackt wurde, und dieselben schrecklichen Stimmen flüsterten: ›Jetzt entkommst du uns nicht noch einmal!‹«

Dott. de Benedetti hatte recht – sie übertrieb ihren weiblichen Instinkt.

»Sie zückten zwei bedrohlich lange Messer, so scharf wie Rasierklingen, und hackten ihm – zack – zweimal in die Nieren.«

»Na ja, Sie kennen doch *Dott.* Peroni – vielleicht ist er nicht allein.« Die Vorstellung durchfuhr sie ebenso schmerzlich wie Pinocchio die Messer.

»›Jetzt verstehe ich‹, sagte einer von ihnen. ›Wir müssen ihn aufhängen. Kommt, wir knüpfen ihn auf!‹ Gesagt, getan. Sie fesselten ihm die Hände auf den Rücken, legten ihm eine Schlinge um den Hals und zogen ihn hoch, so daß er von einem großen Baum baumelte, der als Große Eiche bekannt war.«

»In kleinen Mengen tut er gut, zuviel ist gefährlich.« Das war ihr Problem – sie hatte zuviel Instinkt eingenommen.

»Allmählich wurden seine Augen schwächer, und obwohl er spürte, daß der Tod näher kam, hoffte er noch immer, daß von einem Augenblick auf den anderen irgendeine mitleidige Seele auftauchen würde, um ihm zu helfen …«

Pinocchio, nicht Peroni!

»Er schloß die Augen, öffnete den Mund, streckte die Beine und hing dann, nach einem letzten krampfartigen Beben, steif und reglos da.«

Ach, schlaf endlich, Michelangelo!

Es war keine Zeit, gründlich darüber nachzudenken, warum das Licht nicht angegangen war, aber Peroni wußte, daß entweder eine bösartige Schicksalsgöttin sich ausgerechnet diesen Moment für einen Stromausfall ausgesucht hatte oder daß der Doppelmörder die Sicherung unten im Keller herausgedreht hatte. Man gelangte über eine Rampe von der *calle* aus in den Keller. Er enthielt eine Reihe von garagenähnlichen Räumen, die zu Lagerzwecken von Firmen angemietet waren. Diese waren verschlossen, doch der Hauptraum, in dem sich lediglich die Sicherungskästen für die verschiedenen Wohnungen befanden, war offen zugänglich.

Bei dem Gedanken an die anderen Wohnungen dachte Peroni kurz daran, laut um Hilfe zu schreien, aber dadurch würde er dem Anderen verraten, wo genau er stand, und es würde ohnehin niemand darauf reagieren. Im Grunde war man in einer Wohnung, die von anderen Wohnungen umgeben war, ebenso allein wie auf einer menschenleeren Insel.

Da der Andere jetzt wußte, daß Peroni sich in unmittelbarer Nähe des Lichtschalters befand, mußte er sich als erstes von dort zurückziehen, und das tat Peroni auch, mit lautlosen Schritten, wobei er seinen einzigen Vorteil ausnutzte, nämlich die genaue Kenntnis der komplizierten Geographie des Zimmers.

Als er den sargähnlichen Schrank erreicht hatte, verharrte er in dessen Schutz und lauschte. Stille. Noch nicht mal ein Atemgeräusch. Er hatte den Eindruck, daß der Andere sich gleichzeitig mit ihm bewegte und stehenblieb, wenn er stehenblieb.

Und jetzt, zuerst zur Waffe oder zuerst zur Tür? Der Instinkt sagte, zur Tür. Die Vernunft sagte, daß der Andere ihn an der Tür erwischen würde und er deshalb die Waffe brauchte.

Er zögerte einen Moment, und sein Zögern wurde erneut von einem fremden Geräusch durchdrungen, das zweite, seit die Menschenjagd begonnen hatte.

»Ma-ma Ma-ma.«

Damit konnte der Andere nicht gerechnet haben, und Peroni hörte ein erschrecktes Zusammenzucken irgendwo in der Nähe der Tür.

»Ma-ma, Ma-ma.«

Gerade in der Unpersönlichkeit der Stimme der verrückten, einäugigen Puppe lag etwas Feindseliges.

»Ma-ma, Ma-.«

So unvermittelt, wie sie begonnen hatte, hörte die Puppe auch wieder auf. Ich habe gesprochen, so schien sie zu sagen, nun möge das mörderische Spiel weitergehen.

Peroni fing an, sich Richtung Schreibtisch zu schieben, und wieder hatte er das deutliche Gefühl, daß der Andere sich gleichzeitig mit ihm bewegte. Bestätigt wurde dieser Eindruck durch einen leisen Klang, als er irgendwo in der Nähe des Lichtschalters gegen etwas stieß.

Peroni spürte, daß er jetzt im Vorteil war. Er befand sich in der Nähe des Schreibtisches, der Schreibtisch war in der Nähe der Tür, und der Andere war auf der gegenüberliegenden Seite des Zimmers. Solange keiner von ihnen seine Taktik, sich mehr oder weniger an der Wand zu orientieren, aufgab, war der Abstand beruhigend.

Er ertastete den Rand des Schreibtisches und empfand einen kleinen Erleichterungsschub. Die Rettung war nah. Er spürte die Schublade und zog sie behutsam auf. Sie gab ein trockenes, holziges Geräusch von sich, aber wenn er erst die Waffe hatte, konnte er es sich leisten, einen Vorteil aufzugeben. Er schob die Hand hinein und tastete nach der Waffe.

Sie war nicht da.

Eine Sekunde lang glaubte er schon fast, daß es dem Anderen irgendwie gelungen war, sie verschwinden zu lassen, doch dann wurde ihm klar, daß es eine einfachere Erklärung gab. In der Dunkelheit hatte er die falsche Schublade erwischt. In einem Wirbelsturm von Panik tastete er nach der richtigen, der darüber, erfühlte den Griff und wollte sie aufzuziehen.

Doch in diesem Moment packten ihn zwei Hände von hinten und rissen ihn zurück. Peroni kannte genug gemeine Nahkampftricks, um einen ganzen Trupp von Mafiaschlägern niederzuringen, doch selbst diese Tricks waren größtenteils nutzlos, wenn man in völliger Dunkelheit überraschend von zwei großen, mordgierigen Händen mit Riesenkräften aus dem Gleichgewicht gerissen wurde. Er versuchte es mit Tritten, die vernichtend hätten sein müssen, aber ihr Ziel verfehlten. Und die Hände lagen um seinen Hals.

Die Hände eines Gondolieres.

Der Gedanke blubberte wie gärender Schlamm im dunkler werdenden Sumpf seines Verstandes auf, während er vergebliche und immer schwächere Versuche unternahm, sich von diesen, die ganze Welt strangulierenden Fingern zu befreien. Welchem Gondoliere gehörten sie? Die Frage kam ihm immer ferner und akademischer vor, während selbst das Sumpflicht verblaßte.

Mit dem letzten flackernden Rest Bewußtsein, der ihm noch blieb, erinnerte sich Peroni an den heiligen Januarius, den Schutzpatron von Neapel, der einem Neapolitaner, ob gut oder schlecht, nie etwas verweigert. Und mit der Lunge seiner Seele stieß er einen gequält flehenden Schrei aus. Doch zum erstenmal antwortete der heilige Januarius nicht, und Peroni sah, wie das Ende seine bleiernen gewaltigen Hände auf das winzige Fleckchen aus röchelndem Morast preßte, das ihm vom Leben geblieben war.

Und dann löschten die Hände auch das aus.

Der Raum, in dem Peroni erwachte, war eine seltsame Mischung aus vertraut und fremd, und obwohl er keine Ahnung hatte, wie er dorthin gelangt war, wußte er, daß die Reise lang und gefahrvoll gewesen war.

Er wußte auch, daß er auf jemanden wartete, obwohl er sich beim besten Willen nicht daran erinnern konnte, auf wen. Auf jemanden, der erwartete, den *Commissario* Peroni zu sehen, oder auf einen der wenigen, die die Wahrheit kannten? Mann oder Frau?

Diese Amnesie war ungewöhnlich; solche Totalausfälle hatte er normalerweise nicht. Er würde einfach abwarten müssen, bis sein Erinnerungsvermögen zurückkehrte. In der Zwischenzeit wandte er den Kopf Richtung Tür, in der Hoffnung, daß sie ihm irgendeinen Hinweis auf die Person geben könnte, die durch sie hereinkommen würde. Aber es war eine von diesen Türen, die nichts verraten.

Und während er sie betrachtete, spürte er mehr, als daß er ihn sah, einen Lichtschimmer über sich. Er hob den Kopf und erkannte, daß er sich mit der Tür geirrt hatte. Dieser Besucher kam durch die Decke, und die Decke öffnete sich, um ihn einzulassen.

Wieder falsch. Es war kein Er, sondern eine Sie. Die seltsam vereinfachte Version einer Sie, auf einer Wolke sitzend, die rechte Hand erhoben, den Zeigefinger gestreckt. Und auf ihren Lippen lag ein starres, friedliches, gemaltes Lächeln.

Und dann erkannte Peroni, wer sie war – die unorthodoxe heilige Angela aus der Kirche von Don Amos. Aber warum? Irgendwo in weiter Ferne winkte eine Erinnerung, um sich bemerkbar zu machen. Peroni konnte sie nicht klar erkennen, aber sie hatte irgendwie mit dem heiligen Januarius zu tun. Das war's – er hatte wohl den heiligen Januarius um Hilfe angefleht, und da Venedig nicht in den Zuständigkeitsbereich des neapolitanischen Bischofs fiel, hatte der aus Gründen der beruflichen Etikette der heiligen Angela den Vortritt gelassen.

Das war alles ganz logisch, doch ihr Lächeln paßte so gar nicht zu dem besorgten Ton ihrer Stimme.

»*Dottore*!« sagte sie. »*Dott.* Peroni! Können Sie mich hören, *Dottore*?«

Peroni schloß die Augen, um besser nachdenken zu können, und als er sie wieder öffnete, war die heilige Angela verschwunden, und an ihrer Stelle sah er die Polizistin Sofia Michelangelo.

Kapitel 20

Wie ein von einem Kind gekrakeltes, umgedrehtes S windet sich der Canal Grande durch die Ansammlung von zusammengefügten Inselchen, die Venedig bildet. Er ist ein alter Wasserweg, und es gibt nur wenig, das er noch nicht gesehen hat, aber an diesem Morgen, an dem er mit Fähnchen und Flaggen für die Historische Regatta geschmückt war, glitzerte und plätscherte er in der frühen Septembersonne mit all der Spritzigkeit eines jungen Flusses, der die Kraft aus seiner Quelle sammelt.

Es war noch früh am Tag, und die Regatta sollte erst nachmittags stattfinden, doch die Kais füllten sich bereits mit Menschen, zwischen denen eine bunte Vielfalt von Booten schaukelte, dahinfegte oder gemächlich tuckerte. Eines davon war ein Polizeiboot, indem de Benedetti und Sofia Michelangelo saßen, die im Rahmen der Sicherheitsvorkehrungen, die die *Questura* immer bei dieser Gelegenheit traf, zur Regatta abkommandiert worden waren.

Selbst ein Doppelmord verliert am Tag der Historischen Regatta ein wenig von seiner Dringlichkeit.

»Wie haben Sie das gemacht, Michelangelo?« fragte de Benedetti mindestens zum zwanzigstenmal an diesem Morgen. »Woher haben Sie *gewußt*, daß etwas passiert war? Noch ein paar von diesen Tricks, und Sie machen alle Ihre Kollegen überflüssig!«

Michelangelo war eine Heldin. In der Nacht zuvor hatte sie, entgegen allen Vorhaltungen ihrer Vernunft und de Benedettis, die kleine Wohnung verlassen, die sie von der Witwe eines Klavierstimmers gemietet hatte, und war über die Rialto-Brücke zu dem Palazzo geeilt, in dem *Dott.* Peroni wohnte. Sie hatte die Klingelknöpfe zu allen Wohnungen gleichzeitig gedrückt und sich so Zugang ins Haus verschafft. Dann war sie die Treppe hinaufgerannt, hatte seine Tür gefunden und dagegen getrommelt.

Keine Antwort. Aber bei angestrengtem Lauschen hatte sie das Geräusch von Bewegungen und schweres Atmen gehört.

»Sie kennen doch *Dott.* Peroni«, hatte sie gemeint, de Benedettis Stimme zu hören, »vielleicht ist er nicht allein.«

Fast hätte sie deshalb wieder kehrtgemacht. Aber obwohl Michelangelos Erfahrungen mit der Liebe nicht gerade enzyklopädischer Natur waren, hatten sich die Bewegungen und das Atmen nicht richtig angehört, und das schrille Alarmgeläut in ihrem Kopf war durchdringender denn je geworden.

Sie machte sich am Schloß zu schaffen, und obwohl sie nicht das richtige Werkzeug dabei hatte, hörte sie bald deutlich, daß das Schloß nachgab.

Als sie mit einer Taschenlampe in die Wohnung gestürmt war, hatte sie zuerst gedacht, sie käme zu spät. *Dott.* Peroni lag auf dem Boden, anscheinend tot. Dann sah sie im Licht der Taschenlampe die Gestalt eines Mannes durch das Schlafzimmerfenster verschwinden.

Sie mußte sich entscheiden zwischen Verfolgung und Erster Hilfe. Da sie eine Frau war, entschied sie sich für Erste Hilfe, und so erlangte *Dott.* Peroni das Bewußtsein wieder, doch sein Angreifer entkam, trotz der hastig herbeigerufenen Verstärkung aus der *Questura.*

Der Ablauf des Geschehens war leicht nachvollziehbar. Das Gebäude mit dem Fenster gegenüber von Peronis Schlafzimmerfenster – auf der anderen Seite einer der schmalsten *calli* Venedigs – war mit Brettern vernagelt und zum Abriß vorgesehen. Am Vortag war jemand dort eingedrungen und in den zweiten Stock hinaufgestiegen, wo das Fenster, in dem sich die Taube häuslich eingerichtet hatte, kaum einen Meter von Peronis Fenster entfernt war.

Während es noch hell war, also bevor Peroni nach Hause kam, hatte der Angreifer genügend Zeit gehabt, sowohl das Schlafzimmer als auch das Wohnzimmer einschließlich der Wohnungstür gründlich zu inspizieren.

Dann, als Peroni heimgekehrt und zu Bett gegangen war (sein Fenster stand wie immer offen), hatte der Mann gewartet, bis das Licht lang genug aus war und er sicher sein konnte, daß Peroni schlief – obwohl er ihn auf diese Entfernung praktisch hätte atmen hören müssen –, war dann in den Keller von Peronis Haus gegangen und hatte die Sicherung seiner Wohnung herausgedreht.

Anschließend war er zu seinem ursprünglichen Standort zurückgekehrt und über die *calle* hinweg durch Peronis offenes Fenster geklettert, wobei er als Waffe einen schweren Schraubenschlüssel mitnahm, der sich sicherlich ohne weiteres in der Hose hatte verstauen lassen.

Dieser Schraubenschlüssel, der noch auf dem Bett lag, war alles, womit sie arbeiten konnten. Es waren keine Fingerabdrücke darauf, aber einer der wenigen Polizisten, die nicht für die Regatta eingesetzt waren, versuchte herauszufinden, wo er herkam.

Als Michelangelo schließlich wieder zu Hause war und das *Pinocchio*-Buch zur Hand nahm, das noch immer aufgeschlagen dort lag, wo sie es zurückgelassen hatte, fiel sie in einen von Alpträumen durchsetzten Schlaf, in denen sie, vor einer Tür stehend, auf schweres Atmen lauschte, die Tür dann aufbrach und *Dott.* Peroni tot auf dem Boden in den Armen der Prostituierten aus dem Sarg des Löwen fand.

Als sie aus diesen Träumen erwachte, empfand sie eine geistige und körperliche Erschöpfung, an deren Rand Frustration und Gereiztheit kribbelten. Und dieser Zustand hielt auch jetzt noch an, trotz der Festtagsstimmung, der man sich heute am Canal Grande einfach nicht entziehen konnte.

»Wenn *er* Sie gerettet hätte«, sagte de Benedetti gerade, »hätte es dem üblichen Prinz-Prinzessin-Schema entsprochen, aber da Sie ihn gerettet haben, weiß ich nicht, wie da die Formel heißt.«

Dott. de Benedetti trug nicht dazu bei, ihre Stimmung zu bessern.

Peroni saß da und starrte auf ein Stück Papier. Es handelte sich um einen kurzen Bericht, der zu einem der drei Stapel auf seinem Schreibtisch gehörte. Für sich allein genommen, war an diesem Bericht mit Informationen über eine Frau, die die langjährige Geliebte des Löwen gewesen war, nichts Ungewöhnliches. Doch gemeinsam mit der Schlußfolgerung betrachtet, die man zwangsläufig daraus ziehen mußte, war er ungefähr so gewöhnlich wie ein Seeungeheuer, das plötzlich inmitten der Historischen Regatta auftaucht.

Was er da las, stand im krassen Gegensatz zu den bisher festgestellten Fakten. Es war praktisch unmöglich.

Das mußte einfach reiner Zufall sein. Und wenn dem so war, dann kein Seeungeheuer, keine Abweichung und alles wieder Friede, Freude, Eierkuchen. Obwohl natürlich jetzt, da diese Möglichkeit – oder besser gesagt diese Unmöglichkeit – ihren Kopf aus dem Canal Grande der Ermittlungen erhoben hatte, niemand mehr sie übersehen konnte, bis sie endgültig versank.

Als Peroni am Morgen, voller Blutergüsse und Abschürfungen, in der *Questura* aufgewacht war, hatte er zunächst daran gedacht, sich einen Tag Erholung zu gönnen. Aber ein *Commissario* kann sich schlecht im Pyjama in der *Questura* herumtreiben, wenn gerade die Ermittlungen in einem Doppelmord und die Historische Regatta auf vollen Touren laufen. Also hatte er sich fertig gemacht. Und dann hatten die Sonne und die Seeluft, die über die Lagune durchs Fenster drangen, und der Kaffee und die Croissants in der *Trattoria alla Conchiglia* mit vereinten Kräften dafür gesorgt, daß er sich wieder wie er selbst fühlte.

Außerdem sollte er sich die Regatta gemeinsam mit Estrella in der Gondel der Familie Partecipazio ansehen. So war er in sein Büro gegangen, um nachzusehen, ob irgendwas Neues zu den drei Stapeln auf seinem Schreibtisch hinzugekommen war. Und so war es.

Er starrte weiter auf das Blatt Papier. Welche Schritte sollte er unternehmen? Zunächst einmal mußte er die bereits gesicherten Fakten erneut überprüfen; alles andere war zweitrangig. Er griff zum Telefonhörer, doch in diesem Augenblick klopfte es an der Tür.

»*Avanti*!«

Dott. Tron kam rauschend ins Büro, und seine Zweige schwankten vor Mitgefühl.

»*Veritas odium parit*, wie Terentius es ausgedrückt hat«, sagte er. »Die Wahrheit gebiert Haß, demnach könnte das ein Hinweis darauf sein, daß Sie nah an der Wahrheit sind.«

»Bin ich das wirklich?« Warum war *Dott.* Tron just in dem Augenblick hereingekommen, in dem Peroni sich ungläubig staunend an dem Unmöglichen weidete. Eigentlich hätte er diese Information sofort an den Richter weiterleiten müssen, aber Peroni empfand einen unüberwindlichen Widerwillen bei dem Gedanken; als hätte er damit ein unvollendetes Werk aus den Händen geben müssen. Statt dessen schob er das Blatt unter den Stapel und hatte dabei das Gefühl, die Augen des Richters auf sich zu spüren.

Dann erstattete er ihm einen detaillierten Bericht über die Ereignisse des Vortages. *Dott.* Tron lauschte mit Waldesruhe, obgleich es Peroni unlogischerweise so vorkam, als verriete ein verschmitztes Zucken um die Mundwinkel des Richters, daß er genau wußte, daß ihm etwas vorenthalten wurde. Aber was? fragte Peroni sich ärgerlich. Eine Unmöglichkeit?

Als er Bericht erstattet hatte, verlieh der Richter erneut seinem Mitgefühl Ausdruck, dann stand er auf und streckte Peroni zum Händedruck seine knackenden Astfinger hin.

»*Forsan et haec olim meminisse iuvabit*«, sagte er noch in der Tür. »Vielleicht erinnern wir uns eines Tages sogar an diese Dinge gern.«

Als er fort und ganz sicher außer Hörweite war, griff Peroni zum Telefonhörer, um mit der erneuten Überprüfung anzufangen.

»Und immer schön mit einem Auge nach hinten schauen –«

»Ganz gleich, was passiert, du mußt unter den ersten sein, wenn's in den Canal Grande geht –«

»Was hinter dir passiert, ist gefährlich –«

»Dann schiebst du dich allmählich in die Mitte –«

»Im ersten Teil versuchen sie nämlich, sich von hinten an dich ranzuarbeiten und sich von deinem Kielwasser mitziehen zu lassen –«

»Und wenn du die Wendemarke umfährst, hältst du das Ruder so nah rein, wie du kannst –«

Die Szene mit dem jungen Gondoliere, der sich auf die Regatta vorbereitet, ist klassisch, und jetzt wurde sie im Vorderzimmer von Toninos Haus perfekt nachgespielt. Im Mittelpunkt der Gruppe befand sich Tonino, bleich, aber gutaussehend und makellos in gestreifter Weste, weißer Baumwollhose und einer knallroten Schärpe. Auch seine Mutter, ebenso blaß und unfähig, ihre Nervosität zu verbergen, flatterte um ihn herum, gemeinsam mit Gemma, deren gläserne Zartheit mit aufgeregter Röte überzogen war.

Am Tisch saßen zwei alte Gondolieri – beides ehemalige Regattateilnehmer – mit ihren Weingläsern und erteilten unablässig Ratschläge aus ihrer eigenen, inzwischen verblaßten und häufig ungenauen Erinnerung.

»Du siehst toll aus, Tonino!« hauchte Gemma.

»Bist du sicher, daß es dir gutgeht?« fragte seine Mutter.

Tonino nickte, und trotz seiner Blässe lag in seinen Augen das beinahe fanatische Glitzern des Gondolieres, der bereit ist, alles für den Regattasieg zu opfern.

»Paß auf, daß dich keiner anrempelt oder sich vordrängelt –«

»Achte drauf, daß die Schiedsrichter nichts mitkriegen, wenn du einem anderen mit dem Ruder den Weg blockierst –«

»Und vergiß nicht, dich zu bekreuzigen, wen du an der *Madonna della Salute* vorbeikommst«, sagte Gemma.

Die Vorbereitung des Stieres war ein Ritual, zu dem ungefähr einhundert Auserwählte zugelassen waren, daher fand es nicht bei ihm zu Hause statt, sondern in einer *Osteria* in Venedig, die wie das Restaurant in Burano seiner Verehrung gewidmet war. Hier gab ihm keiner Ratschläge, denn niemand auf der ganzen Welt würde dem Stier Tips geben, wie man eine Regatta gewinnt, doch statt dessen erfüllte ein Gemurmel wie von Gebeten den Raum, und es strömte unablässig der Wein wie dargebrachte Trankopfer.

Die Priester des Kultes umschwärmten summend den unbegreiflich teilnahmslosen Stier. Man konnte seine Finger zucken sehen, als könnten sie es kaum noch erwarten, sich um ein Ruder zu schließen und sein Boot zum Sieg zu peitschen, wie sie es bereits bei neun Historischen Regatten getan hatten.

Er war absolut siegesgewiß. Abgesehen von seiner nahezu übermenschlichen Kraft und der unerschöpflichen Fähigkeit, die wirksamsten »Unkorrektheiten« zu begehen, wie sie euphemistisch genannt werden, hatte er noch eine weitere unangreifbare Eigenschaft.

Vor jeder Regatta verschloß er seinen Verstand wie eine prähistorische Steinfestung gegen jedweden Gedanken an eine mögliche Niederlage.

Es mußte ein Zufall sein. Peroni hatte überprüft, wieder geprüft und noch mal geprüft. Die Sache war derart unerschütterlich, daß man einen Zufall sehr viel leichter akzeptieren konnte als die Schlußfolgerung, auf die sie hinzudeuten schien.

Und falls weitere Ermittlungen einen weiteren Zufall wie diesen aufdecken würden? Peroni beäugte die drei Stapel mit Dokumenten, Berichten und Fotos, als wären sie menschliche Wesen, die ihre Muskeln spielen ließen, bevor sie noch vor dem Mittagessen eine weitere Unmöglichkeit hervorbrachten, die er glauben sollte.

Für diese Tageszeit war die *Questura* sonderbar still, wie ausgestorben. Dann wurde ihm klar, daß sich alle fast bis auf den letzten Mann zum Canal Grande begeben hatten.

Es war an der Zeit, sich zu den Partecipazios zu gesellen.

Rund 500 Kilometer entfernt in Aosta hatte der Lächler ganz andere Sorgen, aber trotzdem mußte er unwillkürlich an die Regatta denken. Er sah auf seine Uhr. »Gleich geht's los«, sagte er.

So unvenezianisch er auch sein mochte, Lucino mußte nicht erst fragen, was gleich losgehen würde. »Touristenquatsch«, sagte er.

»Wahrscheinlich wieder der Stier«, sagte der Lächler.

»Mit Sicherheit«, sagte Lucino.

Fast gegen ihren Willen blieben die beiden Brüder kurz stehen und stellten sich die Szene am Canal Grande vor, die sie so oft gesehen hatten und von der sie als kleine Jungs geträumt hatten, daß sie einmal eine wichtige Rolle dabei spielen würden.

»Ich muß los«, sagte der Lächler und ergriff die Hand seines Bruders. »*Ciao.*«

»*Ciao.*«

»Danke für alles.«

Lucino hatte viel getan. Der Lächler war jetzt nicht nur in Besitz eines falschen, aber tadellosen Ausweises und eines neuen Nummernschildes, sondern er hatte darüber hinaus ein neues Aussehen. Ein dicker herabhängender Schnurrbart verbarg sein verräterisches Lächeln, er trug eine Brille mit Metallgestell, hatte eine schwarze Warze auf der linken Wange und einen Kurzhaarschnitt. Die *Carabinieri* an der Grenze würden ihn niemals erkennen.

»Schon gut«, sagte Lucino. »Ein Bruder ist ein Bruder.« Und eine zehnprozentige Beteiligung aus dem Verkauf des kostbaren Manuskriptes war auch nicht zu verachten.

Der Lächler stieg in den Wagen, winkte und fuhr davon, folgte den grünen Schildern, auf denen Mont Blanc stand. Das Paket lag wieder unter seinem Sitz, und obwohl er es nicht sehen konnte, spürte er seine Präsenz.

Als wäre noch jemand im Auto.

»Steigen Sie ein, *Commissario* – bitte tun Sie mir die Ehre an!«

Als Peroni in die Gondel stieg, überlegte er, ob er ihnen von seinem Nahkampf mit dem Tod am Vorabend erzählen sollte, beschloß aber dann, daß Estrella ohnehin davon erfahren würde und daß er eine heldenhaftere Figur abgab, wenn er nicht selbst davon anfing.

»Es ist noch ein wenig früh für die Regatta«, sagte Partecipazio, »gibt es eine angenehmere Art, sich die Zeit zu vertreiben, als sich in einer Gondel treiben zu lassen? Wissen Sie, was Graf Volpi dazu gesagt hat? ›Die Gondel ist die schönste unter Gottes Schöpfungen!‹«

»Und«, sagte Estrella trocken, »da Graf Volpi für die Entwicklung von Porto Marghera verantwortlich war, der Venedig unaufhaltsam erstickt, für die Dammstraße nach Mestre *und* dieses entsetzliche Parkhaus auf der Piazzale Roma, können wir ihn als führenden Experten in Fragen der Schönheit betrachten.«

»Wir wollen nicht kleinlich sein, Estrella!«

»Fakten, Papa, Fakten.«

Don Amos war ein fanatischer Regattafan. Viele Jahre zuvor hätte diese Leidenschaft sogar beinahe über seine geistliche Berufung triumphiert. Wenn er Priester wurde, konnte er niemals an der Regatta teilnehmen. Obgleich Don Amos' Entscheidung weniger spektakulär war als manche Opfer, die gebracht werden, um einer Berufung zu folgen, so mangelte es ihr doch nicht an Heroismus.

Jedenfalls beobachtete er das Ereignis jedes Jahr vom Balkon eines seiner Gemeindemitglieder aus, eines älteren Junggesellen, der seine reifen Jahre einer monumentalen, ungemein detaillierten und noch immer unvollendeten Geschichte der Glasbläserei in Venedig gewidmet hatte.

Nun saßen die beiden also auf dem Balkon, eine Flasche feinster *Amarone* zwischen ihnen, und betrachteten die aufgeputzte Parade zu Wasser, die der Regatta vorausgeht. In trunkener Erhabenheit trieb sie unter ihnen vorbei und erinnerte an den pompösen Empfang, den die Serenissima der Königin von Zypern, Caterina Cornaro, bereitet hatte.

Es klingelte an der Tür, und der literarische Cicerone der Glasbläserei ging, um aufzumachen. Es war Don Amos' Küster, der schielte und ebenso blaß und aalglatt aussah wie eine der Kerzen, mit denen er handelte.

»Die Wettannahme ist gerade beendet worden, *reverendo*«, sagte er, »und trotz der Polizei haben wir einen Rekord – über drei Millionen allein auf den Stier!«

Don Amos erteilte ihm seinen Segen.

»Kaviar, *Commissario*, noch ein Glas Champagner!«

»Sie feiern wirklich stilvoll«, sagte Peroni.

»Das tut Papa immer.« In Estrellas Stimme schwang Melancholie.

Die Ufer des Canal Grande waren inzwischen voller Menschen, und jeder Balkon und jedes Fenster quoll derart von Zuschauern über, daß man jeden Moment damit rechnen mußte, daß sie hinausgequetscht und wie Obstkerne ins Wasser gedrückt werden würden. Sogar auf dem Kanal drängten sich so viele Boote, daß es aussah, als wäre kein Platz mehr für die Regatta. Doch für die Partecipazio-Gondel war ein Platz reserviert (»Einer von Papas Spielerfreunden«, erklärte Estrella Peroni, als ihr Vater nicht hinhörte).

An diesem Platz legten sie nun zwischen zwei majestätischen tiefkönigsblauen Stangen an, an denen sich Goldspiralen hochrankten. Peroni war zwar kein Experte, aber ihm war klar, daß diese Position besonders günstig war. Sie befanden sich an der Ca'Foscari, genau gegenüber einem riesigen Floß, das sowohl Wendemarke als auch Zielpunkt für die Boote war, die den Canal Grande bis Santa Lucia hinunterfahren, dort eine Stange im Wasser umrunden und zur Ca'Foscari zurückkehren mußten.

Auf dem Floß gegenüber hatten die Honoratioren gerade ihre Plätze eingenommen. Darunter befand sich der Erzbischof von Venedig, der das ohnehin schon farbenprächtige Bild um einen großartigen scharlachroten Tupfen bereicherte.

»Da kommen sie!« sagte Peroni, befremdet über den Mangel an Begeisterung für die Ankunft der Renngondeln.

»Nein, nein, nein, *Commissario*«, sagte Estrella, »wir haben noch Zeit. Das ist ein bißchen so wie beim Boxen – Sie wissen schon, bei einer großen Schwergewichtsmeisterschaft gibt es immer ein paar Vorkämpfe, von denen keiner Notiz nimmt. So wie hier – es gibt zwei Vorrennen, das da für vierrudrige Gondeln und ein anderes für Boote aus Cáorle.

»Hallo«, sagte sie nach einem Blick nach oben. »Erkennt ihr die Frau da auf dem Balkon? Das ist Maddalena Spinelli, die Schauspielerin.«

Die Männer blickten hoch, und als Peroni sie gesehen hatte, fand ein Gesicht in dem Puzzle seinen Platz.

Oder um ganz genau zu sein, drei Gesichter.

Noch nicht einmal seine Mutter hätte den Kampf erraten, der im Innern des neu ernannten Leiters des venezianischen Amtes für Tourismus tobte. Eine der vielen Obliegenheiten seines Amtes war es, die Startpistole für die Historische Regatta abzufeuern. Doch als Folge der Explosion einer Mineralwasserflasche in einem Restaurant, das seine Mutter im fortgeschrittenen Stadium ihrer Schwangerschaft aufgesucht hatte, litt er zeit seines Lebens unter einer panischen Furcht vor lauten Knallgeräuschen, und die Vorstellung, absichtlich selbst ein solches Geräusch in unmittelbarer Nähe seines rechten Ohres auszulösen, erfüllte ihn mit Entsetzen. Andererseits war es undenkbar, die Aufgabe an jemand anderen abzutreten; sie gehörte zu seinen höchsten Ehren.

Und da stand er nun neben der Startleine – dem *spagheto* – an den öffentlichen Gärten, achtzehn Boote wippten und schaukelten vor ihm und warteten auf das Startsignal. Die *dodesona*, das Boot, das von zwölf ehemaligen Siegern gerudert wurde, um den *gondolini*, die am Rennen teilnahmen, den Weg freizumachen, war schon losgefahren. Alles wartete darauf, daß die Pistole abgefeuert wurde und die achtzehn Gondeln nach vorne schossen, dem ruhmreichen Sieg entgegen.

Zu allem Übel war der Leiter des städtischen Tourismusamtes bereits fünf mal ganz kurz davor gewesen, die Pistole abzuschießen und es hinter sich zu bringen. Aber jedesmal war etwas dazwischengekommen. Dreimal hatte der Stier im allerletzten Moment sein Boot über die Startlinie und quer vor einen seiner Konkurrenten gelenkt. Zweimal hatten andere Gondolieri den gleichen Trick versucht, wenn auch weniger geschickt.

»Peng!« Das entsetzliche Geräusch, das ein kleiner Junge direkt hinter ihm von sich gab, hatte zur Folge, daß der Leiter des städtischen Tourismusamtes so hoch sprang wie die Gondeln, die im unruhigen Wasser bockten, und die letzten Reste seiner Amtswürde verlor.

Schwitzend vor Panik, die Pistole so hoch in die Luft gestreckt, wie er nur eben konnte, sah er die Boote vor sich, sah die achtzehn Gondolieri, die ihn mit wütender Ungeduld anstarrten. Jetzt waren sie ordentlich in einer Linie, wie sie nie wieder sein würden. Er preßte die Augen zu und drückte ab.

Die Explosion schleuderte ihn in den tiefsten Schutzraum unter der Zentrale seines Seins. Sie warf auch die achtzehn Boote nach vorne, und zwar mit einer Wucht, als wären sie aus achtzehn Kanonenmündungen abgeschossen worden.

Die Historische Regatta hatte begonnen.

Kapitel 21

»Warum gibt es bei den *Carabinieri* eine Unterwassertruppe?«

»Ich weiß nicht – warum denn?«

»Weil die *Carabinieri* tief unten – ich meine, ganz tief unten, so tief, wie es nur geht, sehr intelligent sind.«

Solche Witze erzählen sich die Leute über die *Carabinieri*, und obwohl es dafür einen historischen Grund geben muß, hat der schon lange nichts mehr mit der objektiven Wahrheit zu tun. Unter den bewaffneten Truppen Italiens findet man bei den *Carabinieri* genausoviel Intelligenz wie bei jeder reinen Männertruppe in Europa.

Der *Carabiniere*-Hauptmann in Genua war zweifellos intelligent genug gewesen, um zu erkennen, daß der Obergefreite Lorenzo Simeoni versetzt werden mußte. Nicht, daß er Simeoni loswerden wollte, aber unter den gegebenen Umständen hielt er es für eine unerläßliche Vorsichtsmaßnahme.

Simeonis bester Freund war ein anderer Obergefreiter namens Gervaso gewesen. Eines Tages waren die beiden in einem Dienstwagen bei den Docks unterwegs gewesen, als sie ein dickes, ärmlich gekleidetes Kind sahen, das sich die Augen aus dem Kopf weinte. Wahrscheinlich verlaufen – eine Aufgabe für die städtische Polizei. Aber Gervaso dachte nicht so; wenn Hilfe gebraucht wurde, leistete er sie, und zwar ohne irgendwelches Kompetenzgerangel.

Simeoni, der am Steuer saß, hielt den Wagen an, und Gervaso stieg aus, um zu dem Kind zu gehen. Er kam nie bei ihm an. Bevor er auch nur drei Schritte gemacht hatte, wurde er von einem Kugelhagel aus einem vorbeifahrenden Auto gefällt. Sie feuerten auch eine Salve auf den Wagen, in dem Simeoni saß. Wie durch ein Wunder blieb er unverletzt, aber er konnte nicht die Verfolgung aufnehmen, weil der *Carabiniere*-Wagen durch die Schüsse fahruntüchtig geworden war.

Als Reaktion auf dieses Erlebnis hatte Simeoni einen fanatischen Haß auf Terroristen entwickelt – und wer könnte ihm das verübeln? Aber in einer Stadt wie Genua, einem neuen Zentrum der Gewalt der Roten Brigaden, kann ein solcher Haß gefährlich werden, also beschloß der Hauptmann schweren Herzens, Simeoni versetzen zu lassen; und die in Rom fanden den idealen Posten für ihn – die Grenzstation am Mont Blanc, wo Simeoni Pässe kontrollieren und nach Schmuggelwaren wie Drogen, Mineralwasser, Zigaretten und Schokolade suchen konnte.

Deshalb stand der Obergefreite Simeoni jetzt vor einer langen Schlange wartender Autos, die in den vierzehn Kilometer langen Tunnel fahren wollten, der so gerade wie ein riesiges Lineal durch die Eingeweide des Mont Blanc von Italien in die Schweiz führte. Er winkte einen Wagen voller Kinder durch, dann einen Mercedes mit einem älteren deutschen Paar darin und hatte den Blick bereits auf den dritten Wagen gerichtet, der jetzt hinter dem Mercedes teilweise sichtbar wurde. Der Fahrer war ein Mann und allein, und Simeoni beschloß, ihn anzuhalten.

Aber als der Mercedes weiterfuhr, und er den nachfolgenden Wagen ganz sehen konnte, wurde sein Blick plötzlich konzentriert. Ein Fiat 1800 mit einem Nummernschild aus Florenz. Und ein Fiat 1800 mit einem ebensolchen Nummernschild war gemeldet worden als von einem gesuchten Mitglied der Roten Brigaden gestohlen.

Simeoni winkte den Wagen heran und beugte sich vor, um durch das Seitenfenster zu schauen.

Der Gondoliere mit dem Spitznamen Abracadabra ruderte zum erstenmal in der Historischen Regatta mit, und obwohl sie erst vor wenigen Minuten begonnen hatte, verstand er bereits jetzt, warum der Stier als der größte Sieger aller Zeiten verehrt wurde. Er verstand es weniger mit dem Kopf als mit dem Bauch, denn in der Regatta zu rudern ist keine Frage geistiger Kraft. Der Stier erschien ihm wie eine elementare Naturgewalt, der sein Boot vorwärtspeitschte, als würde es von einem Hurrikan angetrieben.

Sie durchquerten das San-Marco-Becken und ruderten auf die große Kuppel von Santa Maria della Salute zu. Der Stier lag in

Führung, und der Rest folgte ihm weit auseinandergezogen in drei Gruppen von jeweils fünf *gondolini* und zwei abgeschlagenen am Schluß.

Abracadabra befand sich in der zweiten Fünfergruppe, und aus den Augenwinkeln konnte er Tonino sehen, der fast auf gleicher Höhe mit ihm lag. Abracadabra hätte in der ersten Gruppe sein können, aber er sparte sich seine Kräfte für einen Zwischensprint auf, wenn sie den Dogenpalast passierten. Dann würde er zu den ersten gehören, die in den Canal Grande hineinfuhren.

Jetzt kamen sie am Hotel Vivaldi vorbei, und Abracadabra machte sich für seinen Spurt bereit; mit ein bißchen Glück, so hoffte er, würde er unter den ersten sechs sein, vielleicht sogar den ersten vier.

Rechts von ihnen war kurz die Seufzerbrücke zu sehen, der niemand Beachtung schenkte, und nun waren sie auf Höhe des Dogenpalastes. Abracadabra beugte den Rücken und beschleunigte den Rhythmus seiner Ruderbewegungen. Als sie den Markusplatz passierten, hatte er die zweite Gruppe hinter sich gelassen und näherte sich der ersten. Tonino war ein Stück hinter ihm. Als sie Harry's Bar erreichten, lagen nur noch vier Boote zwischen ihm und dem Stier.

Aber es konnte noch viel geschehen. Jetzt war es an der Zeit, das zermürbende Tempo zu drosseln, mit dem er in den Canal Grande eingefahren war.

Nur ein wenig.

Strenggenommen sollten die Polizistin Michelangelo und *Dott.* de Benedetti darauf achten, daß die größte Touristenattraktion des Jahres nicht durch die politkriminelle Gewalt beeinträchtigt wurde, die in dem politisch unruhigsten Land des Westens ständig drohte; sie sollten die Dächer beobachten, die Balkone, die Menschenmenge. Doch der Andrang der Boote war so groß, daß sie schließlich wohl oder übel verkehrspolizeiliche Aufgaben übernahmen und mithalfen, der *dodesona* – dem von zwölf ehemaligen Regattasiegern geruderten Boot – den Weg freizumachen, die wiederum den am Rennen beteiligten *gondolini* Platz schaffte.

»Verkehrspolizistin Michelangelo«, meinte de Benedetti, »ich würde Sie gerne mal mit einer von diesen bezaubernden Mützchen sehen, die die tragen.«

Wenn ich bei der Verkehrspolizei wäre, gäbe es zumindest keinen *Dott.* de Benedetti, dachte sie, sagte aber nichts, sondern schlug nur heftig nach einer Fliege auf ihrem Unterarm und warf ihm dabei einen Seitenblick zu.

»Da ist *Dott.* Peroni«, sagte de Benedetti.

»Wo?« Das Wort war ihr zu schnell entschlüpft, bemerkte sie, als es ausgesprochen war.

»Da – in der Gondel mit dem großen aufgelösten Mann, der aussieht, als würde er gleich auseinanderfallen, und der hübschen jungen Frau.«

Jetzt sah Michelangelo ihn. Und sie sah noch etwas, daß de Benedetti als Mann nicht wahrnahm. Sie sah, daß *Dott.* Peroni in diese Frau verliebt war.

Die Sonne schien noch immer auf den Canal Grande, aber im Herzen der Polizistin Sofia Michelangelo ging sie unter.

Du bist allein, sagte die innere Stimme des Stiers, sonst ist keiner im Rennen. Die Historische Regatta gehört dir. Ihr beide seid eins.

Sie näherten sich dem Ponte dell'Accademia, und der Stiergott beherrschte den Canal Grande, so daß dieser nur noch wie ein Flüßchen wirkte. Mit gigantischen Schwüngen des Ruders peitschte er sein Boot unter der Brücke hindurch, hinein in den Anfang der großen Biegung, die in Richtung Santa Lucia, der Wendestange und dem letzten Stück zurück zur Ca'Foscari führt. Dem grausamsten Stück des gesamten Rennens.

Der Jubel der gewaltigen, gesichtslosen, brüllenden Masse, die sich auf beiden Seiten drängte, wehte wie Weihrauch zu dem Stier herüber. Sie lieben dich, sagte die Stimme, sie tragen dich kraft ihres Willens zum Sieg. Alle Fernsehkameras sind auf dich ausgerichtet, die Zeitungsleute schreiben über dich, und die Frauen beten dich an. Die ganze Welt schaut auf dich; niemand interessiert sich noch für etwas anderes als für deinen Sieg.

Ehret den Stier!

Als der Obergefreite Lorenzo Simeoni den Fahrer sah, blieb ihm fast das Herz stehen. Er hatte eine steckbriefliche Beschreibung des gesuchten Terroristen studiert, die allerdings nicht sonderlich aufschlußreich gewesen war. Ein paar Punkte waren jedoch klar: Der

Mann war Mitte bis Ende Zwanzig, trug einen dichten, hängenden Schnurrbart, eine Brille mit Metallgestell, und er hatte kurz geschnittenes Haar.

All das traf auf den Mann zu, der jetzt auf dem Fahrersitz eines Fiat 1800 mit Florentiner Kennzeichen saß. Genau wie der gestohlene Wagen.

»Würden Sie bitte einmal kurz aussteigen, *signore*?« sagte Simeoni, bemüht, einen alltäglich höflichen Tonfall zu bewahren.

Hinter der Nickelbrille flammte unübersehbar Angst auf. Simeonis Hand bewegte sich Richtung Pistole. In diesem Augenblick machte der 1800 einen Satz nach vorn und scherte gleichzeitig aus, um den deutschen Wagen zu überholen.

»Halt!« schrie Simeoni.

Doch der Fahrer hatte keineswegs die Absicht anzuhalten. Die Pistole schien wie von selbst in Simeonis Hand zu springen. Zwei Detonationen bellten gegen den Frieden des gigantischen Mont Blanc auf, und dann schlingerte der 1800 quer über die Straße, krachte in den Mercedes und überschlug sich.

Beim Aufprall wurde ein Paket unter dem Fahrersitz heraus auf die Straße geschleudert.

Der dichte Schnurrbart war bei dem Unfall abgerissen worden, so daß die herbeigelaufenen *Carabinieri* mit einem Anblick konfrontiert wurden, den keiner von ihnen je gesehen hatte.

Ein lächelnder Toter.

Partecipazios hektischer und vielgestaltiger Körper erweckte den Anschein, als sei er allein eine ganze Menschenmenge, vereint durch die gemeinsame Konzentration auf die rasende Masse kleiner bunter Boote, die jetzt auf sie zugefegt kam. Die Individuen, aus denen sich sein Gesicht zusammensetzte, waren allesamt blaß und achteten nicht auf die großen Schweißtropfen, die zwischen ihnen hinabrannen.

»Das hängt mit seinen Wetten zusammen«, erklärte Estrella. »Die sind so kompliziert wie ein halbes Dutzend Computer, und er hat sie alle im Kopf.«

Die Phalanx der Boote, die gleich an ihnen vorbeikommen würde, mit dem Stier weit voraus, der das Wasser mit seinem Ruder zerpflügte, hatte etwas unerklärlich Magisches an sich, und zum erstenmal verstand Peroni, was Estrella mit dem Regattafieber gemeint hatte. Er wünschte, er hätte selbst ein bißchen Geld gesetzt.

Jetzt war der Stier auf einer Höhe mit der Partecipazio-Gondel, und jetzt war er auch schon vorüber, und Peroni erkannte, daß die Masse der anderen siebzehn *gondolini* aus der Nähe gesehen in einzelne Gruppen von jeweils fünf oder sechs Booten zerfiel.

Er spürte, wie er angesichts dieses unbarmherzigen Kampfes, angesichts der Körperkraft, die so schmerzlich eingesetzt wurde, um sich einen Vorteil von wenigen Zentimetern zu verschaffen, von einer primitiven Erregung übermannt wurde.

Doch diese Erregung hinderte ihn nicht daran, noch etwas anderes zu beobachten. Es war kaum wahrnehmbar, aber es bildete eine auf soliden Beinen stehende Bestätigung.

Sie fuhren gerade unter der Rialto-Brücke hindurch, als Tonino ansetzte, Abracadabra zu überholen. Die beiden lagen ungefähr an siebter und achter Stelle. Abracadabra beschloß, daß es Zeit für einen weiteren Zwischenspurt war, und so lagen die Nasen ihrer Boote – für einen Zeitraum, den man vom Ufer aus als knapp über zwei Minuten eingeschätzt hätte, der den beiden wetteifernden Gondolieri aber wie eine Ewigkeit vorkam – auf gleicher Höhe im Wasser, nur daß einmal der eine und dann der andere mit gewaltiger Anstrengung wenige Zentimeter Vorsprung gewann.

Es wurde ein privater Zweikampf zwischen ihnen, und beide vergaßen sie die Präsenz, ja sogar die Existenz der anderen Gondolieri. Erst als Abracadabra als vorläufiger Sieger mit einer halben Länge Vorsprung aus diesem Zweikampf hervorging, bemerkten sie, daß sie während des Duells unwissentlich drei andere Boote überholt hatten, und jetzt nur noch zwei andere *gondolini* zwischen ihnen und dem Stier lagen.

Aber Abracadabra wußte, daß die von ihnen überholten Gondolieri keineswegs unterschätzt werden durften. Es war eine bekannte Strategie, sich leicht zurückfallen zu lassen, damit übereifrige Wettkämpfer ihre Kräfte vorzeitig verbrauchten und so dem Boot in ihrem Kielwasser die Möglichkeit eröffneten, erneut nach vorne zu schießen, wenn die alles entscheidende Wendestange vor Santa Lucia umrundet wurde, der sie jetzt immer näher kamen.

Es war einer der schwierigsten Augenblicke in der gesamten Regatta. Man mußte die Stange so eng wie möglich umschiffen, die Gondel so geschickt wenden, als wäre sie ein Zehn-Lire-Stück, und gleichzeitig die Boote in unmittelbarer Nähe im Augen behalten, denn an diesem Punkt waren Versuche, zu rempeln und sich vorzudrängeln, an der Tagesordnung.

Der große Vorsprung des Stiers – er mußte jetzt mindestens dreieinhalb Gondellängen vor dem Verfolgerboot liegen – bedeutete, daß er sich um dergleichen keine Gedanken zu machen brauchte; es war niemand da, der hätte rempeln oder sich vordrängeln können.

Dennoch, er wendete unglaublich geschickt mit einer einzigen engen Kehre, wie ein Fisch, der um einen Felsen herumschnellt. Jetzt ruderte er den Canal Grande hinauf, während alle anderen noch abwärts ruderten. In wenigen Sekunden würde er an seinem nächsten Konkurrenten vorbeikommen.

In dem Moment, als ihre Gondeln sich begegneten, blickte Abracadabra von den anderen Booten auf, die um ihn herum waren, um den größten Regattahelden aller Zeiten zu betrachten. Mit verblüffter Fassungslosigkeit sah Abracadabra, daß das Gesicht des Stiers eine einzige Maske aschfahlen Entsetzens war.

Zum erstenmal seit er an der Historischen Regatta teilnahm, hatte sich ein Spion des Zweifels irgendwie in die prähistorische Festung der Gewißheit eingeschlichen, die das Denken des Stiers ausmachte, und dieser Spion hatte ihm eingeflüstert, daß der Sieg nicht so unvermeidlich war wie der morgige Sonnenaufgang.

Wie der Spion die Festungsmauern überwunden hatte, wußte der Stier nicht. Vielleicht hatte er, als er die Wendestange umfuhr, ein kaum wahrnehmbares Erschlaffen der gewaltigen Maschine seines Körpers gespürt, das ihm verriet, daß er nicht allmächtig war.

Und dann, als hätte der Spion eine Bresche für einen eisigen Pfeil eröffnet, der durch die Bastionen hindurchgeschossen wurde, erkannte er, warum das so war, und schon allein die Tatsache, daß es einen Grund gab – auch wenn der bislang unbeachtet geblieben war –, machte die Situation noch erschreckender.

Der Stiergott stürzte von seinem Olymp, und kein Fall ist so tief wie der eines Gottes.

Doch dann, mit einem Schub der Erleichterung, wurde ihm klar, daß der Fall noch aufgehalten werden konnte; er war nicht unausweichlich. Er warf einen Blick über die Schulter und sah, daß noch immer drei gute Gondellängen zwischen ihm und seinem nächsten Rivalen lagen. Bei so einem Vorsprung würden sie ihn niemals einholen, und das unmerkliche Nachlassen seiner Kräfte mußte keine Katastrophe bedeuten. Er mußte nur die gewaltigen Reserven mobilisieren, die noch in ihm steckten.

Rudere, Stier, rudere!

Kurz vor der Wendestange war Tonino wieder auf einer Höhe mit Abracadabra, und es sah so aus, als könnte er sogar in Führung gehen, wenn sie den Canal Grande wieder hinaufruderten. Es gab nur eine Möglichkeit, das zu verhindern, so erkannte Abracadabra, und zwar die, plötzlich nach innen zu steuern, mit dem Bug des anderen Bootes zusammenzustoßen und so den freien Raum zwischen ihm und der Wendestange zu schließen. Damit hätte er gleich zwei Fliegen mit einer Klappe geschlagen, denn er selbst würde einen hilfreichen Schub nach vorne bekommen, und Tonino würde stoppen müssen und wichtige Sekunden dabei verlieren, wieder auf Kurs zu kommen.

Abracadabra schwenkte nach links, und gleichzeitig, als hätte er dieses Manöver vorausgeahnt, beschleunigte Tonino sein Boot, um vor dem Zusammenstoß durchzukommen. Beide ruderten sie, bis es schien, als müßte das Buchenholz ihrer Ruder unter der Anspannung zersplittern.

Während sich sein *gondolino* unerbittlich weiter nach innen schob, sah Abracadabra mit Befriedigung, daß der Raum vor Tonino rasch immer enger wurde; noch rechtzeitig hindurchzukommen war jetzt beinahe unmöglich.

Noch drei Sekunden, so rechnete Abracadabra, und Toninos rasendes Rudern würde nur einen noch stärkeren Vorwärtsschub für sein eigenes Boot bedeuten.

Zwei Sekunden. Das Wasser des Canal Grande schien unter ihren tobenden Rudern zu kochen.

Eine Sekunde. Schon jetzt war die verbliebene Öffnung zu schmal.

Doch dann, so unglaublich es auch schien, war Tonino hindurch. Abracadabras Bug stieß harmlos gegen das Heck des anderen Bootes, so daß es leicht nach rechts schlingerte. Und als Abracadabra nach dem Scheitern seines Planes aufblickte, sah er, daß kein anderes Boot mehr zwischen Tonino und dem Stier war.

»Gleich kommen sie wieder. Gerade noch Zeit für ein rasches Gläschen *amarone*.«

»*Salute*!«

»*Salute, reverendo*!

»Da sind sie! Kommen gerade unter der Rialto-Brücke durch!« keuchte der Priester, weil er sich verschluckt hatte.

»Sie hätten nicht so schnell trinken sollen, *reverendo*. Darf ich Ihnen auf den Rücken klopfen? So – schon besser?«

»Der Stier liegt noch immer vorn!«

»Aber kommt da nicht einer hinter ihm?«

»Tonino! Das ist Tonino!«

»Wie können Sie das auf diese Entfernung erkennen? *Ich* kann nicht sehen, wer es ist.«

»Die heilige Angela – sie schenkt mir manchmal gewisse Eingebungen.«

»Er kann ihn unmöglich einholen!«

»Wer weiß? Alles ist möglich.«

»Ja, jetzt erkenne ich ihn – es ist wirklich Tonino!«

»Wie David und Goliath! Tonino!«

»Beruhigen Sie sich, ich bitte Sie, *reverendo* – Sie fallen noch in den Canal!«

Die gläserne Zartheit von Gemmas Teint wurde durch ihre unglaubliche Aufregung rosig getönt. Tonino ruderte praktisch neben dem Stier. Tränen des Stolzes und der Freude rannen ihr unbemerkt übers Gesicht.

Aber konnte er den Stier überholen? Sie ruderten Kopf an Kopf und hatten noch rund dreihundert Meter vor sich, während drei andere *gondolini* ihnen dicht auf den Fersen waren.

Es schien unmöglich, daß zwei Boote sich so schnell durchs Wasser bewegen konnten und dabei so unbeweglich auf einer Höhe blieben; es war, als würden sie von einem unsichtbaren Balken zusammengehalten. Einer von ihnen mußte zurückfallen. Ein Unentschieden hatte es in der gesamten Geschichte der Regatta noch nie gegeben.

»Er kämpft um sein Leben«, hörte sie jemanden hinter sich sagen, und sie begriff, daß die Rede von dem Stier war.

Und dann, als die beiden Boote genau auf ihrer Höhe waren, sah sie, daß das schimmernde, silbergezahnte Bugeisen von Toninos Gondel sich minimal vor das des Stiers geschoben hatte. Und unter ihrem aufmerksamen Blick gewann er Zentimeter um Zentimeter, bis sie sogar das schwarze Holz des Rumpfes ausmachen konnte.

Plötzlich war der Zusammenbruch des Stiers katastrophal, als wäre eine Hauptantriebsfeder in ihm zersprungen. Innerhalb weniger Meter war Toninos Gondel ein gutes Stück voraus, und der Abstand zwischen ihm und dem Stier wurde immer größer.

Danach, als der mächtige Unbesiegbarkeitsbann des Stiers endlich gebrochen war, arbeitete sich zuerst ein Boot, das von Abracadabra, an den ehemals unüberwindlichen Regattasieger heran, verharrte ein paar Sekunden neben ihm und überholte ihn dann.

»Er ist fertig«, hörte Gemma dieselbe Stimme hinter ihr sagen. »Endgültig.« Der Tonfall war traurig, als würde der Tod eines großen Mannes verkündet, und gleichzeitig sah Gemma, daß eine Frau sich bekreuzigte. Sie jedoch konnte die elegische Stimmung nicht teilen, denn sie sah, wie Tonino auf das Zielfloß zujagte, unter einem gen Himmel brausenden Jubel, der ihn zum größten aller Regattasiege zu tragen schien. Und als er aus dem Boot auf die Plattform trat, die Arme in Dankbarkeit für den Applaus hochgereckt, registrierte sie nicht mal mehr, daß der Stier als vierter ins Ziel ruderte: der Platz des Spanferkels. Ihre Aufmerksamkeit wurde durch etwas anderes abgelenkt. Toninos hoch erhobene Hände waren blutüberströmt.

Im Anschluß an die Historische Regatta ist der Canal Grande wie eine breite Straße, über die soeben eine Krönungsprozession gezogen ist. Das dichte Gedränge von Menschen und Booten löst sich auf; unansehnlich treiben Dosen und Essenspackungen auf dem Wasser; die allgemeine Aufmerksamkeit, die noch wenige Minuten zuvor nur ein Ziel hatte, verteilt sich jetzt auf tausenderlei Dinge, und die Luft ist erfüllt von einem plötzlichen Gefühl der Leere. Nur die Katzen und Tauben Venedigs sind dagegen immun. Für sie geht das Leben unverändert weiter, unbeeinträchtigt von dem lärmenden und, auf lange Sicht, sinnlosen Treiben der Menschen in der Serenissima.

Dieses Gefühl der Leere war bis in das Schnellboot gedrungen, in dem de Benedetti und die Polizistin Sofia Michelangelo Richtung *Questura* fuhren. De Benedetti machte die Atmosphäre zu schaffen, dachte Michelangelo; schon seit zehn Minuten hatte er keinen schlechten Witz mehr gemacht. Was sie selbst betraf, so hatte der Anblick von *Dott.* Peroni in Begleitung dieser Frau bei ihr ein Gefühl hinterlassen, als hätte sie gerade eine schwere Operation hinter sich; noch nicht wieder ganz bei Bewußtsein, war sie unsicher, welche Art von Existenz sie nun erwartete.

Um sie herum ragten unbeobachtet die prachtvollen Palazzi des Canal Grande auf. Neben ihr steuerte de Benedetti grüblerisch das Boot. Zum erstenmal, seit sie ihn kannte, schwieg er, und absurderweise wünschte sie sich gerade deshalb fast, er würde einen schlechten Witz machen.

Und dann schien das Schnellboot unter ihr zu bocken, als wäre der Canal Grande zum Leben erwacht, versuchte, sie abzuwerfen. Sie verlor das Gleichgewicht und taumelte hilflos, während ihr die wildesten Erklärungen durch den Kopf schossen? Erdbeben? Springflut? Wirbelsturm?

Aber die richtige Erklärung war einfach. De Benedetti hatte plötzlich beschleunigt und das Boot gleichzeitig herumgerissen und in einen Seitenkanal gesteuert. Sie hatte keine Zeit, Spekulationen über den Grund für dieses vermeintlich geisteskranke Verhalten anzustellen, bevor sie in seine Arme geschleudert wurde, die irgendwie bereits auf sie zu warten schienen.

Ein gemeißelter Markuslöwe war der einzige Zeuge für die lange Umarmung zwischen einer Polizistin und einem Kriminalbeamten, beide im Dienst auf einem Polizeiboot, doch da der Löwe zu seiner Zeit noch seltsamere Dinge gesehen hatte, war sein einziger Kommentar dazu, wie übrigens auch für alles andere, *Pax tibi, Marco.*

»Sind Sie verrückt geworden?« fragte Polizistin Sofia Michelangelo mit unüberzeugend gespielter Empörung, als die Umarmung schließlich endete.

»Im Gegenteil«, sagte de Benedetti, »ich bin, wie die Leute in alten Filmen immer sagen, endlich zur Vernunft gekommen. Schon viel zu lange habe ich, immer wenn ich dich küssen wollte, statt dessen einen schlechten Witz gemacht. Aber wann immer ich dich von jetzt an küssen will, werde ich es einfach tun. Ist das klar?«

»*Si, Dottore.*« Er war schließlich ihr Vorgesetzter, also konnte sie sich seiner Anweisung schlecht widersetzen, und außerdem war Küssen immer noch besser als schlechte Witze.

Einen Moment lang schwebte ihr das Bild von *Dott.* Peroni vor, glühend südländisch, aber sie schüttelte es sachte ab; *Dott.* Peroni war ein Mann zum Träumen, nicht zum Heiraten.

Und dann widmeten sie und de Benedetti sich wieder ihrem Schlechte-Witze-Ersatz.

TEIL FÜNF

DIE IKONE

»Dieses so gut gelungene und zu einem so glücklichen Abschluß gebrachte Geschäft gereichte mir sehr zur Ehre; doch mein Unstern säumte nicht, mich seinen bösen Einfluß spüren zu lassen.«
Mémoires, Carlo Goldoni

Kapitel 22

Mirandolina, die *Locandiera* – zu verschiedenen Zeiten wahlweise übersetzt als die Herbergswirtin, die Gastwirtin oder einfach die Wirtin –, hatte Peroni den Rücken zugewandt, als er nach einer Sondervorstellung am Abend des Regattatages in ihre Garderobe trat. Aber ihr Bild im Spiegel verriet ihm, daß sie es tatsächlich war; das verführerische Lächeln, die wachen Augen, die ganze Weiblichkeit waren ganz und gar Mirandolina; und der sorgfältig plazierte Schönheitsfleck, die herrlich vollen Brüste unter dem tief ausgeschnittenen Kleid, die schwarzen Locken und die Grübchen in den Wangen, all das gehörte zu einer einzigartigen Inkarnation dieser faszinierendsten Frau in der italienischen Komödie.

Sie drehte sich auf dem Stuhl vor dem Frisiertisch mit einem Lächeln um, in dessen Netz sich der frauenverachtende Cavaliere di Ripafratta so hilflos verstrickt. Im Stück belagert sie ihn, besiegt ihn und verschmäht ihn am Ende, und Peroni spürte, daß er gegen seinen Willen in diese Rolle schlüpfte.

»*Commissario*!« sagte Mirandolina. »Wie aufregend, Sie tatsächlich einmal in Fleisch und Blut zu sehen!«

»Wir sind«, sagte Peroni im Tonfall des noch ungerührten Cavalieres, »uns schon einmal begegnet.«

Sie zog die Augenbrauen in femininer Verwirrung hoch, und ihr Parfüm drang ihm betörend in die Nase. Es würde nicht leicht werden, so erkannte er, dem Weg der Pflicht ohne Umwege zu folgen.

»Diese Spannung, diese Lösung«, zitierte er, »fragt nicht alles ›Muß ich sterben?‹«

Sie warf ihm einen raschen Blick zu, Mirandolina, die mit einer überhöhten Rechnung ertappt wurde. »Es tat mir unendlich leid, Sie verlassen zu müssen, *Commissario*«, sagte sie dann, »aber ich hatte plötzlich das Gefühl, wenn ich auch nur einen Augenblick länger bliebe, würde der Abschied einfach zu schmerzlich.«

»War es das«, sagte Peroni, »oder hatten Sie einfach eine Verabredung mit jemand anderem?«

Ihre Augen blitzten; Mirandolina in einer bedrohlichen Stimmung. »Wie kommen Sie darauf?«

»Weil wir uns schon bei einer anderen Gelegenheit begegnet waren«, sagte Peroni. »Auf der Lagune. Sie haben mich gesegnet.«

Ihr Gesicht leuchtete für eine Sekunde amüsiert auf, dann verdunkelte es sich verärgert.

»Ich habe Sie heute nachmittag bei der Regatta gesehen«, sprach Peroni weiter, »und gleich erkannt, daß Sie die englische Milady auf Burano waren – wo der Stier trainierte – und daß Sie der unerwartete Prälat auf der Lagune waren – wo der Stier ebenfalls trainierte. Und wenn die selbstverständliche Schlußfolgerung, die ich daraus zog, noch irgendeiner Bestätigung bedurft hätte, so bekam ich sie, als der Stier im Rennen vorbeifuhr und zu dem Balkon hochsah, auf dem Sie standen. Den Blick, der zwischen Ihnen beiden gewechselt wurde, kann ich nur als intim bezeichnen.«

»Und was geht Sie das an, *Commissario*?« Mirandolina war jetzt eine angriffslustige Schlange.

»Was mich das angeht?« Der Cavaliere di Ripafratta hatte die Situation im Griff, zumindest für den Augenblick. »Ich weiß nicht. Aber wenn ich weniger als Polizist und mehr als erotisch interessierter Neapolitaner reden darf, so muß ich zwangsläufig feststellen, daß das eine Jahrhundertstory für die Skandalpresse wäre. *Die Schauspielerin und der Gondoliere – Warum der Stier seinen zehnten Regattasieg verpaßte*. Oder wußten Sie etwa nicht, daß amouröse Aktivitäten für einen Gondoliere im Regattatraining absolut katastrophale Folgen haben? Die Öffentlichkeit ist übersättigt mit politischen Skandalen, die so alltäglich sind wie Spaghetti – aber das hier würde ihre Sensationsgier befriedigen. Und Ihr Verlobter, diese Säule des römischen Kurienadels, Fürst Attilio Cattamini, ich darf wohl behaupten, daß er bezaubert wäre.«

Er duckte sich gerade rechtzeitig, um der Parfümflasche zu entgehen, die an seinem Kopf vorbeizischte und gegen die Garderobentür krachte, aber er war nicht schnell genug, um der Puderdose aus Kristallglas auszuweichen, die über ihm zerplatzte wie eine duftende Bombe, und ihn mit ihrem Fall-out umhüllte. Er kämpfte sich hindurch, bevor ein weiterer Gegenstand zum Wurfgeschoß wurde, und packte das Handgelenk der großen Spinelli.

Sie wand sich wild in seinen Armen, und nur einen Moment lang dachte der Cavaliere di Ripafratta sehnsüchtig an die andere Art, in der sie sich jetzt winden könnte, doch dann schlug er mannhaft die Schranktür des Bedauerns zu, verwarf den Gedanken und konzentrierte sich weiter auf die anstehende Angelegenheit.

»Wenn Sie jedoch mit mir kooperieren, *Signorina*«, sagte er, »garantiere ich Ihnen, daß niemand von dem Stier erfahren wird.«

Unvermittelt hörte sie auf, sich zu wehren, und er ließ sie los. Mirandolina und der Cavaliere sahen einander an, und in diesem Blick erkannte sich gleich und gleich. Eine Einigung, so sagten ihre Augen, lag im Bereich des Möglichen.

Etliche Stunden zuvor, im Anschluß an das hektische Durcheinander am Mont Blanc nach dem Tod des lächelnden Terroristen, waren rasch wieder Ordnung und Effizienz eingekehrt, und es wurde festgestellt, daß er gar kein Terrorist war, sondern ein Gondoliere, dessen Beschreibung gleichfalls am Vortag an die Grenzstation durchgegeben worden war.

Das nationale Kulturerbe von unschätzbarem Wert wurde sichergestellt und, nach Anfrage bei der *Questura* in Venedig, mit einer großen Polizeimotorradeskorte zurückgeschickt, sehr zur Verwunderung der Verkehrsteilnehmer auf der *autostrada*, die sich nicht erklären konnten, was da eigentlich eskortiert wurde.

Kurz bevor die *Dienerin von Stand* zu ihrer Rückkehr aufbrach, um Bekanntschaft mit Achille Peroni zu schließen, wurde ihre Existenz in einer Pressekonferenz, die der zuständige *Carabiniere*-Hauptmann gab, erstmals der Welt bekanntgemacht.

So kam es, daß während Mirandolina und der Cavaliere di Ripafratta einander abtaxierten, ein junger Redakteur beim *Gazzettino* sich eine Schlagzeile für die Mont-Blanc-Story ausdachte. In Italien sind Schlagzeilen meist recht gewichtig, dreibalkig mit einer Art Einführungstext darüber, der Schlagzeile in der Mitte und etlichen Informationsfetzen darunter, so daß der eigentliche Artikel, wenn man das alles gelesen hat, schon relativ überflüssig geworden ist.

Doch der junge Redakteur hatte die *Times* abonniert und träumte davon, das italienische Pressewesen mit Schlagzeilen im *Times*-Stil zu bereichern. TOD DES LÄCHLERS, schwebte ihm vor, und darunter in kleineren Buchstaben: *Rückkehr der Dienerin.*

Leider, so wußte er, würde er damit beim hausbackenen *Gazzettino* niemals durchkommen. Mit einem Seufzer und einer Zigarette machte er sich daran, eine annehmbarere Schlagzeile zu verfassen.

Dramatischer Zwischenfall am Mont Blanc.

Polizeilich gesuchter Gondoliere irrtümlich für Terrorist gehalten und bei dem Versuch, in die Schweiz zu gelangen, von Carabiniere *getötet.*

Wertvolles Goldoni-Manuskript sichergestellt – Sollte in die Schweiz geschmuggelt werden – Im Verlauf der Ermittlungen identifiziert – Wird nach Venedig zurückgeschickt – Untersuchung durch Commissario Achille Peroni.

Der junge Redakteur konnte nicht wissen, daß er seinen Teil dazu beitrug, die abschließende Katastrophe herbeizuführen.

Der Dialog hatte sich weit vom ursprünglichen Skript entfernt, und während Mirandolina und der Cavaliere di Ripafratta sich auf die neue Situation einstellten, entstand eine Pause.

»Wann hat Ihre Beziehung zu dem Stier angefangen?«

»Ungefähr vor einem Monat, noch während der Proben.«

»Warum die komplizierten Verkleidungen?«

»Nicht Verkleidungen, *Commissario*, *Verwandlungen*! Ich habe mich in diese Menschen *verwandelt*!« Der beinahe mystische Ton, mit dem sie das sagte, wich einer prosaischen Sachlichkeit, als sie weiterredete. »Nun ja, erstens wäre Atillio wie ein Schlagwetter über mich gekommen, wenn ich mich nicht in andere Menschen verwandelt hätte, *Commissario*. Und zweitens –« Wieder verwandelte sich ihr Gesichtsausdruck, diesmal in kindliche Freude. »Und zweitens gibt es nur eine Sache auf der Welt, die mir eine solche reine und unverfälschte Lust bereitet wie die, mich in ausgefallene Charaktere zu verwandeln.«

Peroni mußte nicht erst fragen, was diese andere Sache war. »Sogar in Kardinäle?« fragte er.

»Besonders in Kardinäle! Diese prächtigen purpurnen Roben! Die Ringe! Dieser Ausdruck von *hauteur*!« Rasch verwandelte sie sich wieder in einen Kardinal und segnete ihr Spiegelbild.

»Wer wußte von Ihrer Beziehung zum Stier?« nahm Peroni das Gespräch wieder auf, als sie ihre geistliche Pose aufgegeben hatte.

»Niemand! Begreifen Sie denn nicht, *Commissario*, meine Verwandlungen sind *total*! Das war niemals ich, die sich mit dem Stier getroffen hat, sondern die jeweilige Person, die ich spielte.«

»Bei Ihrer ersten Begegnung – da können Sie sich noch nicht in jemand anders verwandelt haben. War da noch jemand anwesend?«

Das Mienenspiel der Spinelli war so ausdrucksvoll, daß Peroni förmlich sehen konnte, wie die Erinnerung in ihr hochschoß wie ein Pilz nach ergiebigem Regen. »Nun?« sagte er.

»Da war jemand«, sagte sie, »jemand, der uns in gewisser Weise miteinander bekannt gemacht hat. Jemand, der uns danach bei verschiedenen Gelegenheiten zusammen sah. Aber eine Person ohne mögliche Bedeutung.«

»Wer?« drängte Peroni.

»Ein Idiot. Ein stummer Idiot, der eine Kappe trug, auf der in Gold das Wort GANZER stand.«

Einen nicht enden wollenden Augenblick lang wirbelten die Gedanken durch Peronis Kopf wie ein wildgewordenes Karussell, aber als sie sich wieder beruhigten, wußte er, daß er seine zweite große Intuition gehabt hatte und daß sie vollständig mit der ersten harmonierte, die ihm gekommen war, als er erfahren hatte, wer die Geliebte des Löwen war. Und doch schien das Unmögliche daran noch immer so massiv und unausweichlich zu sein wie der Vesuv. Vesuv. Eine Analogie nahm Peronis Aufmerksamkeit in Anspruch.

Der Vesuv bricht aus.

Und wenn das Unmögliche ausbrechen sollte? Er hatte lediglich eine ganz schwache Ahnung, wie das geschehen mochte, aber er erkannte zum erstenmal, daß es geschehen *könnte*, und im Lichte dieses Ausbruchs würde er die Wahrheit sehen.

»Ein stummer Idiot.« Er griff das Gespräch wieder auf. »Sie sagen, er habe sie in gewisser Weise miteinander bekannt gemacht. Wie das?«

»Ich kam eines Morgens aus dem Hotel Vivaldi«, sagte sie und fing an, die Szene nachzuspielen, »als ich vor mir auf der Lagune den herrlichsten, gewaltigsten, *bulligsten* Mann in der ganzen Welt sah, der auf dem Heck seiner Gondel stand, und ich wußte sofort, daß ich nur ihn haben wollte!« Sie sprach das Verb sehr zweideutig aus. »Doch bevor ich auch nur ein Wort gesagt hatte, war da dieser

Ganzer, winkte ihn für mich ran und zog seine Gondel mit einem Haken an den Kai.«

»Und dann?«

»Und dann, *Commissario*, und dann – haben Sie eine Vorstellung davon, wie es ist, sich von einem Stier in Menschengestalt durch Venedig rudern zu lassen? Nein, vielleicht würde Ihnen das nicht zusagen, aber mir sagte es zu …« Sie gab ihrem Entzücken mimisch Ausdruck. »Ich mußte ihn einfach auf der Stelle haben, also sind wir zurück ins Hotel. Oh, im Vivaldi ist man die Diskretion selbst, also hatte ich von dieser Seite nichts zu befürchten. Als wir wieder vor dem Hotel ankamen, zog derselbe Kerl unsere Gondel an Land.«

»Und sah sie gemeinsam hineingehen?«

Sie nickte. »Und mehrmals danach, wenn ich mich mit dem Stier traf, war er irgendwo in der Nähe. Er hat uns gesehen. Er ließ sich nicht anmerken, daß er uns wiedererkannte, aber mir kam es komisch vor. Ich fragte den Stier, aber er sagte, der Mann sei ein Idiot und obendrein noch stumm, also habe ich mir weiter keine Gedanken gemacht.« Plötzlich blickte sie beunruhigt drein. »Sie wollen doch nicht etwa andeuten –«

»Nein«, sagte Peroni. »Ich glaube nicht, daß Sie von dieser Seite aus irgendwas zu befürchten hätten. Erstens einmal ist der Mann tot – ermordet. Sie haben vielleicht in der Zeitung davon gelesen.«

»Ich lese nie Zeitung«, sagte sie und sah erleichtert aus.

»Und jetzt?« sagte Peroni. »Ich meine Ihre Beziehung zm Stier.«

Sie zuckte die Achseln. »Was wollen Sie? Es war ein *coup de foudre*, eine *folie*, eine Episode – ich bin es Attilio schuldig, die Sache zu beenden.«

»Er hat die Regatta Ihretwegen verloren.«

Ein Lächeln umspielte ihre Mundwinkel, als genösse sie den Gedanken daran, daß soviel Regattakraft für sie vergossen worden war, als hätte ein Liebhaber ihretwegen Selbstmord begangen. Was er auch in gewisser Weise getan hatte.

»Der arme Stier«, sagte sie. Es war ein Nachruf.

»Ich habe gerade das Manuskript eines Goldoni-Schauspiels gelesen, die *Dienerin von Stand*, das zwei Jahrhunderte lang verloren geglaubt war«, erzählte er ihr impulsiv und bereute es sogleich.

»*Commissario*!« Sie war vor Ehrfurcht ganz hingerissen. »Sie müssen mich als erste darin spielen lassen! Über die Jahrhunderte hinweg spüre ich, daß es für mich geschrieben wurde. Aber erzählen Sie – wie sind Sie daran gekommen?«

Er gab eine kurze, vorsichtige Darstellung der Irrungen und Wirrungen, die das Manuskript durchlaufen hatte.

»Dann hatte es also derjenige, der diesen Anwalt ermordet hat, auf das Manuskript abgesehen.«

»Das ist möglich.«

»In diesem Fall müßten Sie mich verdächtigen, *Commissario.*« Wieder Mirandolina par excellence. »In ganz Italien wäre niemand bereit, soviel auf sich zu nehmen wie ich, um ein echtes Goldoni-Manuskript in seinen Besitz zu bringen.«

»Ihre Hände passen nicht«, sagte Peroni mit Blick auf die langen Finger und ihre scharlachroten Fingernägel, die so eine leidenschaftliche Affäre mit der Luft unterhielten, die sie umgab. »Der Täter hatte sehr kräftige Hände.« Er konnte sie noch immer um seinen Hals spüren.

»Ich hätte jemanden finden können, der es für mich tut. Es gibt bestimmt Tausende von Männern, die bereit wären, für mich zu töten, *Commissario.*«

»Das glaube ich gern«, sagte Peroni aufrichtig.

»Und die Handlung des Stücks?« sagte sie. »Erzählen Sie mir die Handlung!«

»Die ist eigentlich ziemlich dünn –«

»Wie immer bei Goldoni!«

»Und eigentlich müßte ich jetzt wirklich gehen –«

»*Commissario*, ich *flehe* Sie auf Knien an!«

»Tja, also …« Er ließ die Figuren aufmarschieren. »Es spielt in Venedig. Pantalone will eine Heirat zwischen seiner Tochter Rosaura und dem Marquis Monteverde arrangieren. Sie haben eine Dienerin, Corallina –«

»Meine Rolle! Die Dienerin von Stand.«

»Genau! Sie bringt immer wieder alles in Ordnung, wenn die Dinge schieflaufen. Irgendwann tritt ein Damenschneider, *Sior* Zulian, auf, um Rosaura Stoffe für neue Kleider zu zeigen. In dieser Szene flirten Corallina und *Sior* Zulian heimlich miteinander …«

Ohne es selbst zu merken, hatte Peroni seine neapolitanische Theatralik ins Spiel gebracht, und die Goldoni-Komödie, die er nur wenige Stunden zuvor unter Mithilfe von Cornelius Ruskin entziffert hatte, wurde plötzlich lebendig.

Er spielte die Ankunft des einfältigen Marquis Monteverde, der von Corallina begrüßt wird, und, da er sie irrtümlich für Rosaura hält, sich in sie verliebt. Er spielte mit Inbrunst die Szene, in der die Wahrheit ans Licht kommt und Corallina, die von Pantalone entlassen wurde, einen offiziellen Heiratsantrag des Marquis annimmt.

Er steuerte die Geschichte in den zweiten Akt, der mit einer Darstellung der unglücklichen, kinderlosen Ehe des Marquis und Corallinas begann, und schilderte, wie Corallina erfolglos versucht, ihre Beziehung zu *Sior* Zulian wiederaufleben zu lassen, indem sie ihn dazu bringt, ein paar Kleider für sie anzufertigen.

Dann, mit fliegenden Händen und einem Gesicht, das so lebendig wie eine Teenagerparty war, stürzte er sich auf die große Szene im dritten Akt, in der der Marquis seine Schwester besucht und Corallina derweil erneut nach *Sior* Zulian schickt, den sie diesmal als Dienerin in ihrem Kostüm aus dem ersten Akt empfängt, und die beiden wiederholen einen Teil des Dialogs ihrer ersten Begegnung.

»Als der Marquis von seiner Schwester zurückkehrt«, fuhr er fort, »hat er keine Veranlassung, ihr Verhalten während seiner Abwesenheit zu beargwöhnen, denn, wie sein Diener Harlekin feststellt: ›Sie hätte sich nicht schlecht betragen können, weil es sie gar nicht mehr gab.‹ Da war eine Dienerin, so sagt er, die sich mit *Sior* Zulian eingelassen hat. Und fürwahr, selbst nach der Rückkehr des Marquis verschwindet diese Dienerin nicht gänzlich. Dann und wann sieht Harlekin sie ausgehen oder durch die Hintertür ins Haus kommen, obwohl er glaubt, daß der Marquis sie nie zu Gesicht bekommen hat.

Und in der letzten Szene teilt Corallina dem Publikum mit, daß es nun ein Ende mit den Verwandlungen haben muß. Dann wird sie wieder zur Marquise, gerade rechtzeitig, um den Marquis zu begrüßen und ihm zu eröffnen, daß sie den sehnlichst herbeigewünschten Erben der Familie Monteverde zur Welt bringen wird. Also nimmt alles ein glückliches Ende.«

Noch während Peroni die Geschichte erzählte, hatte er das eigentümliche Gefühl, daß sie ihm etwas gänzlich anderes zuflüsterte. Doch so sehr er auch sein inwärtiges Ohr anstrengte, er konnte nicht verstehen, was es war.

Kapitel 23

Peroni war im Grunde ein asymmetrischer Mensch, und er mißtraute jeder Symmetrie im Leben. Daher war er beunruhigt, als zwei neue Informationen zu den Stapeln auf seinem Schreibtisch hinzukamen, eine zu Don Amos' Stapel und eine zu dem des Hakers. Damit gab es für alle drei Männer jeweils eine neue Erkenntnis, und alle drei deuteten sie auf eine Schlußfolgerung hin, die wie ein finsterer Totempfahl aufragte. Symmetrischer ging es kaum noch.

Zudem waren sämtliche Informationen unwiderlegbar, obgleich die Unmöglichkeit nach wie vor da war und kein mahnendes Grollen von sich gab, das dem Ausbruch vorausgehen könnte. Doch trotz dieser Unmöglichkeit, aktiv oder erloschen, schrien die Fakten nun förmlich nach einer Entscheidung.

Was jetzt gebraucht wurde, war etwas Unerwartetes, wenn ihm nur etwas einfiele.

Gebraucht wurde, mit anderen Worten, ein neuer Peroni-Coup.

Manchmal geschehen Dinge, vor allem in Italien, die, im nachhinein betrachtet, niemals hätten geschehen dürfen. Doch dann sind sie natürlich längst geschehen, und es ist zu spät. So war es auch bei der Flucht des Löwen.

Er war in einem Polizeischnellboot zu einer Vernehmung durch *Dott.* Tron gebracht worden, in Handschellen und an einen *Carabiniere* gekettet. Ein sie begleitender *Maresciallo* der *Pubblica Sicurezza* hatte eine Akte dabei, die einen umfassenden Bericht aller polizeilichen Ermittlungen enthielt, die im Zusammenhang mit den Bixi-Haker-Morden und den damit verbundenen illegalen Aktivitäten der Gondolieri durchgeführt worden waren, darunter auch Peronis jüngste Überlegungen im Hinblick auf die Identität der Person, die hinter allem steckte.

Alles geschah furchtbar schnell. Es war noch früh, und nur wenige Menschen waren bereits unterwegs. Das Polizeiboot tuckerte langsam den Rio Santa Maria Formosa hinunter, der *Carabiniere* holte gerade eine Zigarette für den Löwen heraus und half, sie ihm anzünden, der *Maresciallo* las den *Corriere della Sera*, als der Löwe plötzlich dem *Carabiniere* die schwere Kette in den Nacken schlug. Der *Carabiniere* ging zu Boden. Der *Maresciallo*, der seit über zehn Jahren in der *Questura* im Innendienst beschäftigt und für solche Notfälle alles andere als fit war, ließ seine Zeitung fallen und sprang auf, aber nicht schnell genug, um den Löwen daran zu hindern, sich die Polizeiakte zu schnappen und auf eine Steintreppe zu springen, die kaum einen Meter von dem Boot entfernt war.

Der *Carabiniere* kam wieder zu sich, rappelte sich hoch und zog eine Pistole aus dem Halfter.

»Stehenbleiben!« rief er, und als der Löwe das nicht tat, schoß er. Der Schuß mußte den Löwen am Arm getroffen haben, denn er griff sich mit der linken Hand an den rechten Oberarm, lief aber weiter. Eine Sekunde später war er um die Ecke in einer *calle* verschwunden.

Der Polizist, der das Schnellboot steuerte, legte hastig an, und der *Carabiniere* und der *Maresciallo* sprangen von Bord, um die Verfolgung aufzunehmen. Aber als sie die *calle* erreichten, in die der Löwe verschwunden war, war er wie vom Erdboden verschluckt. Die Stelle war gut ausgewählt, denn hier gab es ein ganzes Labyrinth von kleinen Gäßchen. Der *Carabiniere* nahm eine und der *Maresciallo* eine andere, doch der Löwe war in keiner von beiden. Zehn Minuten später mußten sie sich eingestehen, daß er ihnen entwischt war.

»*Fama nihil est celerius*«, sagte *Dott.* Tron, als *Dott.* Amabile ihn anrief. »Nichts ist schneller als ein Gerücht. Ich habe bereits von der Flucht des Löwen gehört, *Dottore*. Wie ist er an die Schlüssel gekommen?«

»Darüber wird noch gerätselt.« Der Tonfall klang scholastisch zurückhaltend.

»Wir haben bereits eine Untersuchung eingeleitet.«

Am anderen Ende der Leitung war ein Rascheln zu hören, als würden sich Blätter im Wind bewegen. »Auf den ersten Blick«, sagte *Dott.* Tron, »hat es den Anschein, daß einer unserer Männer ein Komplize war.«

Dott. Amabile gab das verteidigende Räuspergeräusch eines Schuldirektors von sich, dessen gesamter Lehrkörper der Unredlichkeit bezichtigt wurde. »Er wurde von den *Carabinieri* eskortiert«, stellte er klar. »Die hatten die Schlüssel.«

»Ein *Maresciallo* von Ihnen war mit im Boot«, sagte Tron, und nicht zum erstenmal fragte sich *Dott.* Amabile, wie der Richter es nur immer wieder fertigbrachte, gewisse Dinge zu wissen, noch bevor ihm irgend jemand davon hatte erzählen können.

»Er ist einer der vertrauenswürdigsten Männer in der gesamten *Questura*«, sagte *Dott.* Amabile. »Ich denke eher, daß der Löwe die Schlüssel aus einer ganz anderen Quelle bekommen hat.«

»Und die Akte?« sagte Tron. »Die scheint ja wohl das Motiv für diese gut organisierte Flucht zu sein. Aber woher konnte der Löwe wissen, was für wichtige Informationen darin waren?«

»Wo wir schon davon sprechen«, sagte Amabile, »wie konnte er überhaupt wissen, daß die Akte an diesem Morgen mit im Boot sein würde?«

»*Felix qui potuit rerum cognoscere causas* – glücklich der, der die Ursachen aller Dinge erkennen kann. Doch in der Zwischenzeit sieht es so aus, als hätten wir alle Zutaten zu einem weiteren großen nationalen Skandal.«

»Ich fürchte, Sie haben recht, *Dottore*.«

»Also, halten wir es solange wie nur eben möglich vor den Medien geheim, und ich muß natürlich nicht extra betonen, daß alle verfügbaren Mittel einzusetzen sind, um sowohl des Löwen als auch der Akte wieder habhaft zu werden.«

»Selbstverständlich, *Dottore*.«

»*Speramus meliora* – hoffen wir das Beste.«

Der Löwe hatte sich jedoch keineswegs in Luft aufgelöst. Ein Gondoliere, der gerade ein Paar aus Vermont auf Hochzeitsreise durch den Rio Barcaroli ruderte, blickte von der neidischen Betrachtung der Turteleien seiner Kunden auf und sah eine vertraute Gestalt den Kanal entlanghumpeln, die sich den rechten Arm hielt. Er konnte ihn weder sonderlich gut noch lange beobachten, aber die Charakteristika waren klar: Es war der Löwe.

Kurz darauf sah ein kleines Mädchen, die Tochter eines Gondolieres, die gerade eine venezianische Version von Himmel-und-Hölle spielte, wie der Löwe, ein Freund ihres Vaters und ihr Nennonkel, gerade in eine *calle* einbiegen wollte.

»*Zio*!« rief sie, aber er hatte sie wohl nicht gehört, denn er verschwand in der *calle*, ohne sich umzusehen, und sie widmete sich wieder ihrem Spiel.

Dann sah ein Kellner, der ein Tablett mit Kaffee und kühlen Getränken in ein Steuerberaterbüro bringen wollte, wie der Löwe den Rio Terra Foscarini in Richtung Zattere hinabhumpelte. Er hätte ihm gern guten Tag gesagt, aber er war zu schwer beladen, um zu laufen, und als er selbst den Rio Foscarini erreichte, war der Löwe inzwischen außer Sicht.

Aber jede dieser Beobachtungen wurde weitererzählt, und binnen kurzem machte die Nachricht von der Flucht des Löwen und der Route, die er eingeschlagen hatte, in dem jahrhundertealten Informationssystem der Gondolieri, das zu den leistungsfähigsten der Welt gehört, die Runde.

Und natürlich war es unmöglich, etwas so Sensationelles wie die Entwendung der Polizeiakte lange geheimzuhalten. Daher kursierte auch diese Information schon bald in gewissen Kreisen der Stadt.

Das Haus ganz in der Nähe der Zattere wäre am besten. Der Ort, an dem Rosina Medebac so häufig aus dem Totenreich gerufen worden war. Wenn er dort wartete, würde früher oder später jemand auftauchen. Jemand Bestimmtes.

Kurz bevor er an der Kirche Santa Maria del Rosario abbog, hatte er das sichere Gefühl, erneut erkannt worden zu sein. Er würde nicht sehr lange warten müssen.

Er ging durch die kleine *calle* in den Hof mit dem Brunnen, humpelte rasch zum Haus Nummer 17, schloß die Tür auf und trat ein.

Oben, wo sich alles abgespielt hatte, war die Luft abgestanden und drückend. Schwarz ausgeschlagen und in Weihrauch gehüllt, hatte der Raum wie eine verzauberte Höhle gewirkt; jetzt war er nur noch ein verwahrlostes Zimmer mit nackten Dielenbrettern in einem feuchten, heruntergekommenen Haus.

Er zündete sich eine Zigarette an und hängte ein Stück Sackleinen vors Fenster. Dann setzte er sich und wartete. Das Warten war immer das schlimmste.

Zunächst meinte er, alles sei still, doch dann merkte er, daß es sich um eine Stille handelte, die ihre eigenen Klänge enthielt. Das Haus rührte sich um ihn herum. Da war ein Schaben auf der Steintreppe draußen und ein gleichmäßiges Röcheln, als hätte das Gebäude Atemnot; ein schwaches, dumpfes Geräusch, das klang, als fiele ein toter Körper zu Boden, und ein raschelndes, sinnloses Flüstern.

Dann beschlich ihn allmählich das Gefühl, daß außer ihm noch jemand im Raum war. Einbildung, sagte er sich, das Zimmer war so leer wie die Taschen eines Bettlers. Doch das Gefühl dauerte an, bis er begriff, wer diese andere Person war.

Eine junge Frau, die vor über zweihundert Jahren bei einem Handgemenge erstochen worden war, mit langen schwarzen Haaren und grünen Augen und einem Schönheitsfleck auf dem rechten Wangenknochen.

Sie war zu oft gerufen worden, so daß ihre ruhelose Seele jetzt, halb materialisiert, in diesem Zimmer spukte, in dem sie beschworen worden war.

Merda auf sie, dachte er; aber sie ging einfach nicht weg.

Es kam ihm so vor, als hörte er das Flüstern hinter seinem Rükken, doch er widerstand der Versuchung herumzufahren, weil ihr damit eine Realität zugesprochen würde, die sie nicht besaß.

Aber das Flüstern kam näher, bis er meinte, ihren Atem im Nakken zu spüren, wie er die kleinen Härchen kitzelte, die dort wuchsen, und das schwere, süße Parfüm in der modrigen Luft zu riechen.

Plötzlich hielt er es nicht länger aus, und er fuhr herum, nur um festzustellen, daß sie, wie er erwartet hatte, verschwunden war. Aber in dem Moment, als er sich umwandte, ganz kurz bevor seine Augen ihr Nichtvorhandensein verifizieren konnten, hörte er ihr Stilettkichern.

Erneut trat eine zunächst leblose Stille ein. Sie ließ sich Zeit, beobachtete ihn, überlegte sich, wie sie ihm beim nächsten Mal am effektivsten zu Leibe rücken könnte.

Wieder begann das Flüstern hinter seinem Rücken, und wieder beschloß er, sich nicht umzudrehen. Aber es kam immer näher, und diesmal war es, als spielten ihm ihre langen toten Finger spöttisch liebevoll über Gesicht und Wangen. Er ertrug es, solange er konnte, und als er es nicht mehr aushielt, wirbelte er herum und sah Leere.

Drei weitere Male spielte sie ihr makabres Spiel mit ihm, und jedesmal, wenn er seinen Vorsatz, sie zu ignorieren, über den Haufen warf, kam das gleiche schneidend kalte Kichern. Dann, nach dem dritten Mal, fing sie nicht wieder an; und das war noch schlimmer, denn es kam ihm so vor, als bereite sie eine noch subtilere Form der Folter vor. Nach einer Sekunde erkannte er, was für eine Folter das war.

Unten war nämlich jemand zur Tür hereingekommen.

Sie blieb jetzt still, fast so, als wäre diese neue und reale Gestalt gekommen, um die Kampagne, ihn um den Verstand zu bringen, weiterzuführen.

Schritte kamen die Steintreppe herauf.

Sie war zwar jetzt ruhig, aber er meinte, in einer Ecke das schwache Rascheln ihres Rockes und ein nahezu völlig ersticktes Kichern vor Vorfreude auf das, was nun geschehen würde, zu hören.

Er wartete reglos im Schatten neben dem Fenster, während die Schritte auf der Treppe näher kamen, so regelmäßig wie Herzschläge, und, gegen seinen Willen, stellte er fest, daß er sie zählte. Neunzehn. Zwanzig. Einundzwanzig. Jetzt war dieser Jemand oben angekommen. Jetzt bewegte sich der Türgriff.

Die Tür öffnete sich, und obwohl das Licht wegen des Sackleinens, das er vors Fenster gehängt hatte, mehr als dämmrig war, konnte er die Gestalt erkennen, die jetzt den Raum betrat.

»Du bist ihnen also wirklich entwischt, Löwe?« sagte die Gestalt. »Wirklich clever. Und die Akte – wo ist die Akte?«

Noch immer in der Verkleidung des Löwen, in der er seine vorgespielte Flucht inszeniert hatte, aber mit einer Waffe in der Hand, trat Peroni aus dem Schatten neben dem Fenster auf Tonino zu.

Kapitel 24

Obwohl es schon später Nachmittag war, befand sich die gesamte *Questura* noch immer in hellem Aufruhr. Dieser Zustand hielt bereits an, seit Tonino festgenommen und hergebracht worden war, weniger als vierundzwanzig Stunden nachdem er dem Stier den sensationellsten Sieg in der tausendjährigen Regattageschichte entrungen hatte.

Den ganzen Tag über hatten Touristen, Gaffer und Gondolieri die normalerweise friedliche Fondamenta San Lorenzo belagert, gemeinsam mit Reportern und Kameracrews vom Fernsehen, die nach einer Stellungnahme schrien und um die Möglichkeit bettelten, etwas anderes filmen zu dürfen als den Eingang zur *Questura*, den Fußweg am Kanal und absichtlich dort postierte Gondeln, die im Wasser schaukelten.

Für die Medien hatte es den Anschein, als würde die *Questura* ein unverzeihlich strenges und kremlartiges Schweigen an den Tag legen. Was die Medien nicht wußten, war, daß innerhalb der *Questura* ein solches Chaos von Spekulationen herrschte, daß niemand in der Lage gewesen wäre, eine sinnvolle Stellungnahme abzugeben.

Dott. Amabile bemühte sich, in seinen rauchgeschwängerten Höhen eine akademische Rationalität zu bewahren, während es den Anschein hatte, daß jeder Schüler eine andere Version der Fakten ablieferte. *Dott.* Tron schwankte und wogte vor Verblüffung über die Neuigkeit (die selbst ihm diesmal wirklich *neu* war), daß nicht der Löwe entflohen war, sondern *Dott.* Peroni, und daß die Festnahme von Tonino damit unmittelbar zusammenhing. Er hatte einfach nicht den passenden lateinischen Ausspruch, um der Situation gerecht zu werden.

Nur *Dott.* de Benedetti und Polizistin Sofia Michelangelo kümmerten sich nicht um das herrschende Chaos; sie gingen ihrer Arbeit mit einem so unglaublich albernen Ausdruck auf dem Gesicht nach, daß sie von Glück sagen konnten, daß ihre Kollegen bei dem ganzen Wirbel nichts davon mitbekamen.

Diejenigen, die *Dott.* Peroni kannten, hätten eigentlich erwartet, daß er Selbstzufriedenheit versprühen würde, und zwar so indezent wie ein Polizeiwagen, der mit Blaulicht zum Noteinsatz rast. Doch statt dessen war er grüblerisch, als hätte er beileibe keinen weiteren Peroni-Triumph zu verzeichnen, sondern wäre grandios gescheitert. Einige mutmaßten, daß dies auf Toninos Verstocktheit zurückzuführen war. Denn der Haß auf jede Form von Amtsgewalt, den der Regattaheld bei seinem ersten Besuch in der *Questura* an den Tag gelegt hatte, war nun ein grollender Dauerzustand geworden.

»Ihr habt es auf mich abgesehen, weil ich Gondoliere bin!« sagte er. »Immer dasselbe in Venedig – wenn irgendwo irgendwas schiefgeht, wird natürlich einem Gondoliere die Schuld in die Schuhe geschoben!« Er spuckte aus. »*Stronzo*!« sagte er.

»Sie wollten den Haker nicht töten, oder?«

»Ich weiß nicht, wovon Sie reden.«

»Sie haben herausgefunden, daß er es war, der Sie bei *Avv.* Bixi verpfiffen hat, und Sie waren vor Wut so außer sich, daß Sie ihn geschlagen haben. Er ist gestürzt und dabei mit dem Kopf gegen irgendwas Hartes geschlagen. Aber das war nicht Ihre Absicht, stimmt's?«

»Ich sage überhaupt nichts mehr!«

»Sie machen es doch nur noch schlimmer.« Peroni war die neapolitanische Liebenswürdigkeit in Person, und aus seinen Worten lugte die Verheißung einer Absprache im beiderseitigen Interesse hervor wie falsche Golduhren aus dem Mantel eines Straßenverkäufers. »Es wäre jetzt zu Ihrem eigenen Besten, wenn Sie uns helfen würden. Wir haben den Löwen. Wir haben Ihre Mutter.« Angesichts von Toninos wütendem Aufbäumen bei dieser Eröffnung war Peroni dankbar, daß der Gondoliere Handschellen trug und bewacht wurde. »Und früher oder später werden die uns alles erzählen, selbst wenn Sie es nicht tun.«

»Außerdem«, fügte Peroni hinzu, »ist da noch die ganze Welt der Gondolieri – die Welt, für die Sie das alles getan haben. Bislang hat sich diese Welt ziemlich bedeckt gehalten, aber jetzt, da ich schon eine Menge weiß und mir den Rest zusammenreimen kann, wird sich Ihre verräterische Welt förmlich überschlagen, um mir zu helfen.«

Und das stimmte; sämtliche Karten des trickreichen Spiels, das der Löwe gespielt hatte, hielt Peroni jetzt in Händen, daher war Toninos Verstocktheit eigentlich nicht mehr wichtig.

Warum also war Peroni weiterhin so grüblerisch?

»Den ersten Hinweis auf Tonino bekam ich«, so erzählte Peroni *Dott.* Amabile, »als ich anfing, Informationen über den Löwen, den Haker und Don Amos zu sammeln – die drei Leute, von denen ich glaubte, daß sie direkt mit einem zentralen Organisator zu tun hatten. Ich fand heraus, daß der Löwe mehrere Jahre lang der Liebhaber von Toninos Mutter gewesen war. Das hätte purer Zufall sein können, aber es kam mir komisch vor, daß der Mann, der die Zuhälterei bei Harry's Bar organisierte, unmittelbar mit Tonino in Zusammenhang stand.«

»Aber das mußte nicht notwendigerweise bedeuten, daß Tonino ihr Organisator war«, gab Amabile zu bedenken.

»Nein, *Dottore*«, pflichtete Peroni bei, »und ich glaube auch nicht, daß er der alleinige Organisator war. Ich glaube, die drei haben das untereinander ausgemacht.«

»Die Fakten scheinen Ihnen recht zu geben«, *Dott.* Amabiles Stimme klang wie von fernen, wolkenverhangenen Bergen, »aber es war ziemlich dünn.«

»Ja«, stimmte Peroni ihm zu, »bis gestern, als zwei weitere Informationen zu meiner Sammlung hinzukamen. Erstens, Tonino war früher Meßdiener bei Don Amos. Und zweitens wurde berichtet, daß er eine Zeitlang viel zusammen mit dem Haker in Bars gesehen worden war. Damit war klar, daß er mit den drei anderen zu tun hatte.«

»Was mag er wohl in den Bars zusammen mit dem Haker gemacht haben – außer vermutlich trinken?«

»Damit«, sagte Peroni, »kommen wir zum Anfang der ganzen Geschichte.« Seine Ausführungen machten ihm allmählich Spaß, denn er spürte, daß sich tief in den Eingeweiden des Vulkans der Unmöglichkeit etwas regte. »Toninos Vater war ein Gondoliere, der starb, als der Junge sieben Jahre alt war. Er hinterließ ihm eine leidenschaftliche Liebe zu seinem Beruf und den nicht weniger leidenschaftlichen Wunsch, die Regatta zu gewinnen – beides wird in Gondolierefamilien häufig vererbt. Und er hinterließ ihm noch etwas – den jahrhundertealten Groll des Gondolieres gegen die Gesellschaft, die ihn, wie er meint, diskriminiert. Dann war da noch die Beziehung der Mutter zum Löwen und ihre Herkunft aus Bozen – wie Sie sich erinnern werden, *Dottore*, fand *Dott.* Muso heraus, daß sie aus Bozen stammte –, womit wir ein sehr unitalienisches, ungondoliereartiges, unvenezianisches Organisationstalent hätten. Das sind die Bestandteile. Irgendwann beschlossen die drei, sich zusammenzutun und die verstreuten Ansätze des freien Unternehmertums bei den Gondolieri, ein bißchen Erpressung hier, ein wenig Zuhälterei dort, das Glücksspiel und so weiter, in geregelte Bahnen zu lenken. Und eines Tages, als sie sich nach möglichen Mitarbeitern umsahen, fiel ihr Blick auf den Haker. Einer von ihnen muß gemerkt haben, daß er nicht ganz so geistig beschränkt war, wie gemeinhin angenommen wurde, und aufgrund seiner gewohnheitsmäßigen Streifzüge durch die Stadt konnte er dafür eingesetzt werden, nützliche Informationen zu sammeln. Ich glaube, als Tonino zusammen mit dem Haker gesehen wurde, waren sie gerade damit beschäftigt.«

»Reine Spekulation?«

»Größtenteils«, gestand Peroni heiter, »wenngleich ich so etwas wie einen indirekten Beleg dafür habe. Der Haker war dabei, als Maddalena Spinelli und der Stier sich zum erstenmal begegneten, und er war der einzige Mensch, der sie erwiesenermaßen bei nachfolgenden Treffen beobachtet hat.«

»Aber sie ist nicht erpreßt worden.«

»Genau – das ist der springende Punkt. Falls Tonino dahintersteckte – was stimmte – und er durch den Haker von der Affäre erfuhr – was wahrscheinlich der Fall war –, hätte er diese Information nicht für eine Erpressung benutzt. Er hätte die Sache ungestört weiterlaufen lassen – *weil er wußte, daß er dadurch die große Chance bekam, die Historische Regatta zu gewinnen*!«

Von seinem vernünftigen friaulischen Standpunkt aus dachte *Dott.* Amabile über diese neapolitanisch vorgetragene, absurde venezianische Logik nach und mußte zugeben, daß es, vor dem Hintergrund Venedigs, durchaus so gewesen sein könnte.

»Und was hat der Haker am Tag vor Bixis Ermordung in dessen Büro gemacht?«

»Er ließ sich Toninos Identität entlocken. Ich denke, daran kann kein Zweifel bestehen. Durch Whisky, Schmeicheleien und Drohungen. Wir wissen, daß *Avv.* Bixi sich schon seit einiger Zeit in Gondolieri-Geschäfte gedrängt hatte. Ihm muß klargeworden sein – genau wie uns –, daß es einen Drahtzieher gab, und er wollte herausfinden, wer das war, um ihm eine Partnerschaft vorzuschlagen. Er probierte es über die Gondolieri, die Regattawetten annahmen, und scheiterte. Er probierte es, da bin ich sicher, über den Löwen und scheiterte erneut. Dann wurde er, genau wie die drei, auf den Haker aufmerksam. Und selbst wenn der Haker nicht der Idiot war, für den ihn alle hielten, *Avv.* Bixi war er ganz sicher nicht gewachsen. Er plauderte.«

»Und deshalb mußte er sterben?«

»Genau, *Dottore*. Als Bixi Tonino unter Druck setzte, wußte der, daß er verraten worden war – wußte, daß es nur eine von vier Personen gewesen sein konnte – seine Mutter, der Löwe, Don Amos und der Haker. Er stellte Nachforschungen an und fand heraus, daß der Haker am Sonntag bei Bixi gewesen war. Aber ich glaube nicht, daß Tonino ihn töten wollte – ich glaube, er hat ihn im Zorn geschlagen, und durch die Wucht des Schlages ist der Haker mit dem Kopf irgendwogegen geprallt.«

»Höchst plausibel. Aber warum nahm Tonino dann das gewaltige Risiko auf sich, die Leiche des Hakers in seiner Gondel dorthin zu bringen, wohin er *Avv.* Bixi geschafft hatte?«

»Genau da liegt der Knackpunkt, *Dottore*«, sagte Peroni. »Tonino hat *Avv.* Bixi nicht getötet.«

Die Detailfreude der Ikone war beeindruckend; es waren wohl etliche hundert Leute dargestellt, außerdem Tiere, eine verwirrende Vielfalt von Gebäuden, zwei Räder, eine Leiter und ein Fluß, der sich, wenn man genau hinsah, durch die gesamte untere Hälfte schlängelte. Zumindest eine Person war tot, und mehrere waren nackt; verschiedene Grüppchen waren ganz mit ihren eigenen Aktivitäten beschäftigt, ungerührt von der komplexen Szene um sie herum, und die Menschenmenge am Ufer war so dicht, daß man sich wunderte, wieso nicht einige von ihnen ins Wasser gedrängt wurden.

Das Ikonenmuseum, das mit der Kirche San Giorgio dei Greci verbunden ist, auf der anderen Kanalseite gegenüber der *Questura*, war der letzte Ort, an dem man *Commissario* Achille Peroni in diesem delikaten und unentschiedenen Augenblick vermutet hätte, aber er hatte das Gefühl, es sei angemessen, obwohl er nicht hätte erklären können, warum.

Schon seit er nach Venedig gekommen war, hatte er den Wunsch verspürt, es zu besuchen, doch irgendwie war ihm die Vorstellung immer frivol erschienen. Aber als er nach seinem Gespräch mit *Dott.* Amabile das Durcheinander in und vor der *Questura* gesehen hatte, war er spontan über Schleichwege, um die Presseleute zu umgehen, zu diesem im ersten Stock gelegenen Hafen altehrwürdigen Friedens gekommen.

Er betrachtete die Ikone mit ihren zahllosen Figuren, die um ein im Zentrum befindliches, alles harmonisierendes Christuskind wirbelten, das auf dem Schoß einer feierlich liebenswerten griechischen Madonna den Segen erteilte. Und während er das Bild betrachtete, schienen die gemalten Figuren flüssig zu werden, zu zerfließen und dann zu anderen, vertrauteren Figuren zu verschmelzen.

Peroni begriff allmählich, warum das Museum der angemessene Platz für ihn war. Denn die augenscheinliche Komplexität dieser Ikonen, die sich bei genauem Hinsehen in klare Einfachheit auflöste, spiegelte den Bixi-Haker-Fall nahezu unheimlich akkurat wider.

Dort, in der Ikone vor seinen Augen, war der Löwe mit der halb materialisierten Rosina Medebac, und knapp oberhalb des Wassers Don Amos, der ein Bündel Wettscheine in seine Soutane schob, während er der Beichte eines Gondolieres lauschte. Der Haker schlurfte über eine Brücke, ein Stückchen weiter lag er tot da, und sein Körper schien selbst in der Ikone einen fauligen Geruch abzusondern.

Alle waren sie da und kreisten um die zentrale Wahrheit, die Peroni schließlich, im Herzen dieser griechischen Ikone, erkannte. Er stand da und starrte sie an, bis er selbst das Gefühl hatte, hilflos in die Szene hineingezogen zu werden.

Er wurde durch ein trockenes, rücksichtsvolles Geräusch gerettet, das er erst nach wenigen Sekunden als Hüsteln des dezenten und höflichen griechischen Museumsverwalters erkannte, der Peroni zuvor die Eintrittskarte gegeben hatte.

»Falls Sie noch nicht fertig sind, *Signore*«, sagte der Verwalter, »warte ich gern noch ein wenig. Aber eigentlich schließen wir jetzt.«

Peroni sah erstaunt, daß die Ikonen um ihn herum in ihren stehenden Rahmen lange Schatten warfen.

»Nein«, sagte er, »ich habe genug gesehen.«

Als er die Treppe hinunterging, hörte er ein fernes Grollen, das er unter dem Einfluß der Ikone für seinen persönlichen Privatvulkan des Unmöglichen hielt, der mit Macht ausbrach.

Doch dann merkte er, daß es Donner war.

Kapitel 25

Der Klingelzug, den er zuvor nicht wahrgenommen hatte, war der größte und älteste, den Peroni je gesehen hatte. Sein einziger Mangel war, daß keine Klingel daran befestigt war. Als Peroni daran zog, bewegte er sich rostig ein paar Zentimeter, als widerstrebte es ihm, aus einem jahrhundertelangen Schlaf geweckt zu werden, aber von drinnen drang kein noch so schwaches Klingelgeräusch. Peroni beschloß, den Türklopfer zu benutzen, der aus der gleichen Zeit und Familie stammte. Der Klopfer war ebenso widerwillig wie der Klingelzug, doch er lieferte mürrisch ein paar dumpfe Klopftöne, die drinnen hohl widerhallten.

Niemand reagierte. Aber das Motorboot der Familie lag vertäut an der Anlegestelle, was darauf schließen ließ, daß jemand zu Hause sein müßte. Peroni wartete und klopfte dann erneut. Lange hörte er nichts, doch dann war Bewegung im Haus zu vernehmen, und schließlich ging die schwere Tür quietschend auf.

Inständig hoffte er, daß es nicht Estrella war. Aber sie war es. Sie trug ihre übliche Jeans und ein kariertes Hemd, das am Hals offenstand, doch beides war mit bunten Farbspritzern übersät.

»*Commissario*!« sagte sie. »Was für eine nette Überraschung!«

»Guten Abend, *Signorina*.«

»Sie müssen meinen Aufzug entschuldigen. Der Zufall will, daß ich gerade das Versprechen an Sie eingelöst habe.«

»Was für ein Versprechen war es denn?« fragte Peroni verwundert.

»Ich habe gesagt, daß ich ein Bild für Sie malen würde, wissen Sie nicht mehr? Tja, und heute schien mir der richtige Tag dafür zu sein.« Peroni bemerkte den schwachen traurigen Celloklang in ihrer Stimme und fragte sich, warum er gerade jetzt ertönte. »Ich bin fast fertig.«

»Welches Motiv?«

»Kommen Sie und sehen Sie es sich an.«

Er folgte ihr die geschwungene Wendeltreppe hinauf und bewunderte unwillkürlich die natürliche Geschmeidigkeit und Rhythmik ihres Körpers. Er wußte, daß seine Gedanken in die falsche Richtung wanderten, trotzdem beobachtete er ihre fließenden Bewegungen, während sie die Treppe hinaufging.

»Auf die Plätze«, sagte sie und blieb vor der Tür in dem langen Flur stehen. »Fertig.« Sie betrachtete ihn mit ihrem beunruhigend wissenden Blick. »Los.« Sie öffnete die Tür.

In der Mitte des Raumes war eine mittelgroße Insel aus Zeitungspapier ausgelegt, auf der eine Staffelei mit einer Leinwand stand.

»Gehen Sie nur«, sagte Estrella, »kümmern Sie sich nicht um mich.«

Es war eine Kanalansicht, absolut typisch für Venedig, mit einer Gondel, die aus dem Schatten einer gewölbten Brücke ins Sonnenlicht hinausragte. Es war schön, dachte Peroni, mit dem Glitzern des Wassers, dem Licht und Schatten und der Textur des Mauerwerks, dem Gondoliere und den Verzierungen der Gondel. Alles war in Estrellas Technik mit dicken Ölfarbtupfen eingefangen. Aber es kam ihm auch irgendwie vertraut vor, ohne daß er hätte sagen können, wieso.

»Es ist schön«, faßte er seinen ersten Eindruck zusammen.

»Wir wollen mal nicht übertreiben«, sagte sie, »aber erkennen Sie es denn nicht?«

»Irgendwie kommt es mir bekannt vor – ich weiß nicht recht.«

»Sehen Sie genau hin.«

Er gehorchte, und nach einem kurzen Moment erkannte er es. Das Bild zeigte das Stück Kanal, in dem er mit seinem Boot den Kahn mit Mineralwasser gerammt und sie ihn gerettet hatte.

»Ich hatte überlegt, mich selbst zu malen, wie ich da rumklettere«, sagte sie, als sie sein Wiederkennen bemerkte, »aber das fand ich dann doch nicht romantisch genug. Und es wäre schwieriger gewesen. Sie müssen mich einfach hineindenken.«

»Es ist ein wunderbares Geschenk«, sagte Peroni aufrichtig.

Draußen erklang ein weiteres, diesmal lauteres Grollen des Donners, den er gehört hatte, als er das Ikonenmuseum verließ.

»Und wo wir gerade von Geschenken sprechen«, sagte Estrella, »da wäre noch eins, das ich Ihnen gerne machen würde.« Peroni blickte sie unsicher an. »Ich habe mich neulich geirrt«, sagte sie, »und mich wie ein dummes kleines Mädchen benommen, mit diesem ganzen Gerede von dem richtigen Augenblick, der da ist oder nicht da ist. Er ist immer da, wenn Sie möchten. Auch jetzt.«

Sie stand vor ihm auf der Insel aus Zeitungspapier, verletzlich und demütig und bereit. Er machte einen Schritt auf sie zu, und sie blieben kurz so dicht voreinander stehen, daß ihre Körper sich fast berührten. Dann begann Peroni den Kuß. Er war ein langes Crescendo, und als er fast seinen Höhepunkt erreicht hatte und sie eine Sekunde lang Atem schöpften, sagte Estrella: »Ist es nicht ein bißchen albern, sich auf einem Berg alter Zeitungen zu küssen, *Commissario*? Auf dem Sofa hätten wir es, glaube ich, bequemer.«

»Ja, *Signora*«, sagte Peroni, »bestimmt.«

Und dann waren sie auf dem Sofa, und Peronis Lippen liebkosten ihr Haar, während seine Hände tiefer in das neu entdeckte Land vordrangen.

»Estrella«, murmelte er, fast ohne es selbst zu merken, und schon allein das Aussprechen ihres Namens war wie eine Penetration. Er wiederholte ihn immer und immer wieder, konnte nicht mehr sagen, ob er ihn mit dem Mund oder nur im Kopf aussprach. »Estrella, Estrella, Estrella ...«

Und dann nahm unaufgefordert ein Bild in seinem Kopf Gestalt an, als wäre es durch den Namen herbeigerufen worden. Zunächst undeutlich, wie durch Wasser gesehen, dann klarer und klarer, trotz all seiner Anstrengungen, es auszuschalten. Estrella, bekleidet mit einem taubengrauen, knöchellangen Kleid, stand in einem kahlen steinernen Raum, in dem nur ein einziges, glasloses Fenster den Blick auf trostlose Wasserweiten eröffnete, und sie sprach mit einem Mann – dem König Pippin, der die Venezianer auf Rivo Alto angreifen wollte. Pippin hatte ihr den Rücken zugewandt, so daß man sein Gesicht nicht sehen konnte. Doch Estrella redete und redete und redete, und bewegte sich zugleich immer näher und näher an den König heran. Als sie ihn erreicht hatte, drehte sie ihn herum, damit er sie ansah, schlang ihre Arme um seinen Hals und küßte ihn. Doch als sie ihn zu sich umdrehte, sah Peroni, daß das Gesicht von König Pippin sein eigenes war.

Ohne selbst richtig wahrzunehmen, was er tat, merkte Peroni, daß er sich von Estrella gelöst hatte, durch den großen Raum zum Fenster mit Blick auf den Kanal rannte, es öffnete und hinaussah.

Das Motorboot der Familie Partecipazio, das dort unten vertäut gelegen hatte, war verschwunden.

Nachdem er anfänglich mit Vollgas hinaus in die Lagune gefahren war, hatte Peroni sein Boot auf Schneckentempo verlangsamen müssen, um nicht auf eine der Schlammbänke aufzulaufen. Er hielt sich dicht an die Markierungspfähle. Wie hatte sie sie genannt? *Bricole*.

Der Gedanke an sie ließ seine Wut erneut aufflammen. Die gleich Wut, die finster in ihm hochgeschäumt war, als er begriffen hatte, daß Estrella ihre mittelalterliche Namensschwester nachahmte, um ihrem Vater die Flucht zu ermöglichen. Lupenreiner neapolitanischer Haß auf die beiden durchströmte ihn.

Das Unwetter hatte jetzt richtig begonnen. Er konnte riesige Regentropfen sehen, die wie Kugeln auf das Stück der Lagune peitschten, das seine Scheinwerfer erhellten, während gezackte Blitze den Stoff des Himmels durchschnitten wie Scheren in der Hand eines wahnsinnigen Schneiders.

In ihrem Licht meinte Peroni, seinen Vulkan des Unmöglichen sehen zu können, scharf konturiert in einem tödlichen Panorama. Tonino hatte den Haker getötet. Tonino hatte die illegalen Geschäfte der Gondolieri organisiert. Tonino hatte die mörderischen Angriffe auf Peroni unternommen.

Aber Tonino hatte nicht *Avv.* Bixi getötet – hätte es gar nicht tun können. Denn als jemand Bixis Hinterkopf mit einem Stein zertrümmerte, war Tonino unwiderlegbar bei einem Abendessen für die Teilnehmer und Organisatoren der Historischen Regatta gewesen. Fast dreißig Zeugen hatten zweimal bestätigt, daß Tonino das Restaurant zwischen elf und ein Uhr in dieser Nacht nicht verlassen hatte, noch nicht mal, um zur Toilette zu gehen.

Tonino war tatsächlich wenige Stunden zuvor in Bixis Büro gewesen. Der Anwalt hatte ihn dorthin bestellt, nachdem er am Vortag durch den Haker Toninos Identität herausgefunden hatte. Das Thema des Gesprächs zwischen dem Anwalt und dem Gondoliere hatte nichts damit zu tun, daß Tonino seinen Kunden zuviel berechnete, sondern war vermutlich eher eine heftige Verhandlung, in der Bixi Druck ausübte und Tonino leugnete, Versprechungen machte und – der Gedanke war makaber – mit Sicherheit an Mord dachte und ihn vermutlich sogar plante, um aus dieser Zwickmühle herauszukommen.

Was Tonino empfunden haben mußte, als er am nächsten Tag erfuhr, daß Bixi tatsächlich ermordet worden war, konnte man sich nur schwerlich vorstellen, aber es erklärte seine Flucht vor Muso an der Rialto-Brücke. Da er wußte, daß jemand anders Bixi getötet hatte, hoffte er, daß die Polizei diesen anderen verhaften würde, bevor sie sich auf Tonino und dessen Geschäfte konzentrierte. Und es erklärte auch, daß Tonino die Leiche des Hakers zum Corte Balbi geschafft hatte, in der Hoffnung, daß dessen Tod dem Mörder des Anwalts zugeschrieben werden würde.

Wer dieser Mörder war, daran konnte kein Zweifel mehr bestehen. Seine Motive waren komplexer, doch im Licht der Ikone und aufgrund einer raschen Nachforschung, die er danach angestellt hatte, verstand Peroni auch diese jetzt.

Die Lagune, in der Peronis Boot jetzt mit enervierender Langsamkeit durchs dunkle Wasser tuckerte, war relativ verlassen, da sich fast aller Verkehr um diese Uhrzeit und bei diesem Wetter in den großen Kanälen abspielte. Doch im Schein der zuckenden Blitze konnte er südlich von sich die dunklen Umrisse von Chioggia und hinter sich die dünnere Linie von Pellestrina ausmachen.

Er war wohl ungefähr eine Viertelstunde lang in diesem Tempo weitergefahren, als er den weichen Widerstand am Kiel spürte, den er so sehr befürchtet hatte. Das Boot war auf eine Schlammbank aufgelaufen.

Wäre er die Sache ganz offiziell mit Polizeiboot und einem Fahrer angegangen, wäre er nicht Gefahr gelaufen, die ganze Nacht mitten in der Lagune festzusitzen, doch der Gedanke, wo er suchen sollte, war ihm erst gekommen, als die offizielle Fahndung schon lief, und da er inzwischen das Gefühl hatte, ein kleine Privatvendetta zu führen, war er zu dem Entschluß gelangt, allein dorthin zu fahren. Und das hatte er nun davon.

Er riß das Steuerrad heftig nach links (sich innerlich jeder nautischen Terminologie verweigernd), doch ohne Erfolg. Er saß fest.

Er verfluchte sich selbst genauso, wie er Estrella verfluchte, stellte den Motor ab und trat aus der Kajüte. Sofort stürzte sich das Unwetter auf ihn, riß mit den Krallen von Wind und Regen an ihm, während die inzwischen unablässigen Blitze, die über seinem Kopf wie die Peitsche eines kosmischen Zirkusdirektors zuckten, so nah waren, daß er sich instinktiv duckte.

Unmöglich zu sagen, wie lange das noch anhalten würde; und zu allem Übel war er wahrscheinlich gar nicht mehr weit von seinem Ziel entfernt, doch da er ohnehin hoffnungslos festsaß, hätte er genausogut noch tausend Kilometer entfernt sein können.

Er überlegte, ob er aussteigen und schieben sollte, doch abgesehen von der Tatsache, daß der Kiel des Bootes feststeckte, hatte er darüber hinaus keine Ahnung, wie tief das Wasser und der Schlamm um ihn herum waren. Er könnte bis zum Hals einsinken. Oder noch tiefer. Und obgleich ihm sein äußeres Erscheinungsbild mittlerweile völlig egal war, mißfiel ihm die Vorstellung, in Schlamm zu ertrinken.

Auf der Suche nach einer Eingebung sah er sich verzweifelt um, und sein Blick fiel auf einen Bootshaken. Zumindest konnte er damit die unmittelbare Umgebung erkunden. Er hob ihn auf, lehnte sich über den Bug und stieß ihn in die nasse Dunkelheit. Auf einer Seite, der rechten, war relativ fester Schlamm. Er versuchte es auf der anderen. Auch hier war Schlamm, aber matschiger, und wenn er mit dem Bootshaken weiter ausholte, war da Wasser, vielleicht sogar ziemlich tiefes.

Zumindest bestand die Chance, das Boot, wenn er sich auf der rechten Seite mit aller Kraft mit dem Haken vom Schlammboden abstieß, zurück in die Strömung zu bugsieren. Er versuchte es. Der Bootshaken sank tief ein, und als er ihn wieder herauszog, machte er ein schmatzendes Geräusch, das sogar trotz des heulenden Unwetters zu hören war. Er versuchte es erneut, und diesmal merkte er mit Befriedigung, daß das Boot sich leicht Richtung Fahrrinne bewegte. Fünf Minuten später trieb es wieder auf dem Wasser und schaukelte in der Strömung.

Peroni sprang in die Kajüte, warf den Motor an und steuerte behutsam von der Schlammbank weg, wobei er hastig ein Stoßgebet an den heiligen Januarius sandte, daß er nicht gleich wieder in der nächsten landen möge. Das Unwetter tobte mit ihm wie ein Rudel Bestien, brüllte und rüttelte am Boot.

Jetzt fuhr er an einem verlassenen Stück Sumpfland vorbei, auf dem er soeben die weißen Gestalten von zahllosen Möwen erkennen konnte. Er tuckerte unter krachenden Donnerschlägen auf einen Punkt zu, umfuhr ihn und sah direkt vor sich etwas, das sich dunkel gegen den Himmel abzeichnete. Die Partecipazio-Insel.

Als er näher kam, konnte er die Villa erkennen, halb zerfallen und verlassen. Das Motorboot der Partecipazios war nirgends zu sehen, aber da Peroni wußte, daß der kleine Hafen dahinter lag, hatte das nichts zu bedeuten.

Er legte sein eigenes Boot an und stieg aus der Kajüte in die heulende Nacht. Sobald er jedoch im Windschatten des Hauses war, ließ die Kraft des Sturmes erheblich nach, und Peroni konnte wieder aufrecht gehen. Vor der Haustür blieb er kurz stehen, unsicher, ob er anklopfen sollte oder nicht; die Situation war irgendwie ein Niemandsland zwischen Polizeieinsatz und Höflichkeitsbesuch. Er entschied sich gegen das Anklopfen, stieß die unverschlossene Tür auf, trat ein, und zog die Tür wieder hinter sich zu.

Das Geräusch des Sturms ließ jäh nach. Draußen, wo er noch immer tobte, war weit weg; drinnen war die unvermittelte Ruhe beinahe greifbar und bedrohlicher als jeder Donner und Blitz.

Partecipazio saß am Kopfende eines langen Holztisches, den Kopf in die Arme gelegt, eine Flasche Wein und ein Glas neben seinem Ellbogen und eine Öllampe vor sich. Einen Augenblick lang dachte Peroni, er schliefe, doch dann hob er seinen großen Kopf, und ein Ausdruck flackerte in seinem Gesicht auf, den Peroni nicht deuten konnte. Dann verfiel er in seine übliche, theatralische Freundlichkeit, die diesmal vielleicht ein wenig erschöpft wirkte.

»*Commissario*!« sagte er. »Welche Ehre! Was darf ich Ihnen anbieten? Ich bin hergekommen, um hier zu übernachten, damit ich morgen zeitig mit dem Schießen anfangen kann, daher habe ich nicht allzuviel Proviant dabei.« Die offensichtliche Lüge im Hinblick auf das morgendliche Schießen lag zwischen ihnen wie eine Leiche, die sie beide höflich vorgaben, nicht wahrzunehmen. »Wenigstens ein Glas Wein?« sprach Partecipazio weiter. Er holte seine Schnupftabaksdose hervor, reichte sie Peroni und sagte dann: »Ach, ich vergaß – sie schnupfen ja nicht. Eine anachronistische Angewohnheit. Aber bitte, setzen Sie sich doch, *Commissario*. Jetzt, wo Sie hier sind, müssen wir mal sehen, welche magere Gastfreundschaft mein Haus Ihnen erweisen kann …« Er erhob sich halb von seinem Stuhl.

»Ich habe die *Dienerin von Stand* gelesen«, sagte Peroni.

Partecipazio setzte sich wieder. »*Die Dienerin von Stand*?« wiederholte er.

»Eine verschollene Komödie von Carlo Goldoni«, erklärte Peroni.

»Ach ja, ich habe im *Gazzettino* gelesen, daß …« Er beendete den Satz nicht.

»Vielleicht wäre es für uns beide erhellend«, sagte Peroni und verfiel in den manierierten Salonstil, den Partecipazio bei ihm provozierte, »wenn wir die Geschichte des Stückes gemeinsam zurückverfolgen würden.«

»Sie und ich, *Commissario*? Ich kann mir durchaus nicht vorstellen, wie meine bescheidene Auffassungsgabe dem großen *Commissario* Peroni zur Hilfe gereichen sollte. Jedoch, wenn Sie es für angemessen halten, kann es für mich nur eine unverdiente Ehre sein.« Er gestikulierte mit der alten Grandeur, aber, so fand Peroni, ein wenig schlaff.

»Seltsamerweise«, sagte Peroni, der sich unangenehm darüber im klaren war, daß er klang wie der Marquis Monteverde bei seinem Schlußwort am Ende der Komödie, »gab es von Anfang an eine ungewöhnliche Konstante bei der ganzen Geschichte. Carlo Goldoni. Zuerst schien er einfach nur überall herumzuspuken. Und dann hatte er schließlich seinen großen Auftritt – wie er selbst es zweifellos formuliert hätte –, als das Manuskript seines Stückes aus dem Hotel Vivaldi gestohlen wurde. Ich habe die Spur dieses Manuskriptes inzwischen zurückverfolgt. Ein Gondoliere, genannt der Lächler, stahl es dem Amerikaner im Vivaldi, der es von einem ehemaligen Gondoliere, genannt der Leichenbestatter, gekauft hatte, der es wiederum aus einem Versteck im Kanal entwendet hatte, wo Bixi es aufbewahrte. Aber wo hatte Bixi es her?«

»Kennen Sie die Antwort darauf, *Commissario*?«

»Er bekam es von Ihnen.«

Partecipazio sog mit einem schweren Seufzer die Luft ein und nahm dann eine weitere Prise Schnupftabak.

»Verstehen Sie«, sagte Peroni, »etwas an der Geschichte mit dem Manuskript hat mich die ganze Zeit gestört. Wenn jemand es haben wollte und meinte, es sei in Bixis Büro, *warum hätte er ihn dann umbringen sollen*? Es wäre sehr viel leichter gewesen, einfach nachts dort einzubrechen. Also habe ich mir gedacht, daß dieser Jemand vielleicht nicht einfach nur das Manuskript in seinen Besitz bringen wollte. Er wollte auch Bixis Wissen um irgend etwas, das in dem Stück vorkam, ausschalten.«

»Etwas in dem Stück?« echote Partecipazio.

»Genau«, sagte Peroni. »Das Stück erzählt die Geschichte einer Dienerin, die einen von Goldonis typischen venezianischen Adeligen heiratet, später dann eine diskret angedeutete Liaison mit einem Schneider hat, den sie schon vor der Heirat liebte. Wie die meisten von Goldonis Handlungen ist auch diese recht dürftig, und sie enthält allem Anschein nach ganz sicher nichts, das zweihundert Jahre später für die Ermittlungen in einem Mordfall relevant sein könnte. Doch in Verbindung mit anderen Fakten gewinnt man einen anderen Eindruck.«

Partecipazio bewegte seinen großen Körper auf dem Stuhl.

»Der Schlüssel zu der *Dienerin von Stand*«, sagte Peroni, »sind Goldonis *Mémoires*. Aus den *Mémoires* erfährt man, daß Goldoni immer nur notdürftig verfremdete, reale Situationen in seinen Stükken verarbeitete. Zum Beispiel in *Una delle ultime sere dei carnovale* ist der Modeschöpfer, der nach Moskau geht, Goldoni selbst, der nach Paris ging, weil ihm in Venedig so übel mitgespielt wurde.

Aber ein Modeschöpfer und ein Schneider sind so weit nicht voneinander entfernt, oder? Also fragte ich mich, ob *Sior* Zulian in der *Dienerin von Stand* nicht ein weiteres Selbstporträt war, so wie *Sior* Anzoletto in dem Karnevalsstück. Und wie steht es mit der Dienerin selbst? Nun, aus den *Mémoires* erfährt man unter anderem auch, daß während Goldonis langem und erlebnisreichem Leben Dienerinnen und Schauspielerinnen beliebig austauschbar waren, in der Realität und in der Fiktion, und daß er sich für beide grenzenlos begeisterte.

Und dann erinnerte ich mich an etwas anderes in den *Mémoires*. Eine Schauspielerin, Teodora Veronese, heiratete 1744 tatsächlich in den venezianischen Adel ein. Und der Mann, den sie heiratete, war, wie ich heute abend herausfand, Ihr Vorfahr, Anselmo Partecipazio. Fünf Jahre später erwähnt Goldoni, daß er *Die Dienerin* schreibe, um sie zurück auf die Bühne zu locken, nachdem ihr erstes Kind zur Welt gekommen ist. Doch das Stück wurde nie aufgeführt. Das Manuskript wird nie wieder erwähnt. Was kann also damit passiert sein? Goldoni wird es ihr vermutlich geschenkt haben, und man darf durchaus davon ausgehen, daß es in der Familie verblieb. Bis Sie es fanden.»

Alle Spannkraft war aus Partecipazio gewichen. Er saß schlaff auf dem Stuhl, mit baumelnden Armen, mehr denn je eine überdimensionale Vogelscheuche, und anscheinend war er sich noch nicht einmal mehr Peronis Anwesenheit bewußt.

»Was dann geschah«, redete Peroni weiter, »kann ich nur vermuten. Ich denke, daß Sie sofort den möglichen Wert des Manuskripts erkannten und es verkaufen wollten, um damit ihre Spielleidenschaft zu finanzieren. Aber Sie hatten es gelesen und die Verbindung zu Ihrer Familie erkannt. Sie wußten, daß die Dienerin Teodora Veronese war, daß der Marquis Monteverde Ihr eigener Vorfahr war und daß *Sior* Zulian Goldoni war.

Die Schlußfolgerung daraus ist leicht. Zwischen dem Ende des ersten Aktes, als die Dienerin den Heiratsantrag des Marquis annimmt, und dem zweiten Akt, in dem sie Zulian wiedertrifft und eine Affäre mit ihm beginnt, ist ein Zeitsprung von drei Jahren. Während dieser Zeit ist sie kinderlos geblieben, doch unmittelbar darauf bekam sie einen Sohn, wie Goldoni 1749 erwähnt. Bedenken Sie zudem, daß der Marquis, der Teodora Veronese heiratete, zwanzig Jahre älter als sie war, und der Schluß liegt auf der Hand. Der Vater dieses Kindes war gar nicht der Marquis, sondern Carlo Goldoni. Und damit ständen Sie nicht länger in einer langen Reihe von Dogen und Rittern und Päpsten. Damit wären Sie tatsächlich Nachkomme einer Schauspielerin und eines venezianischen Stükkeschreibers namens Carlo Goldoni.

Das Komische daran ist, daß dies für manche Leute eine Ehre wäre, aber nicht für Sie. Und Sie wußten, wenn jemand anders dieselben Überlegungen anstellen würde, die sie angestellt hatten – was ganz sicher der Fall wäre, wenn das Manuskript direkt von Ihnen verkauft würde –, würde sich die Neuigkeit auf sämtlichen Titelseiten der Skandalblätter Italiens wiederfinden. Schließlich hatte diese Story alles, was man so braucht – Schauspielerinnen, Adel, Ehebruch und den literarischen Fund des Jahrhunderts. Aber falls das Manuskript verkauft werden könnte, ohne daß irgendeine Verbindung zu Ihnen hergestellt würde, käme niemand je auf die Idee, diese Berechnung anzustellen. Und Sie brauchten das Geld dringend. Also mußte das Manuskript irgendwie verkauft werden, ohne daß es offensichtlich von Ihnen kam oder jemand einen Zusammenhang zur Familie Partecipazio vermuten konnte. Keine leichte Aufgabe. Und dann muß Ihnen eingefallen sein, daß Sie einen Anwalt damit betrauen könnten, und natürlich dachten Sie als Freund aller Gondolieri an Bixi, den Anwalt der Gondolieri. Sie wußten ja nicht, was für ein Mensch er wirklich war.

Ob Sie ihm die ganze Geschichte selbst erzählt haben oder ob er das Stück las und seine eigenen Schlüsse daraus zog, weiß ich nicht. So oder so, Sie waren ihm ausgeliefert, und ich denke mir, daß er damit drohte, Sie bloßzustellen, falls Sie ihm das Manuskript nicht überließen. Also standen Sie plötzlich mit leeren Händen da. Es sei denn, natürlich, *Avv.* Bixi wäre tot. Und deshalb lauerten Sie ihm an jenem Abend auf, als er auf dem Nachhauseweg war, und erledigten ihn mit einem Stein, den Sie an einer Straßenbaustelle in der Nähe ausgegraben hatten. Dann nahmen Sie seine Schlüssel, gingen in sein Büro und durchsuchten es vergeblich nach dem Manuskript. Und das», schloß Peroni, «ist im großen und ganzen alles.»

Im Innern der alten modrigen Villa trat eine lange Stille ein. Draußen war noch immer das Grollen des Donners zu hören und das Peitschen des Regens gegen die Fensterscheiben, während das Unwetter weiter Richtung Jugoslawien zog.

»Ein Glas Wein«, sagte die Vogelscheuche Partecipazio. »Ich hatte Ihnen ein Glas Wein angeboten. Und was für einen Wein!« fuhr er in einem kurzen Aufblitzen seines alten Selbst fort. »Ein Tokajer, aber nicht die Sorte Tokajer, die Sie im Supermarkt finden, *Commissario*, nicht mal bei Privatleuten. Er wird speziell für die Parteci ...« Er hielt plötzlich inne und blickte verwirrt um sich. »Für meine Familie gekeltert«, schloß er. »Ich hole Ihnen ein Glas.«

Peroni beobachtete ihn voller Mitleid, wie er langsam auf einen großen Holzschrank zuwankte, dessen Tür schief in den Angeln hing. Doch das Mitleid verschwand mit Lichtgeschwindigkeit, als Partecipazio herumfuhr und ein ungemein gefährlich aussehendes Jagdgewehr auf ihn richtete.

»Verzeihen Sie mir diesen Mangel an Gastfreundschaft, *Commissario*, aber ich habe keine andere Wahl. Meine Ahnen zwingen mich dazu! Denn das mit Goldoni und Teodora Veronese ist nicht wahr! Anselmo Partecipazio war der Vater von Veroneses Kind! Aber wenn diese Lüge an die Öffentlichkeit gerät, wer glaubt dann noch die Wahrheit?«

Während die Angst in Peronis Bauch Kapriolen schlug, verfluchte er sich selbst, weil er nicht daran gedacht hatte, daß Partecipazio, der bereits einmal getötet hatte, auch ein zweites Mal töten könnte.

»Wenn ich bloß von einem venezianischen Stückeschreiber abstammen würde, *Commissario*, flösse kein Sinn für die Familienehre durch meine Adern, so unabhängig von meinem eigenen freien Willen wie das Blut selbst. Aber dieses Ehrgefühl lebt nun mal in mir! Und es zwingt mich, Sie zu töten!«

Peroni überlegte fieberhaft. Sollte er ihm erzählen, daß schon andere um das Geheimnis der *Dienerin von Stand* wußten? Das könnte bei Durchschnittsmenschen funktionieren, aber nicht bei einem zwanghaften Spieler. Er würde einfach darauf setzen, daß sein Gegenüber log. Peroni spürte den Druck seiner Dienstwaffe gegen die Rippen, aber bis er die gezogen hatte, wäre Partecipazio schon sechsmal in der Lage gewesen abzudrücken.

War also die Weiße Dame endlich gekommen, um ihn zu holen? fragte Peroni sich in einem entlegenen Teil seiner selbst, der von der rasenden Achterbahn des Entsetzens unberührt blieb, zu der all sein übriges Sein geworden war. Bislang war sie immer in letzter Minute durch eine Kombination von Umständen – Glück, heiliger Januarius, neapolitanische Chuzpe – abgewehrt worden. Aber diesmal … Er sah die höhlenartigen Gewehrläufe, hörte die heulende Verzweiflung auf der ganzen Insel und konnte nirgends einen Grund zur Hoffnung entdecken.

Doch dann mußte er, völlig irrational und trotz seiner Angst, unbedingt noch etwas wissen, bevor die Weiße Dame kam.

»Hat Estrella es gewußt?« sagte er. »Die ganze Zeit über haben Sie sie benutzt, um mich im Auge zu behalten – hat Sie das gewußt?«

»Estrella?« Das Jagdgewehr blieb unverwandt auf Peronis Bauch gerichtet, doch Partecipazios Stimme schwoll vor alter Lust an seinen Lobreden an wie eine Orgel. »Estrella? Sie ist viel zu gut, zu fein, zu nobel, *Commissario*! Niemals hätte sie sich auf so etwas eingelassen! Nur heute abend, als ich Sie kommen sah, konnte ich sie überreden, Sie aufzuhalten, während ich mich davonmachte. Sie konnte es mir nicht verwehren, *Commissario* – sie liebt mich!«

Einen Moment lang schwankte die Gewehrmündung, und Peroni dachte schon, er hätte eine Chance, doch Partecipazio faßte augenblicklich fester zu, und Peroni sah, wie sich der Finger um den Abzug legte.

All seine Sinne waren derart angespannt auf den drohenden Schuß eingestellt, daß er das nächste Geräusch anfänglich gar nicht recht wahrnahm. Das Geräusch der Tür, die sich öffnete und das ferne Grollen des abflauenden Unwetters einließ.

»Papa«, hörte er eine Stimme sagen, »gib mir das Gewehr.«

»Nein«, sagte Partecipazio, »nein.« Und der Doppellauf richtete sich auf sie.

»Gib es mir, Papa.« Langsam bewegte sie sich auf ihn zu.

»Bleib stehen, Estrella, oder ich erschieße dich auch –«

Er ist verrückt, dachte Peroni, er ist imstande, uns beide zu erschießen.

Ganz langsam ging Estrella weiter auf ihn zu. Zum zweitenmal an diesem Abend sah Peroni, wie sich Partecipazios Finger am Abzug krümmte.

»Stürz dich auf ihn!« ertönte die klanglose, aber unverkennbare Stimme, die Peroni mit dem heiligen Januarius in Verbindung brachte.

Partecipazio war drei Meter entfernt, was die Sache hoffnungslos machte, doch Peroni sprang trotzdem, und erst als er schon mitten im Sprung war, erinnerte er sich an seinen Traum. Als Pippin war er durch die Luft geflogen, um den katapultierten Felsbrocken abzuwehren. Aber war es ihm gelungen?

Seine Schulter stieß gegen Partecipazios Brust, und das Gewehr detonierte; er konnte nicht sagen, ob die beiden Ereignisse gleichzeitig erfolgten oder nicht. Durch die Wucht des Aufpralls taumelte der große Mann und schlug lang hin, während Peroni ihm das Gewehr entriß und sich zu Estrella umdrehte.

Sie schwankte leicht, mit einem erstaunten Ausdruck im Gesicht. Aber erst als sie zusammenbrach, begriff Peroni, daß er die Kugel doch nicht abgelenkt hatte.

Er lief zu ihr, kniete neben ihr nieder und wiegte ihren Kopf auf den Knien, doch die ganze Zeit über hielt er weiter Partecipazios Gewehr fest umklammert.

Sie hatte die Augen geschlossen, doch nun schlug sie sie auf und sah Peroni an. Dann suchte sie einen anderen Fokus und fand ihn in ihrem Vater.

»Armer Papa«, sagte sie, »wenn ich nicht da bin, machst du aber auch immer alles falsch, stimmt's?

Sie sah erneut Peroni an. »Das habe ich nun davon, Estrella zu spielen«, und auf ihrem Gesicht leuchtete ein Anflug ihres alten Spottes auf.

Peroni sah ihren Vater neben ihnen stehen, wieder bei Sinnen, das große Gesicht häßlich vor Trauer.

Dann spürte er, wie Estrella sich wieder in seinen Armen bewegte, und sah, daß sie ihn mit dem vertrauten Ausdruck betrachtete, der verriet, daß sie ihn durchschaut hatte. »Der berühmte *Commissario* Peroni«, sagte sie, »triumphiert also wie–«

Sie erstarrte, und ihre Augen schlossen sich. Das war also der Punkt, auf den alles hingeführt hatte, dachte er, dieser Tod in einer verfallenden Villa auf einer kleinen Insel irgendwo in der Lagune von Venedig.

Und dann hörte er ihre Stimme wieder, schwach, aber unverkennbar von dieser Welt. »Könnten Sie mir vielleicht«, sagte sie, »ein sauberes Taschentuch leihen?«

»Könnte ich – was?« sagte Peroni, völlig durcheinander.

»Ihr Taschentuch«, sagte sie, »das würde reichen, um meine Schulter zu verbinden.«

Als er es ihr gab, begriff Peroni zutiefst beschämt, daß seine wilde neapolitanische Phantasie mit unvermeidlicher Übertreibung eine Tragödie erwartet hatte. Estrella war nicht tot. Dank der Tatsache, daß er sich auf ihren Vater gestürzt hatte, hatte sie lediglich eine Wunde an der Schulter. Aus ganzem Herzen flehte er den heiligen Januarius an, daß ihr dieses melodramatische Mißverständnis nie zum Bewußtsein kommen möge; ihr schneidender Spott würde niemals Gras darüber wachsen lassen. Doch noch während er flehte, sagte ihm ihr Blick, daß sie alles wußte.

Er sagte ihm aber auch noch etwas anderes. Er sagte, daß die Grenze zur unbekannten Welt erneut an die Insel herangetrieben war und daß sie beide sie bald gemeinsam überschreiten würden.

Nachwort

Da die deutschen Rechte erst jetzt frei wurden, erscheint als letzter Band der Abenteuer Achille Peronis, des Rudolfo Valentino der italienischen Polizei, der in der Chronologie seiner Fälle zweite Roman, im Original »A Funeral of Gondolas« – ein Leichenzug mit Gondeln. Unmittelbar vorangegangen sind die Geschehnisse in Verona (»Tod in Verona«, DuMont's Kriminal-Bibliothek Band 1030), Ermittlungen mit stark politischem Einschlag, bei denen Peroni so erfolgreich war, daß ihn zwar die ›Linken‹ dort schätzen, die ›Rechten‹ aber absägen wollen, so daß er eine ganze Zeitlang in Verona nicht tragbar scheint. Eine Versetzung darf unter diesen Umständen weder nach einer Strafversetzung aussehen noch nach einer Beförderung; und so ergibt sich die italienische Lösung einer einstweiligen ›Abordnung‹ nach Venedig. Dort wird er auch bleiben, bis der frühe Tod seines Autors Timothy Holme der Laufbahn einer der originellsten Ermittlergestalten des neueren Detektivromans ein jähes Ende bereiten wird, dort wird er auch seine Fälle finden (»Satan und das Dolce Vita«, DuMont's Kriminal-Bibliothek Band 1039, »Des Himmels Lohn«, in »Mord als schöne Kunst betrachtet«, Band 1060), wenn sie ihm nicht auf einer Pilgerfahrt (»Morde in Assisi«, Band 1048) oder während eines Kurzurlaubs am nahen Gardasee über den Weg laufen (»Der See des plötzlichen Todes«, Band 1054).

Jetzt, kurz nach seiner Abordnung, langweilt er sich gründlich. Venedig mit seinen Touristenschwärmen erscheint ihm als ein einziges heruntergekommenes Hotel, in dem ihm der Posten eines Hoteldetektivs zugefallen ist, der sich mit Bagatellermittlungen die Zeit vertreibt. Nicht nur liebt er geradezu, wie alle Detektive in der Literatur seit Edgar Allan Poes Auguste Dupin, besonders bizarre

Verbrechen, er braucht auch den mit seinen Ermittlungen stets einhergehenden Medienrummel, die Schlagzeilen und Rundfunkmeldungen, seine Fotos in der Boulevardpresse und in den Fernsehnachrichten zur besten Sendezeit. Statt dessen hat er hinter Gondolieri herzuschnüffeln, bei denen ein illegaler Wettring vermutet wird, der sich um die zahllosen größeren und kleineren Gondelregatten gebildet haben soll. So lauert Dottore Peroni dann an den bei den Touristen beliebten Anlegeplätzen herum, verbirgt sich hinter Zeitungen und tut im Grunde nur eines Commissario seines Rangs und seines Rufs unwürdige Dinge – und das letztlich nur, um das staatliche Wettmonopol aufrechtzuerhalten.

Der Fall ist übrigens schnell gelöst – die Fäden laufen in einer kleinen unauffälligen Kirche zusammen und das eigentliche Wettbüro befindet sich im Beichtstuhl. Die dort abgelegten Beichten diverser Gondolieri sind allerdings nicht etwa ein Vorwand für das illegale Wettgeschäft, sondern lediglich der Anlaß: Da man ohnehin zum Beichten in der Kirche ist, kann man auch gleich Wettscheine und -einsätze abgeben; denn Buchmacher ist der Pfarrer von Santa Angela, Don Amos, und die Gewinne sind für in Not geratene Gondolieri oder deren Hinterbliebene bestimmt. Der äußerst populäre Geistliche bekommt eine leichte Verwarnung – das illegale Wettgeschäft übernimmt übrigens der Küster –, mehr geschieht nicht: Einst gehörte Don Amos zur engeren Umgebung des späteren Papstes Johannes XXIII., als dieser als Kardinal Roncalli noch Patriarch von Venedig war. Dessen Weggang nach Rom, der leicht dubiose Charakter der ihm anvertrauten Heiligen Angela und wohl auch die Tatsache, daß er dem Wein nicht nur als Meßwein zuspricht, haben ihn etwas ins Abseits geraten lassen, was seiner Beliebtheit als Seelsorger der Gondolieri keinen Abbruch tut.

Eher im Gegenteil: Das Aufspüren des harmlosen Wettrings wird für Peroni zur Eingangspforte in das eigene Reich dieser für Venedig in jeder Hinsicht eigentümlichen Berufsgruppe und ihrer in der Welt singulären Gefährte, ein Reich, das sich selbst als etwas abseitig erweist. Die Gondolieri haben in der von Don Amos betreuten Santa Angela nicht nur eine eigene Heilige – sie pflegte zur Messe kurzerhand über den Canal Grande zu wandeln, wenn kein Boot zur Hand war –, die nur von ihnen, nicht aber von der Weltkirche anerkannt ist; sie haben auch eigene Advokaten, eigene Gönner im

Uraltadel Venedigs und vor allem eine offensichtlich von ihnen kontrollierte und organisierte Kriminalität. Peroni wiederholt gewissermaßen die Erfahrung, die Thomas Manns Gustav Aschenbach einst in »Der Tod in Venedig« machte: »Wer hätte nicht einen flüchtigen Schauder, eine geheime Scheu und Beklommenheit zu bekämpfen gehabt, wenn es zum ersten Male oder nach langer Entwöhnung galt, eine venezianische Gondel zu besteigen? Das seltsame Fahrzeug, aus balladesken Zeiten ganz unverändert überkommen und so eigentümlich schwarz, wie sonst unter allen Dingen nur Särge sind, – es erinnert an lautlose und verbrecherische Abenteuer in plätschernder Nacht, es erinnert noch mehr an den Tod selbst, an Bahre und düsteres Begängnis und letzte, schweigsame Fahrt.«

In dieser Situation kommt Achille Peronis tiefe Gespaltenheit voll zum Tragen: Aufgewachsen ist er als Straßenjunge in Neapel, der vom Schwarzmarkt, von Hehlerei, Betrug und jeder Form von – gondololiereartiger – Kleinkriminalität lebte, bis ihm ein Priester erst Obdach und Essen und später auch eine berufliche Perspektive bot: Ausgerechnet die Polizeilaufbahn erwies sich als geeignet, seinen Drang nach Abenteuern einerseits und nach Gerechtigkeit und Wahrheit andererseits zu befriedigen. So ist er dann ein im Norden Italiens wirkender Sohn des mezzogiorno, ein Commissario mit dem Herzen und dem Instinkt eines Straßenjungen – und ohne diese Spaltung vermutlich ein viel schlechterer Polizist, wie eine kluge Gesprächspartnerin im Roman bemerkt. Der neapolitanische Teil seines Selbst ist es aber auch, der ihn schon bald höchst real in »lautlose und verbrecherische Abenteuer in plätschernder Nacht« verstrickt und der ihn fast auch auf die »letzte, schweigsame Fahrt« geschickt hätte. Indem er selbst seine an sich »lautlosen Abenteuer« mit neapolitanischer Geltungssucht durch eine gezielte Indiskretion an die große Glocke hängt, macht er sich unbedacht zum bevorzugten Ziel mehrerer Mordanschläge, muß aber gleichzeitig wegen derselben neapolitanischen Großsprecherei den Polizeischutz ablehnen, den der vorsichtigere Commissario nur zu gerne in Anspruch genommen hätte. Einmal rettet ihn aus fast tödlicher Falle nur der Gassenjungeninstinkt, der ihn in ebendiese mißliche Lage gebracht hat, ein andermal ist es niemand geringeres als die Gondelheilige Santa Angela selbst, deren Spezialität es unter anderem ist, nächtlichen Meuchelmördern zugunsten der vorgesehenen Opfer ins Handwerk zu pfuschen.

Neben der Welt der Gondeln ist es die Welt des venezianischen Komödiendichters Carlo Goldoni (1707–1793) – übrigens fast ein Anagramm von ›gondola‹, wie im Roman selbst festgestellt wird –, die vielfachen Einfluß auf die Handlung nimmt. Timothy Holme liebt es, in Peronis Fällen weite historische Hallräume zu eröffnen, einmal bis hinter Shakespeares »Romeo und Julia« zurück (»Tod in Verona«) und einmal bis in die Tage des Heiligen Franziskus (»Morde in Assisi«). Diesmal macht sich Holme den Umstand zunutze, daß er selbst Goldoni-Spezialist ist und unter dem Titel »A Servant of Many Masters« eine Biographie des Dichters geschrieben hat. So könnte nicht nur der Avvocato der Gondolieri der Pantalone einer Goldoni-Komödie sein, auch der letzte Sproß der uraltadligen venezianischen Familie Partecipazio wirkt wie unmittelbar einem seiner Stücke entsprungen, und als dottore Peroni beim schwungvollen Steuern des geliehenen Motorbootes sicher ist, bei eventuellen Zuschauern garantiert als Einheimischer zu gelten, blamiert er sich, wie nur je ein aufgeblasener Dottore bei Goldoni blamiert worden ist. Gondeln und Goldoni überlagern sich, wenn zeitgleich mit der Großen Historischen Gondelregatta ein international beachtetes Goldoni-Festival stattfindet, zu dem wie bestellt eine unbekannte Goldoni-Komödie im Manuskript auftaucht, um sogleich wieder zu verschwinden. Im Plot dieses Stücks liegt ganz nebenbei eine der Lösungen der sich wie die Kanäle Venedigs kreuzenden und ineinander verschlingenden Fälle verborgen. Mit der letzten Wahrheit wird Peroni erst konfrontiert, als er im Herzen des Labyrinths dem Untier selbst gegenübersteht und es in einer typischen Peroni-Aktion zur Strecke bringt – diesmal mit der Hilfe seines neapolitanischen Hausheiligen St. Januarius, ganz so, als wolle der seine Kraft und Macht auch neben der Gondelheiligen Santa Angela auf deren ureigenstem Terrain unter Beweis stellen.

Volker Neuhaus